短歌ムック

ねむらない樹

vol.1

ねむらないただ一本の樹となって
あなたのワンピースに実を落とす

笹井宏之

短歌を志す人は、だれもが自分のなかに自分だけの「ねむらない樹」を
抱えて生きているにちがいない。その樹は、どんな権威や強風にも揺るがず、
孤高の志を持つ一本の樹として、すっくと立っていてほしい。

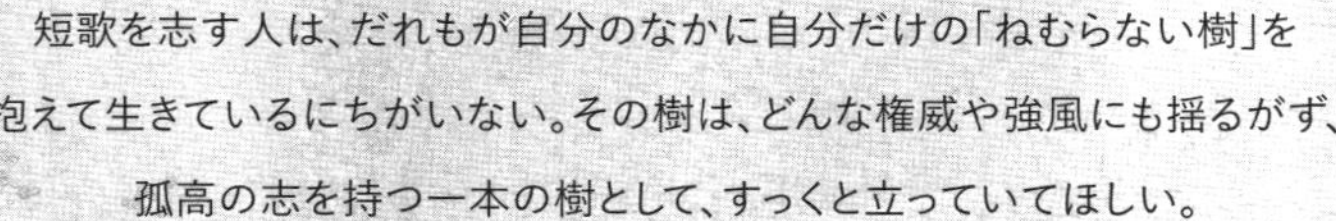

Contents

巻頭エッセイ　いま一番気になる一首

イルカがとまる

穂村弘

イルカがとぶイルカがおちる何も言ってないのにきみが「ん？」と振り向く　初谷むい

この特別感はなんだろう。ほとんど何も起きていないのに、あまりにも眩しい。我々は自らの生がかけがえのない〈今〉の連続だと頭では理解している。けれど、そのことをダイレクトには知覚することができない。ざっくり塊として捉えた日常という時間をやり過ごすように生きているだけだ。だが、引用歌においては、言葉の力によって隠された〈今〉のポテンシャルが可視化されている。「きみ」が振り向いた瞬間、見えないはずの〈今〉の素顔に触れて驚く。

「イルカがとぶイルカがおちる」とは、水族館などで行われるイルカショーの光景なのだろう。でも、このように書かれると、夏の休日を過ごす二人の外側に「人が生まれる人が死ぬ」とか「星が生まれる星が死ぬ」といった巨大な時の流れが渦巻いているのを感じる。イルカが飛んで落ちるまで数秒、人が生まれて死ぬまで数十年、星が生まれて死ぬまで数十億年。そして今、〈私〉の目の前で何かの間違いのように「きみ」が振り向いた。それは奇蹟とはちがうことなのか。

二人の特別な時間を詠った歌を挙げてみよう。

観覧車回れよ回れ想ひ出は君には一日（ひとひ）我には一生（ひとよ）　栗木京子

「この味がいいね」と君が言ったから七月六日はサラダ記念日　俵万智

いずれの場合も、作中の「君」の存在や行為が平凡な一日をかけがえのないものに変えている。その点は初谷の「イルカ」にも共通する。違いは、右の二首においては「我には一生」「サラダ記念日」という形で、それぞれの時間が大切に胸に刻まれていることだ。だが、初谷作品では、「ん？」の一瞬で時が止まっている。

では、次の歌はどうか。

あの夏の数かぎりなきそしてまたたつた一つの表情をせよ　小野茂樹

「あの夏」を「たつた一つの表情」に結晶化させることで、やはり永遠に胸に刻みたいのだろう。その思いの強さが心を打つ。このように見てくると、初谷作品のリアルタイム性に気づく。つまり、「君には一日我には一生」と二人の時間を比較したり、二人だけの「記念日」にしたり、「表情をせよ」と命じるまでもなく、「きみ」が振り向いた瞬間にすべての夢が叶っているのだ。

新世代がいま届けたい現代短歌100

伊舎堂仁
大森静佳
小島なお
寺井龍哉

短歌観も、所属も異なる新世代の歌人が四名あつまり、いま読んでほしい短歌百首を選びました。まだあまり短歌を読んだことのないあなたには、短歌の面白さ、奥深さをすこしでも味わってもらえるように。すでに短歌を読みなれているあなたにも、新鮮な発見を手渡せるように。私たちが考える、現代短歌の最も新しく、最も深い百首の世界を、味わっていただければ幸いです。

・今回は二〇〇一年以降発表のものからできる限り多くの歌を読み、各自が読者に届けたいと思う作品を数十首ずつ自由に持ち寄って、討議を重ねながら百首を選びました。百首に入れられずやむなく外さざるをえなかった短歌も数多くあったことを付記したいと思います。
・選定にあたっては、まだあまり知られていない作品や評価の定まっていない作品も、積極的にとりいれることにしました。
・百首は初句の五十音順に配列し、強く推した選者の一言コメントを付しました（伊舎堂↓「I」、大森↓「O」、小島↓「K」、寺井↓「T」と表記）。
・最後に、本誌編集委員および選者の八名による自選歌一首も掲載しています。

ああなにをそんなに怒っているんだよ透明な巣の中を見ただけ

盛田志保子　『木曜日』２００３

相手の胸の奥をつい覗き見てしまったり、踏み込みすぎてしまったり、人と人の関係はいつも難しい。「透明な巣」という清冽な喩に、人の心の脆さを思う。（Ｏ）

明日へわれらを送る時間の手を想ふ寝台に児をそつと降ろせば

黒瀬珂瀾　『蓮喰ひ人の日記』２０１５

まどろむわれ、に知覚された一瞬の〈手〉を、定型へ持ち帰ることに成功している歌。〈われら〉と「なにか」の交差する、詩の時間、を指す歌でもある。（Ｉ）

あっ、ビデオになってた、って君の声の短い動画だ、海の

千種創一　『砂丘律』２０１５

操作ミスで撮られたほんの短い動画から、「君」との海の思い出がよみがえる。他愛もない、でももう二度と戻らない一瞬が保存されてしまった。（Ｔ）

アップデート後に再起動が必要です［行う］［冬の夜に行う］

新上達也　「穀物」４号・２０１７

遠くで事が起こる——という快楽。それが、いつかの自分のクリックによって走り出した「詩」である愉快さ。〈再起動〉後の朝をうっとりとおもう。（Ｉ）

宛先も差出人もわからない叫びをひとつ預かっている

奥田亡羊　『亡羊』２００７

誰の、誰への、どんな、「叫び」か。行き場を失った匿名の声は主体の元に、半永久的に保管されることになるのかもしれない。（Ｋ）

アトミックボム、ごめんなさいとアメリカの少年が言うほほえみながら

加藤治郎　「毎日新聞」２０１５年１月５日朝刊

回想か。それとも予言か。悪趣味ギリギリの幻視が放つ、この嫌な気配はなんだろう。フォトジェニックな少年は、決定権の大人となる。アメリカ、で。（Ｉ）

あなたが退（ど）くとふゆのをはりの水が見えるあなたがずつとながめてた水

魚村晋太郎　『花柄』２００７

あなたの眼に映る水と私の眼に映る水は同じだろうか。流れやまぬ水そのもののように官能的な韻律に乗って、喪失の予感がかすかに伝わってくる。（Ｏ）

あなただけ方舟に乗せられたなら何度も何度も手を振るからね

馬場めぐみ　「短歌研究」２０１１年10月号

もしも一対のいのちとしてあなたとノアの方舟に乗れなかったら。それでも、私は感情をあきらめない。手を振るという行為のまっすぐな美しさの極致。（Ｏ）

アメリカンをアメと伝えるウェイトレスの声しめやかに雨の似合う日

江川美恵子

『青い丘が待つ』2017

「アメリカン珈琲」、略して「アメ」。オーダー用語のひびきを、喫茶店（きっと窓際の席）でひそかに楽しむひととき。雨の日の心あそび。（K）

遺伝子はほころびやがて散る刺繡その半歩まへパンダつくりき

坂井修一

『牧神』2002

繁栄するもの、絶滅するもの、俯瞰すればおしなべて遺伝子はほころび、いずれ消える。人間に護られることで種をつなぐパンダの不思議な遺伝子。（K）

イルカがとぶイルカがおちる何も言ってないのにきみが「ん？」と振り向く

初谷むい

『花は泡、そこにいたって会いたいよ』2018

ちっとも特別でない一瞬が、特別な記憶としてきらめき続けることがある。水族館を舞台に、クレヨンの明るい線でざっくり描いたような新鮮な恋の歌。（O）

海からの風に吹かれて夏草が初めて「ああつ」と言つたのでした

柳宣宏

『与楽』2003

若草が成長し、青々と茂る初夏。ゆたかな海風をはじめて全身で受け止めた夏草の恍惚が、「ああつ」に凝縮されている。（K）

海に来れば海の向こうに恋人がいるようにみな海をみている

五島諭

『緑の祠』2013

微笑んだり、目を細めたり、誰もが切なさやもどかしさを感じてしまう。海にはそんな不思議な魅力がある。海を見るたびに、必ず思いだしてしまう歌。（T）

産めと言ひ殺せと言ひまた死ねと言ふ国家の声ありきまたあるごとし

大口玲子

『桜の木にのぼる人』2015

出産を奨励し、戦争へと国民をかりたて、出撃命令や死刑執行の場面では人間に死を命じる。そうした国家の恐ろしさは決して過去だけのものではない。（T）

大足の息子が部屋を横切りてコーラ飲まねば勉強できぬ

前田康子

『黄あやめの頃』2011

大きい足の息子がのしのし歩く。コーラを飲まないと勉強できないと言う。大人と子供の狭間にある息子の生態（?）をユーモラスに描写した。（K）

おもうからあるのだそこにわたくしはいないいないいないばあこれが顔だよ

望月裕二郎

『あそこ』2013

「我思う、ゆえに我あり」を下敷きに現代の、短歌の〈私〉を挑発する。わざわざ「これが顔だよ」と自注しながらひらく「顔」は、のっぺらぼうの不気味さだ。（O）

スピードスケート岡崎朋美選手妊娠

オリンピック終へて子を産む選手ありをみなの性は湖（うみ）の上の虹

栗木京子

『水仙の章』２０１３

世界の頂点に立つために鍛え上げた身体。この世にあたらしい命を存在させる身体。女性の身体は湖の虹のようにほのぐらく神秘的である。（K）

俺なんかどこが良いのと聞く君はあたしのどこが駄目なんだろう

泡凪伊良佳

穂村弘『短歌ください　その二』２０１４

素朴な。ゆえにずるい、ひとつの定型句に、ほとんど同じ素朴さでぶつかる、ことでまったく新しい「定型句」が生まれている。この普遍化は。手ごわい。（I）

カーディガンの袖に片腕ずつ通す　むこうの海にふれそうになる

小谷奈央

「歌壇」２０１５年２月号

片方ずつ腕を通して着るカーディガン。袖口の右から左へ、こちらから「むこう」へ。向こう側にはいつも未知の世界が広がっている。（K）

かぐはしきゼロこそよけれ海から海あなたからあなたを引いたやうな

山田富士郎

『商品とゆめ』２０１７

そこに在ったものの気配を内包する「ゼロ」。無いのではなく、無いことが在るのだ。美しく、謎めいた「ゼロ」の詩。（K）

かりそめの夢とつかのまの覚醒と審判コリーナのホイッスル鳴る

春日井建

『朝の水』２００４

スキンヘッドに鋭い眼光。その独特の風貌で、サッカーファンを魅了したイタリアの審判ピエルルイジ・コッリーナ。「夢」も「覚醒」も彼には似合う。（K）

缶コーヒー買って飲むってことだってひとがするのを見て覚えたの

山階基

「早稲田短歌」41号・２０１１

どんな小さなことも、誰かの行為を見て学んできたはず。自分の卑小さを指摘するようだが、ではこれからも、と背中を押してくれる面に注意したい。（T）

感情が顔に出なくて損をするあるいは得をする　こんにちは

相田奈緒

「短歌人」２０１７年12月号

一字の空白のあと目の前に落ちる、鉛のような〈こんにちは〉が圧巻。誰のどの感情もわからないかもしれない。（I）

眼前に落ちて来たりし青柿はひとたび撥ねてふたたび撥ねず

小池光

『思川の岸辺』２０１５

それだけしか映されない、ことでカメラの「外」が気になってくる。そこでは無言のその者が〈青柿〉に、〈ひとたび〉と〈ふたたび〉とを見ている。（I）

キミの血を見たことがあり似たようなもののひとつとして異国の酢

吉田竜宇

「短歌研究」2010年10月号

血液を見たことがある、とはかなり親密な間柄だろう。「似たようなもののひとつ」という強引な言及が「キミ」との関係の重さを強烈に印象づける。（T）

銀行と欅（けやき）と空のシリウスを結べば三角の細長い塔

柏崎驍二

『四十雀日記』2005

視界の景色を図面にして、地上から上空へ透明な線を結んでゆく。銀行と欅とシリウスによる三点の偶然のような必然のような調和。（K）

空中をしずみてゆけるさくらばなひいふうみいよいつ無に還る

内山晶太

『窓、その他』2012

ひい、ふう、みい、よ、いつ、む、の数え唄を、「いつ無に還る」の自問へ転換する、魔術的な技巧。桜が背負ってきた滅びのイメージも引き受けた。（T）

くびすじをすきといわれたその日からくびすじはそらしかたをおぼえる

野口あや子

『くびすじの欠片』2009

「くびすじ」のリフレインは心地よいが、「そらしかた」を身につけて相手を翻弄する心憎さもある。身をかわしたときの横顔がはっきりと見えてくる。（T）

けはひなく降る春の雨　寂しみて神は地球に鯨を飼へり

睦月都

「歌壇」2016年2月号

昔は「春の雨」にも神霊が宿っていたのに、と寂しがる神様が、大洋でクジラを放し飼いにしているのだ。大胆な世界観の更新を見とどけさせてくれる。（T）

恋人がすごくはためく服を着て海へ　海へと向かう　電車で

吉田恭大

『光と私語』2018

時間経過を示す一字空けの「そこ」で風、も吹かせている文体が鮮やか。先に海へ着くのは恋人だ。歌でわたしが追いかける。（I）

古書ひとつ諦めたれば蒼穹をあぢさゐのあをあふるるばかり

吉田隼人

『忘却のための試論』2015

古本の購入をあきらめて見上げた青空に、かつて見た紫陽花の青色の残像がひろがる。上々の天気とうなだれるような気分が、鋭いコントラストをなす。（T）

桜だと思ってくれて構わない君の背中に小指を当てる

雪吉千春

「歌壇」2018年2月号

気持ちは届かなくても、小指一本が触れているだけで嬉しい。そのとき、心の芯の静けさと強さにおいて私は本当に桜の木そのものなのかもしれない。（O）

さて恋と言へば私。アルコールランプに顔を寄せてゆくなり

石川美南　『離れ島』２０１１

奇行と高揚感。見ばえの素敵でなさ、にそれでも「言われてしまった」感があるのは、この両輪で駆動するのが〈恋〉だからなのかもしれない。（Ｉ）

三人が見上げていれば四人目となりて見上げる軒端のつばめ

藤島秀憲　『二丁目通信』２００９

「三人」「四人目」という言い方は、まるでつばめの側から見ているようだ。今年も巣を作りだしたつばめを寄り集まって見守る「四人」のあたたかさ。（Ｔ）

３番線快速電車が通過します理解できない人は下がって

中澤系　『ｕｔａ０００１．ｔｘｔ』２００４

システムの言葉が悪意を含みだすとどうなるか……の思考実験は現在どうだろう。このキレに恐怖しない、程には「こう」なったのではないか。２０１８年。（Ｉ）

質問は聞こえないけどえんとつの影でわたしを指さしている

斉藤斎藤　『人の道、死ぬと町』２０１６

現実の世界はつねに、お前はどう考えるのか、と私に問うているらしい。その無言の質問を聞き取るところから、私という個人に世界が開かれてゆく。（Ｔ）

自転車の灯りをとほく見てをればあかり弱まる場所はさかみち

光森裕樹　『鈴を産むひばり』２０１０

なぜ私はこの場面を思い出せるのだろう。なぜ作者は、これを覚えておけるのだろう。書くことができるのだろう。「目」が〈とほく〉から、見ている。（Ｉ）

詩と愛と光と風と暴力ときょうごめん行けないんだの世界

柳本々々　『きょうごめん行けないんだ』２０１７

自分はどこだろう、と思うときたいていの人は〈今日ごめん〉グループだろう。「それでもいい」とやさしく誰か、に言われた気になる。あふれる。（Ｉ）

ジュラ紀にも梅雨があったかもしれないこうもり傘の遠いいい記憶

杉﨑恒夫　『パン屋のパンセ』２０１０

日々の雨模様から太古の昔へと想像をめぐらせ、傘を翼竜に見立てたらしい。物憂い季節に自由な発想が楽しく、「遠いい」という強調の仕方も可憐だ。（Ｔ）

瞬間を覚えていること　その奥でらくだが閉じる分厚い瞼

加瀬はる　「岡大短歌」５号・２０１７

記憶はいつも断片だ。断片であるゆえの強靭さ。ゆっくり重たげに閉じられるらくだの瞼は、不思議に粘り気のある存在感で、一瞬を永遠へとひきあげる。（Ｏ）

白いブランコ揺らしてぼくは少しだけ哀しい事件に遭ふひとのやう

西田政史

『スウィート・ホーム』2017

シンクロの足水上におき忘れながら滅びてゆくのであらう

竹山広

『空の空』2007

心臓一個冷えびえと空を飛びゆきて唯物論改訂版のはじまり

寺松滋文

『爾余は沈黙』2003

水深をもらえば泳ぎだす犬に花降りそそぐ季節があるの

宇都宮敦

「シー・ラブズ・ザ・ルータ」2017

(すぐそこを)(飛んでる)(眠れ)(どうやって)(蜘蛛が)(眠るな)(笑顔)(聞きたい)

穂村弘

『ラインマーカーズ』2003

「正義」とふ青銅の瓶のやうなことば使ひ方は斯うだ叩き付けてつかふ

藪内亮輔

「塔」2011年9月号

制服をクリーニングに出し終えてきみに会いたき春、春である

佐藤真美

「現代短歌」2017年12月号

瀬の音のかすかにきこゆ老人が老人に愛をささやくやうに

伊藤一彦

『微笑の空』2007

悲劇、と言うにはほど遠いけれど、ほんのすこしの運やタイミングの悪さ。「ぼく」は世界に溢れている不特定多数の「ぼく」でもある。(K)

水面下の身体はもうとっくに失われているのに、いつまでも水上に取り残されている脚。「滅び」という題の絵があるならばきっとこんな絵だろう。(K)

むきだしの心臓が、まるで鳥のように空をゆく。心の動きまでをも物質に還元しようとする唯物論を、人間存在を離れたこの心臓は爽快に更新するだろう。(O)

「水深をもらえば」が、少しも水音をたてずに進水する犬の身体を想像させ、花びらも音もなく降り注ぐ。春の訪れへの、静かで清潔な祝意があふれる。(T)

混線する会話のなか、〈蜘蛛〉だけが確かなものとしてそこにいる。全員がすれちがい続けるなか蜘蛛が来る。(I)

恫喝のように、怒りのように、叩き付けられる「正義」。青銅の瓶のあおさ、冷たさは、いつの時代も人をあやうく惹きつけるのだ。(K)

日々の疲労と倦怠を制服ごと脱ぎ捨て、ひとときの休暇がはじまる。「春、春である」の静かな反芻が、幸福の予感にひそかに高鳴る鼓動を思わせる。(T)

遠くの海の波音。長い長い時間を満ち引きするその音は、労わりの、慈しみの、愛の言葉となって作者の耳を包んでいる。(K)

戦場を覆う大きな手はなくて君は小さな手で目を覆う

木下龍也　『きみを嫌いな奴はクズだよ』2016

世界のあちこちで起きている戦争の悲惨さは隠しようもない。神様の手のような「大きな手」から子どもの「小さな手」へ、遠近感の揺さぶりがかなしい。（O）

善も悪もみんな燃やせば簡単だアメリカの洗濯機はごつつう廻る

林和清　『去年マリエンバートで』2017

暴力的に激しく廻る洗濯機のイメージに絡め、ひとつの国の躍進の歴史をアイロニカルに見つめ直す。「ごつつう」の語気に痛快なユーモアと皮肉がこもる。（O）

外は雨であるかもしれず何ごともなければ海であるかもしれず

松村正直　『風のおとうと』2017

部屋の外に満ちる水の気配。何かが反転してしまったような、この浮遊感の正体は何だろう。心の内と外の境界線が、いま静かに溶けだしてゆく。（O）

傍に居て　男のからだは暖かい見た目よりはずつと桐の木

河野裕子　『葦舟』2009

どんな言葉よりも人の体温に安らぐことがある。まっすぐで暖かい桐の木のような人の。語順の不思議なたゆたいに、生の寂しさが息づいている。（O）

大根を探しにゆけば大根は夜の電柱に立てかけてあり

花山多佳子　『木香薔薇』2006

白い大根が、あたかも夜道を歩き出し、途中の電柱でひと休みしていたかのような感覚が残る。日常には、まだまだ不思議の入り込む余地があるらしい。（T）

だいなしの雨の花見のだいなしな景色のいまも愛なのかなあ

阿波野巧也　「羽根と根」4号・2016

せっかくの花見なのに、雨が降っている。その時間も一緒に過ごすことが二人の「愛」の証明になるのかしら。口には出せない自問がいとおしい。（T）

だから先生、苦労と努力は違うんだ。彼は苦労のイチローだった。

上梨裕奨　「象」4号・2016

報われない努力＝苦労であるとき、その〈イチロー〉とは、どれほど天才的な徒労者の〈彼〉であったのか。〈イチロー〉でことわざが生まれた。（I）

たしかにおれも手をたたいたが嘴があるなんてきいてなかつた

平井弘　「短歌研究」2017年2月号

〈手〉と〈嘴〉のみ漢字表記であることの、その対応関係を読みたい。現代の悪や脅威は、我々の手拍子のなか現れる。〈嘴〉が。近づき終えている。（I）

たて笛に遠すぎる穴があつたでせう　さういふ感じに何かがとほい

木下こう
『体温と雨』２０１４

リコーダーの一番遠い穴に小指が届かない、あのもどかしさ。茫漠とした意識のなかのこの「遠さ」は、きっと誰にとっても親しい遠さだろう。（Ｏ）

近づいた音のむかうに春がある音は爆音春まだ遠い

岩田正
『泡も一途』２００５

「春」と「爆音」はなんの喩だろう。そこにあるとわかっているのに、届かない「春」。「爆音」はわたしたちから聴覚を、正気を奪ってゆく。（Ｋ）

チャレンジャーの飛行士たちはその朝の七十二秒をそらへ昇りき

都築直子
『淡緑湖』２０１０

1986年、アメリカのスペースシャトルチャレンジャー号爆発事故。打ち上げから72秒後に空中分解し、乗組員7名全員が死亡した。（Ｋ）

月を見つけて月いいよねと君が言う　ぼくはこっちだからじゃあまたね

永井祐
『日本の中でたのしく暮らす』２０１２

ふたり一緒に月を見る、そんな甘美な情景を裏切る二文字分の空白が鮮やかだ。別のかたちにもなりえたはずの人間関係の展開を想像させて切ない。（Ｔ）

つま先を上げてメールをしていたらかかとで立っていたと言われる

土岐友浩
『Ｂｏｏｔｌｅｇ』２０１５

それを手柄にする誰か…のいない「おもしろ」って、どうしてこんなに嬉しいんだろう。青春の残り時間が、たっぷりと背後に見える。（Ｉ）

問十二、夜空の青を微分せよ。街の明りは無視してもよい

川北天華
「高校生文芸道場おかやま」２００９

物理の問題のように純粋な数値だけで考えられる世界を、数値では割り切れないことばかりの現実世界から夢みる。深い夜空に吸い込まれてしまいそう。（Ｔ）

東京の頬にちいさくしゃがみこむただ一滴の目薬になる

平岡直子
「率」６号・２０１４

目をそれて頬に流れた目薬は、本来の目的は果たせなかったもの。でも、いや、それゆえに、あたたかい。大都市のほとりに、今の私が生きている。（Ｔ）

凍結は水の端より　生別は会はむこころをうしなひてより

小原奈実
「本郷短歌」２号・２０１３

会うことは、会おうとすることなのだ。その心が失われたときから人と人の関係は、凍ってゆく水面のようにはりつめてきらきらと終わりへ傾いてゆく。（Ｏ）

どうしても君に会いたい昼下がりしゃがんでわれの影ぶっ叩く

花山周子
『風とマルス』2014

荒い語気に一瞬圧倒されるが、しゃがむことによる低い位置→低い位置への殴打は相当に見た目、funnyではないだろうか。生きものすぎる。（I）

透明なせかいのまなこ疲れたら芽をつみなさい　わたしのでいい

井上法子
『永遠でないほうの火』2016

疲れてしまった人々のために、巨神のような私が静かに声をかける。私は何者なのか。抽象性の輝きと呼びかけの口調に、詩歌の涼しさを感じる。（O）

とても私。きましたここへ。とてもここへ。白い帽子を胸にふせ立つ

雪舟えま
『たんぽるぽる』2011

言葉を手にしたばかりのようなたどたどしさで「ここ」への愛をうたう。物語の始まりを象徴する白い帽子を胸に、この世界に贈る挨拶歌。（O）

ともだちを旧姓で呼ぶともだちがちゃんと振り返る　蚊だよ

北山あさひ
「歌壇」2017年2月号

旧姓で呼んでいた頃の記憶とともに、友だちが友だちのまま何も変わらないことにほっとする。「蚊だよ」の照れたようなぶっきらぼうな感じが愛おしい。（O）

夏の井戸（それから彼と彼女にはしあわせな日はあまりなかった）

我妻俊樹
「率」10号・2016

井戸がある。覗く男女がいて、夏が二人を包む。それ以降の日々に一瞬で進めるこの（　）が不気味だ。（I）

虹とは都市の名ですか、それともかつて知り合ひだつた人の名ですか

松平修文
『トゥオネラ』2017

ゼロの地平から「虹」という言葉に触れなおす恍惚。あるはずのない記憶が、あるはずのない世界が、あるはずのないなまなましさで胸に蘇る。（O）

猫なのにあなたであなたから少しずつ私です　夜が明けます

笹井宏之
『てんとろり』2011

「猫」にも「あなた」にもすこしずつ「わたし」がいる。「わたし」にだってきっとそうだ。「存在する」というのは果たしてどういうことなのだろう。（K）

野薔薇って呼ばれてふたりふりかえる白熱灯の地下の廊下で

藤本玲未
『オーロラのお針子』2014

どうしてそのとき、私たちは振りむいてしまったんだろう。暗いような明るいようなこの廊下には、なぜか出口がない気がする。イメージの微熱が心地いい。（O）

背景に川が流れて学生時代を夢のようだと言うのだろうか

永田紅

『ぼんやりしているうちに』2007

川沿いで学生生活を過ごしたのだろう。「背景」という言葉の装置によって、学生時代が一葉の古い写真のようなイメージへ転換されている。（K）

はちみつで育った毛から花々のにおい　たたかえないよ、たましい

加子

「なんたる星」2015年4月号

たたかうには頼りないアイテムの列挙が、反転して〈たましい〉への全力での異議申し立てになっている。はなばな／たたかえ、からの頭韻もよい。（I）

花火落ちてふたたび闇のうごくとき刺青（しせい）のかをりすれちがひたり

小中英之

『過客』2003

花火が消えて、闇の空間にふたたび満ちる人いきれ。雑踏にすれ違った人の（腕だろうか）刺青がふと見えた。「刺青のかをり」が艶である。（K）

春だねと言えば名前を呼ばれたと思った犬が近寄ってくる

服部真里子

『行け広野へと』2014

春の到来をよろこぶ私の魂と、人懐っこくピュアな犬の魂がやわらかくクロスする。そこに言葉の伝達はいらない。春の陽射しのほのかな幸福感。（O）

ひとりでも生きられるから泣きそうだ　腐り始めの米は酸っぱい

坂井ユリ

「京大短歌」19号・2013

一行で書かれる、ことの効力と魔力を思う。こう並ぶ、ことで孤独と腐敗と味覚とが同時に起こる。他人事に、ほとんどは進む。（I）

人を抱く時間は冬の虹に似て一生（ひとよ）のうちのほんのわずかの

吉川宏志

『鳥の見しもの』2016

生まれてから死ぬまで、そのうちの性交に費やした時間。冬の虹のように短いそのひとときを、人はきっといくたびも振り返る。（K）

ひまはりの種テーブルにあふれさせまぶしいぢやないかきみは癌なのに

渡辺松男

『蝶』2011

癌に冒された「きみ」が生きる一刻一刻。その代替不可能性のまぶしさを思う。「種」にはこれから咲くひまわりの花が眠っている。（K）

開かれたままの図鑑の重たさよ虹のなりたち詳細すぎる

法橋ひらく

『それはとても速くて永い』2015

詠嘆の〈よ〉から、現代の詠嘆な〈すぎる〉へ続く。重い本や、細かな図解の〈虹〉。ともにこの世界の「すでにある」ものへの畏れを抱かせてくる。（I）

拾ひきて罪のごと掌に隠しもつ貝の内裏（うちら）に虹照りわたる

多田智満子
『遊星の人』２００５

虹色の真珠層を見ていると、貝殻は海の破片であり、海の体の一部なのではないか、と感じることがある。海を盗むという美しい「罪」を思う。（K）

ふかぶかとこの世に落ちし一粒のどんぐりにあなたが屈みこむ

大平千賀
「歌壇」２０１７年２月号

いま、ここに在ることへのきわめて率直な感動。どんぐりと同じように、あなたもまた偶然この世に落ちてきた存在なのだ。そして、私はあなたに屈みこむ。（O）

不思議なる音して去年（こぞ）の雪が降るきょーん、きゃーん、きゃーん、きょーん

岡部桂一郎
『一点鐘』２００２

現実の雪は沈黙のうちに降るが、時空を超えたこの雪は違う。「きょーん」「きゃーん」とまるで生き物のような雪が、ユーモラスに時間の淵を押し広げる。（O）

婦人用トイレ表示がきらいきらいあたしはケンカ強い強い

飯田有子
『林檎貫通式』２００１

嫌い、よりは〈きらい〉、〈きらい〉よりは〈きらいきらい〉……とこちらを怖がらせない、ように言ってくれた、のがおもしろい、ことの哀しい、歌だ。（I）

ペガサスは私にはきっと優しくてあなたのことは殺してくれる

冬野きりん
穂村弘『短歌ください』２０１１

〈私〉に唯一の味方が、その心内で〈ペガサス〉にまで育ち、ついには託されてしまう殺意のことを思う。殺して「くれる」が切ない。（I）

ボーダーを着てボーダーの服買いに行くのはながいきのおまじない

橋爪志保
「羽根と根」５号・２０１６

ボーダーの服ばかり着る何気ない日々。日常の先にある祈りのような感覚がフラットに言語化され、あっけらかんと明るいなかに一滴の寂しさが滲む。（O）

発作のごとくあなたは海へ行くとしてその原因のおんなでいたい

工藤玲音
「東北大短歌」３号・２０１６

やや陰気な願望を、あくまで明るく言ってのけた。自分が不在の場面にも影響力を持つことを望む点に、看過できない深い感情のひだを感じさせる。（T）

本当に愛されてゐるかもしれず浅ければ夏の川輝けり

佐々木実之
『日想』２０１３

きらきらと耀く夏の川面を見つめつつ、愛の確信と不安の間で揺れる。おずおずと伸ばした手が、青春のきらめきのなかに永遠を呼びこむ。（O）

未生なるわれの潰(けが)しし中國の少年あらむまた未生なる

水原紫苑
『光儀』2015

従軍慰安婦の問題を女性の立場からこのように引き受けてうたうしなやかな批評精神。二度繰り返される「未生」(「非在」ではない)に戦慄する。(O)

水色のボールころがり土がつく　夢は習字の先生でした

工藤吉生
「毎日新聞」2016年1月4日朝刊

新品ではないボールから、その職には就かなかった私、を思う際に、私についた〈土〉かのような書かれ方が苦い。丁寧語で、報告調の〈でした〉なのも。(I)

水かけてもひたに黙する墓石のやうに冷えきるわたしですねん

小黒世茂
『雨たたす村落』2008

さまざまな冷たさのなかでも「墓石」の冷たさは、心底、という感じがする。にもかかわらず、「ですねん」の方言が妙にあたたかい。(K)

みんな好きなら私の好きはいらんやろかき氷でつくるみずたまり

北村早紀
「現代短歌」2016年10月号

誰もが愛するようなものではなく、自分しか愛さないような特別なものだけを、言わば効率的に愛していたいのだ。ストローからこぼれる水滴が切ない。(T)

目を閉じた人から順に夏になる光の中で君に出会った

木下侑介
穂村弘『短歌ください』2011

闇や〈光〉級の〈君〉と出会うため、捏造された〈夏〉である……ことなんてわかっているうえで、抗えない恍惚感がある。密閉感のなか、広がっていく。(I)

もういやだ死にたい　そしてほとぼりが冷めたあたりで生き返りたい

岡野大嗣
『サイレンと犀』2014

つい口走ってしまう「死にたい」という文句の真意を言い当てられたようなきまり悪さもある。そう言ってしまうのは、本当は生きたいからかもしれない。(T)

夜の雪を映せる硝子　拉致のために近づく人の息を思うも

佐佐木幸綱
『百年の船』2005

息を殺して、静かに、近づく。殺した息が闇にしろく浮かぶ。知識や情報でない拉致事件の現場を生々しく読者に提示する、想像の力。(K)

四歳をぐつと抱けば背骨あり　死にたくないな君が死ぬまで

大松達知
『ぶどうのことば』2017

現実的ではないかもしれないが、幼い子の小さな背中があるかぎり、それを生きて見守りたいと思う。軽い調子で「死」を言うことができる幸福感。(T)

ランドセルの鈴鳴らしつつゆく子あり鈴はときをり空からも鳴る

小島ゆかり

『純白光』2013

無邪気に身体を動かしながら通学路をゆく子の楽しげな様子が伝わってくる。地上だけでなく中空までが、子どもたちの気ままな可動域なのだ。（T）

朗読をかさねやがては天国の話し言葉に到るのだろう

佐々木朔

「羽根と根」創刊号・2014

言い間違えたりつっかえたりすることが全くない完璧な朗読が、いつか実現するのだろう。五・七音の定型を感じさせないなめらかな語の連接が見事。（T）

ロシアなら夢の焚き付けにするような小さな椅子を君が壊した

堂園昌彦

『やがて秋茄子へと到る』2013

きみが椅子を壊した。それだけのささやかな出来事が「夢の焚き付け」という比喩で、かけがえのないささやかさになる。外国の白黒映画のよう。（K）

わたしが世を去るとき町に現れる男がいまベルホヤンスク駅の改札を抜ける

フラワーしげる

「短歌研究」2014年9月号

破調のスピード感で、〈駅〉から「わたしの死」までの一直線が引かれる。わたしの死も〈ベルホヤンスク駅〉も、知らない、ものとしてそこにある。（I）

■選者・編集委員の自選歌

一度だけセックスをした人に買ふ財布も黒でよいのだらうか　**染野太朗**「文學界」2017年7月号

感情の置き場所だけは奪われぬ言葉はずっとずっと一緒だ　**東直子**「短歌研究」2011年5月号

きみとの恋終わりプールに泳ぎおり十メートル地点で悲しみがくる　**小島なお**『サリンジャーは死んでしまった』2011

手をあててきみの鼓動を聴いてからてのひらだけがずっとみずうみ　**大森静佳**『カミーユ』2018

どんなにかさびしい白い指先で置きたまいしか地球に富士を　**佐藤弓生**『眼鏡屋は夕ぐれのため』2006

夏になりそびれた廃材　母が指ささないものを見てばかりいた　**千葉聡**『そこにある光と傷と忘れもの』2003

読みさしの大戦史あり合掌のかたちに閉じて書庫にかえらず　**寺井龍哉**「朝日新聞」2015年8月4日夕刊

ライフから場面はイズへ　暗いなあ　イズの場面で待つビューーティフル　**伊舎堂仁**『トントングラム』2014

選歌を終えて

伊舎堂仁　大森静佳
小島なお　寺井龍哉

短歌との出会い

大森静佳（以下、大森）　今日はお集まりいただき、ありがとうございます。四人それぞれに短歌を始めたきっかけや環境は異なると思うので、まずはそのあたりから話していただけますでしょうか。

小島なお（以下、小島）　私は、母が小島ゆかりという名で短歌の活動をしておりますので、それがきっかけです。初めて短歌を作ったのは高校三年生のとき。自分の進路のことで鬱屈していたときに身近にあったので、やってみようと。最初は母に見せてコメントをもらっていたのですが、選者が高野公彦さんの「日経歌壇」にも投稿するようになりました。高野さんの「**あきかぜの中のきりんを見て立てばああ我といふ暗きかたまり**」には特にあこがれました。自意識とか友人関係で悩んでいた時期に、短歌の世界だったら自分は暗いかたまりでいいんだ、それが詩になるんだということが嬉しかった。

大森　伊舎堂さんはどうですか。

伊舎堂仁（以下、伊舎堂）　二十三歳のときに穂村弘さんの「**超長期天気予報によれば我が一億年後の誕生日　曇り**」で「あ、面白い」となったんです。ほとんど同時期に雑誌「わしズム」で、笹公人さんの「頭のおかしい子は黄色い救急車に連れて行かれる」みたいな歌を見かけて。おもしろいことを言える形式があるんだなと。小説を書かないと卒業できない大学にいたんですけど全然書けなくて、もう小説は嫌だと思っていたところに穂村さんとか笹さんとかが飛びこんできた。小説の代わりに短歌を始めたものだから、『トントングラム』（書肆侃侃房）の歌は「韻律がボロボロだ」って言われたこともある。でも、韻律ってなんだよと。合計で三十一文字あれば短歌だって俺聞いたよと。あと、大きいのはツイッター。一行で面白いことを言ってる人がいっぱいいた。「不登校の龍」とか。そういう人に救われたんです。こういう方向の書き方で、文芸でポジションを与えられている形式といったらもう短歌しかなかった。一行のキレとか変な発想。

寺井龍哉（以下、寺井）　短歌を作ろうと思った最初の具体的な状況をお聞きしたいです。

伊舎堂　大学を出ても就職先がなくて、友達と同居してたアパートに新聞屋が「契約してよ」って来たんですね。無料で三カ月分配らせてくれたら金麦を1箱くれるって言うんでOKしたら、ちゃんと1万円もとられてしまった。むかついたから全部読んでたら俵万智さんの選歌欄を見つけたんですよ。そこに短歌が載ると図書カードもらえる。金に困っていたから、ツイートしたやつを無理やり短歌にして送っていました。そんなに甘くなくて二回しか載らなかったんですけど、それが心の支えでした。短歌を送ったら誰かが採ってくれる、それだけでしばらく自己肯定感がある。そんなふうに生きながらえてました。

大森　批評会に出たり歌会に出たり、短歌の人と関わったのはいつからですか。

伊舎堂　新鋭短歌シリーズの公募で、加藤治郎さんに会えたんです。それまでは歌人と会ったことがなかった。そのころに仮想敵にしてたのが服部真里子さんと堂園昌彦さん。小説家は孤立してるのに、歌人は

左から、大森静佳、小島なお、伊舎堂仁、寺井龍哉の各氏

〈#服部真里子祭り〉とかってみんなでツイートしたり、謎のコミューンができている。大勢で褒めて立派なものにする空気に嫌悪感を持った。我妻俊樹さんがその頃だと一番好きでした。僕と同じものに怒ってくれそうだし、似た香りを感じた。今考えると、そんなふうにイラついてる人間でも好きになれる歌人がいるくらい、全体の層が厚くなってたってことなんですけど。

寺井　私は、中三か高一のときに初めて短歌らしきものが自分の書くものの中から出てきた。中学二年生のときに柿本人麻呂の「**東の野に炎の立つ見えてかへり見すれば月かたぶきぬ**」を授業で読まされたんです。東の野から太陽が上がってくるのが見えて、振り返ってみると西の月が傾いているという歌。西郷信綱という国文学者が『万葉私記』で今風に言うとすごくエモい文章で鑑賞をするんです。茂吉が書いたエモーショナルな文章も一緒に読まされて、全部の意味はわからないけどスケール感に非常に心震えた。短歌というのはすごいなと思い始めた。でも次第に、単に古典文法がわかっていてもわからないような短歌独特の言い回しもでてくる。それで、もうちょっとわかる短歌を読みたいと思って寺山修司や俵万智に目が移っていった。「**海を知らぬ少女の前に麦藁帽のわれは両手をひろげていたり**」とか「**目つむりていても吾を統ぶ五月の鷹**」は、寺山の天才的な言語感覚が鮮やかで、寺山を気取ったような短歌を作り始めました。岡井隆さんと穂村さんが選者だった「日経歌壇」、それから「ダ・ヴィンチ」に投稿もした。大学に入ると「本郷短歌」があって、近い世代で短歌を作っている人が実際にいるんだとわかったときには衝撃でした。だんだんと評論も書くようになりました。

大森　作品の新人賞へはあまり出していないんですか。

寺井　何回か出しました。でも、作品を評価されたいという気持ちはありつつも、もっと面白い作品があるということを紹介したい気持ちの方が大きい。「俺は感動してる」というのを今はみんなにもっと言いたい。

大森　こうして聞いていくと、意外にもみなさん揃って新聞歌壇なんですね。私も実はそうなんです。高校生のときに「毎日歌壇」の河野裕子さんや加藤治郎さんに投稿していた。自分の書いたものが活字になるという経験にすごくどきどきして、嬉しかった。そもそも最初に三十一文字を意識したのは百人一首ですね。小学生のとき、全然意味はわからなかったけど声に出して唱

えていたら何となく楽しかったから全部覚えた。中学校の国語の授業では『サラダ記念日』（河出書房新社）を先生がわりと詳しくやってくれて、「あ、こんなのがあるのか」と思った。高校になって実際に作り始めました。図書館っ子だったから、吉川宏志さんとか河野裕子さんもそのころ図書館で知ったし、塚本邦雄の「**馬を洗はば馬のたましひ冱ゆるまで人戀はば人あやむるこころ**」にはすごく衝撃を受けて、クラスの人たちに「これすごくない？」って紹介して回りました。大学生になって京大短歌会に入ったんですけど、当時は学生短歌会の人が次々に新人賞を受賞する波が来ていた。それで自然に新人賞に向けて三十首や五十首の連作も作って、一首ずつの投稿が主だったそれまでとは違う楽しさを感じて短歌にのめりこんでいったんです。大学一年で「塔」にも入ったし、ちょうどそのころ京大短歌会と早稲田短歌会のメンバーによる同人誌「町」ができて、特に服部真里子さんや平岡直子さんの作品に刺激を受けました。あとは大学生になるとパソコンを使い始めて、東郷雄二さんの「今週の短歌」「橄欖追放」とか山田航さんの「トナカイ語研究日誌」を熱心に読んでいましたね。

伊舎堂　感動した歌を、グーグルで検索したりしなかったですか。「馬を洗はば〜」もですけど自分は「**3番線快速電車が通過します理解できない人は下がって**」（中澤系）がたまらなくて、検索したら東郷さんと山田さんのサイトがヒットする。一首評っていうのがあるのかと知ったり、好きな歌がクラシックとされていたりして、意外と広い世界なんだと知った。

寺井　意外と広いんだっていう感覚は、僕は総合誌の投稿欄を初めて見たときに思いましたね。

SNS時代の結社

伊舎堂　四人とも選ぶ・選ばれるって感じですよね。一人で勝手に短歌を詠んでるやつとかいないんですかね。

寺井　今はSNSが浸透して、誰かに選ばれるよりもお互いに対等な感じで短歌を作って、共有して、褒めあったり鑑賞しあったりみたいな場ができてきているのかな。ツイッターとか見ていると全然知らない人たちが盛り上がっていることがある。

伊舎堂　知らない人たちのゾーンがいっぱいあって、裾野が広がりまくってる。

大森　ネットプリントや雑誌を作るのも今は気軽にできるし、文学フリマという場の盛り上がりも大きいですよね。

寺井　そういう場所って上下関係が発生しにくいですよね。有名な歌人がいて、その人に選ばれるのが一種の名誉と考える人がたくさんいる、というような構造自体がなくなっている。何がいい歌なのかという基準もバラバラになっちゃって、これから評論とかアンソロジーを作るのがめちゃくちゃ大変になってきますよね。それは今回の百首のこととも関わるけど、いよいよ難しいなあと。別に悪いことではないですが、その世界全体を見渡すのも相当難しい。口語が出てきたとか、記号短歌が出てきたみたいな新しさじゃなくて、共有する場のルールが変わっちゃうというか、見たことのないことが起きる気がする。口承の時代から記録の時代になったぐらいの革命が起きているんじゃないかな。

伊舎堂　全部楽しめるやつになりたいですけどね。無理なのかな。

寺井　全部楽しめる軸があるのかな、という。その評価軸ができるのかどうか。

大森　この四人だと、私と小島さんは結社に入っていて、寺井さんと伊舎堂さんは無所属ですよね。

伊舎堂　所属無しです。「なんたる星」と

大森静佳氏

いう、指導者のいない結社にはいました。いまはもう抜けてしまいましたけど。たとえば土岐友浩さん、光森裕樹さん、我妻俊樹さんとか結社に所属していない人ばっかり好きになると「結社に入りたい」とはなりにくくないですか。

寺井　たしかに。牛尾今日子さんが「鴨川短歌」で「結社制度のなかでうらやましいのは月詠（毎月作品を結社誌に発表すること…寺井注）だけでした」と書いていて、我々の世代では支持を集める意見なのかもしれないなと思いました。結社に入るという選択肢の比重が低くなっていくのは避けられないのかなという気はします。

大森　小島さんは結社に入ってよかったことって何ですか。

小島　「コスモス」では東京歌会が月に一回あるんですけど、高野さんが必ず出席されて、具体的に歌の駄目なところ、いいところを明確に教えてもらえる。短歌を作ることは正解がないから、明確な軸をもらえるというのはありがたい。私は大学短歌会に所属したことがないんです。だから短歌の仲間とか同世代の繋がりが何もなくて、結社に入ったことで世代はばらばらですけど仲間がいる。心のよりどころにはなっていますね。

大森　昔の結社のイメージとはかなり違うんでしょうね。具体的な理念を掲げているわけでもないし、人も作品もいい意味で多様。私は最初河野裕子さんがいたので入ったけどもういらっしゃらない。「塔」の考え方や作風がどうこうというよりも、毎月同じ顔ぶれと会って歌会をしたり校正作業をしたりする場所があるのが嬉しい。自分がそこに行くとモチベーションが刺激されて次の歌ができたりする。最近結社でも文学フリマにブースを出したりしてるじゃないですか。本当にここ一、二年だと思います。「塔」、「心の花」、「玲瓏」あたりはブースを出していますね。

寺井　結社に入っている人たちを外から見てて、いろんな歌を詠んできた人、いろんな論の立て方をしてきた人たちと顔を合わせられる場にいる。それは結社のすごくいいところだなと思うんですね。同人誌ではちょっとあり得ない。

伊舎堂　無理やりさせられるという良さもありますよね。献本されたから歌集を読むとか、歌集評を依頼されるとか。そこから豊かになっていくこともある。ネットでやっていると無理やりさせられることがないじゃないですか。ランダムなことが起こるのはむしろ結社なんだと最近は思います。

大森　あとは、やっぱり十首コンスタントに作って発表できるというのは大きい。もし結社に入っていなくて、依頼もなかったらどうだろう。日々の忙しさに流されて何となくぼーっとしそう。

伊舎堂　毎月十首作ろうと繰り返しているうちに短歌が嫌にならないのかという疑問もあります。結社誌をパッと開くと、この人たちは短歌が本当に好きなのかな、飽きないのかなって勝手に心配してしまうんです。一首も作れない日が六年ぐらい続いても僕は別に焦らなくて、むしろいいぞいいぞとなる。飽きないですか。

大森　飽きるというのはないですね。

小島　でも苦しくはないですか。

大森　私は苦しいのがいい。毎月の原稿用紙と向き合ったときに自分の心がよく見え

寺井龍哉氏

てくる感じがある。そういう時間が自分にあるのはありがたい。例えば斎藤茂吉のような大歌人というのは必ずしも詠む歌すべてが名歌ではなくて、たくさんの駄作の中に一首か二首キラッと光る名歌があるから大歌人なのである、というのは河野裕子さんの言葉です。

小島　一首独立で強い歌と、歌集の中で強くなる歌があるじゃないですか。確かに一首で立ってキレキレな強い歌を目指したいと思う一方、河野さんの歌集を読んでいても、単体だとなんでもない歌に見えるのに、歌集の中で見るとすごい力を発揮する歌がある。全部キレキレに尖らせると、むしろ尖り合いで相殺されてしまう。そういう意味では、歌集を前提にするのかどうかということがある。歌同士の凸凹がむしろその作者の魅力や幅のように感じます。

寺井　伊舎堂さんは短歌は一首で書きたいですか。連作はどうですか。

伊舎堂　好きな連作って三つぐらいしかないですね。世の中の人みんながめちゃくちゃ忙しい中で、あなたが一行ぶん喋る時間ぐらいは集中して聞きますよという詩形が短歌だと思ってるので、連作や歌集で読むことの味わいはこれから知っていくのかもしれないですね。

寺井　やっぱり一首を神聖化していますよね。それはけっこう面白くて、一首に込める熱意みたいなものを見ている。今までの考え方とちょっと違うと思いますね。

愛されることの怖さと幸せ

寺井　ここからは、具体的に選んだ百首についてみていきます。

伊舎堂　自分が選んだ歌は、怖い歌に寄っています。「**感情が顔に出なくて損をするあるいは得をする　こんにちは**」（相田奈緒）は人の感情の結局のところの分からなさ。「**俺なんかどこが良いのと聞く君はあたしのどこが駄目なんだろう**」（泡凪伊良佳）も分かりあえない怖さですね。素敵だというよりは「怖い！」と思いたい。そして本を閉じると平和な日常が来る。そうやって楽しむための怖いもの。いい歌ですけど、「**本当に愛されてゐるかもしれず浅ければ夏の川輝けり**」（佐々木実之）は俺には立派すぎる。

寺井　怖いものそのものを楽しんでいるんじゃなくて、日常のありがたみを感じるための怖さですか。

伊舎堂　かなりそうですね。恋愛の歌でも突き抜けるとゾッとしてくる。「本当に愛されているのかもしれない」は「本当は愛されてないかもしれない」という常套句のひっくり返しだと思うんです。嬉しいと同時に恐怖でもある。

寺井　「夏の川輝けり」という結句は喩になっているんでしょうか。

伊舎堂　読みが何種類か出そうな「川」ですよね。僕が思い浮かべたのは浅い川です。満水よりも浅い方が怖い。底に何かが見えたり、尖った岩があったり。深い川よりも浅い川に落ちたほうが大怪我をするように、この先には危険の待っている「愛」だという気がする。

大森　私のイメージとはかなり違いますよね。私が思い浮かべていたのは平たくてキラキラした川で、岩とか石は全然ない。はりつめた、不安な感じを受けました。川の美しさが精神的な呼吸の浅さや青春の儚さにつながっていく感じ。この歌は文句なく全員一致で決まった数首のうちのひとつなんですよね。ちょっと意外でした。

小島　私の解釈も大森さんに近いですね。あまり岩とかなくて平たくスーッと水面が広がる浅い川。私は怖さや不安は感じなくて、むしろ本当に愛されているかもしれないとあるとき気がついた喜びが川の輝きと素直にリンクする歌なのかなと。底が深いと光を吸うから、浅くて光が反射して輝く。

寺井　私はこの「浅ければ」は、夏の川の様子が私を「愛する」ひとの心情の喩になっていると考えて、そのひとの私への愛には深い思慮とか打算は全くなく、ある意味では浅はかに私のことを愛している。そういう意味の「浅ければ」。だからその浅さは脆さでもあって、深い思慮がないゆえに何かきっかけがあれば愛されなくなってしまうという感じかなと思ったんです。

伊舎堂　無垢さにも繋がるような？

寺井　そうですね、そんな感じ。

伊舎堂　全部聞いたうえで、やっぱり怖い歌だと思います。

大森　私が言った不安感というのも、マイナスの不安じゃなくて、おずおずした感情も含めての満ち足りた感覚ですね。そういう時間のかけがえのなさ。

伊舎堂　「本当に愛されているかも」と思ったとき、そこに綺麗な川があってよかった。「**醫師は安樂死を語れども逆光の自転車屋の宙吊りの自転車**」（塚本邦雄）もですけど、見えたものになにかを暗示されてしまったような瞬間。愛されることの怖さと幸せ感とがちょうど半分ずつ「夏の川」にはある。

寺井　この結句は完璧ですよね。

日常と地続きの歌

小島　私は日常と地続きの歌が好きです。なおかつ輪郭がはっきりしている歌。意味や景がわからない歌の魅力ももちろんありますが、より惹かれるのは場面や心の中の景がくっきりしているもので、そこに強さを感じます。「**夜の雪を映せる硝子　拉致のために近づく人の息を思うも**」（佐佐木幸綱）も当然心の中の景ですが、まるで読者まで現場を目撃したような気になる。日常の中に潜むものが三十一文字の形になったことで急に立体的に立ちあがって、はっきり見えるのが凄い。実感が大事に思えます。

大森　「息」がすごく生々しいですね。

伊舎堂　こう言われるともう、それを想像したことがなかった頃には戻れない。工作員の人も「息」をしているという実在感を受け取れる強さが歌にあって、迷わず賛成しました。

寺井　「息」が巧妙ですね。拉致のために近づく人はたぶん日本語の話者じゃないから具体的な言葉はわからないけど、人間ではあるから息はしている。国籍とか母語とかを想定させるものではなく「息」としたのが怖いし、実感がある。「夜の雪を映せる硝子」というのは、いま目の前にあるものからかつて拉致を実行した人を想像しているのでしょうか。

小島　藪内亮輔さんの「**「正義」とふ青銅の瓶のやうなことば使ひ方は斯うだ叩き付けてつかふ**」は曖昧で抽象的な「正義」を、「青銅の瓶」という具体的なものに置き換えている。それをどう扱うか。正義の内包する危うい部分、正義という言葉から漏れ出る部分まで摑もうとしている。瓶を叩きつけた音が歌から聞こえてくる気がして、輪郭のある歌だと思いました。

寺井　「叩き付けてつかふ」は具体的にはどういうことでしょうか。

小島　振りかざされる「正義」。道徳的な正しさが本来の意味ですが、言葉を盾として暴力的にも濫用される。そういう正義の姿がまかり通っていることを揶揄している歌なのかなと。

寺井　青銅の脆さはわからないけど。私は割れるような気がして、もう二度と使えない不可逆性を感じました。

小島　割れるか割れないのか問題は私も悩んで「青銅　強度」で検索したんです。割れて飛び散る破片も一瞬イメージしましたが、青銅って頑丈らしいんです。もちろんイメージ上では割れたって問題ないですけど、作者の中で割れることが想定されているのか確定できないからこそ慎重に読みたいです。

大森　私は割れないイメージでしたね。音を出して脅すような。「叩きつける」っていう言葉自体、何となく割れる感じがしない。割れないってわかっているものを思いっきり叩きつける。「使ひ方は斯うだ」ってちょっと挿入っぽいフレーズが面白いですよね。この発話者は一体何なんだ、どの地点から喋っているんだという。

寺井　実際に瓶を持ってますもんね。

伊舎堂　「斯うだ」という口調の人、信用できないですよね。きな臭さを再現している。口調がある歌はいい歌です。逆にリアリティに寄せていない良い歌って今回ありましたっけ。

小島なお氏

寺井　**「朗読をかさねやがては天国の話し言葉に到るのだろう」**（佐々木朔）は実感できないから憧れるというところじゃないかな。朗読を繰り返して、何回も何回も声を出して喉がすうすうするみたいな実感もあるけれど、それで説明しきれる歌ではない。抽象性がそのまま保存されているよさがあると感じます。

大森　この歌も実は読みが分かれそう。寺井さんの「言い間違えたりつっかえたりすることがまったくない完璧な朗読というのが天国の話し言葉」というコメントは、自分と違ったので面白かったです。

寺井　あ、そうですか。実現されるかどうかはわからないし完全な実現は難しいけど、憧れの対象としてそういうものがある感じ。トライ＆エラーを繰り返していくと、いつか完璧なものになるんだろうなという、ぼんやりした憧れ。

大森　私はうまく読み切れなかったかも。話し言葉は誰かとのお喋りで、朗読というのは何かテキストを読みあげることなので、そもそも全然違うことですよね。そこでまず混乱しちゃった。

寺井　ある程度スクリプトが決まっていて、偶然というのが基本的には入り込まないテキストを声に出して読むのが「朗読」ですね。なので内容は完全に予期されていて、どの言葉で始まってどの言葉で終わるかが全部決まっています。でも「話し言葉」は、その場で何を言われるかによって何を返すかが決まるから偶然性が入り込む。だけど「天国の話し言葉」は偶然に左右されず、全部必然的に決まっている。

大森　ああ、運命みたいな。

寺井　地上の朗読が完璧になると、天国の話し言葉になるんでしょう。

大森　「朗読をかさねやがては」「到る」あたりからはすごく長い時間が流れる感じがして、私はもう少し暗いイメージでひとの「死」についても何か訴えようとしている歌かと思いました。

寺井　朗読者が死んで天国に行く？

大森　美しすぎる朗読をしているうちに、

だんだんその人の体が浮上していって天国的な境地にまで行ってしまう。本当はそこは行ってはいけない場所なんだけど。

伊舎堂　これは広く共有されるんじゃないのと思うぐらいのことがサラッと言われている。この場合は「朗読」ですけど、情報伝達の方法としては荒くて無駄の多い行動を重ねることで世界を理想郷に近づけるというのは、ものを書く人の心のどこかにあるマニフェストだと思う。佐々木朔の理想を言っているようで、自分の理想をも言われてしまった衝撃があるわけです。

短歌が短歌であることの喜び

大森　私は短歌や韻文でしかできないことに挑戦している歌、短歌が短歌であることの喜びが爆発している歌を選びたいと思いました。小島さんとちょっと違うかなと思うのは、私は意味とか教訓があまり強く出すぎる歌は普段から苦手というか、警戒している。もちろん意味は要るんだけど、それ以上に韻律とか愛唱性の魅力というところに注目します。実感は大切にしたいけど、それが理の方向へいくのがちょっと。

寺井　ああ、理屈とか、論理みたいなものに回収されない部分の魅力ですね。

大森　そうそう。「**あなたが退くとふゆのをはりの水が見えるあなたがずつとながめてた水**」（魚村晋太郎）もやっぱり韻律。「あなた」「水」の繰り返しと、あと三音のリズムが続くからかちょっとワルツのような躍っている心地いい感じがある。一回読んだら覚えちゃいますよね。三句目の「水が見える」も三音＋三音だから字余りの感じがしない。詩歌の場合は一回読んですぐに覚えられて、その後の人生もずっと持ち歩ける、そういう愛唱性って大事じゃないかなと。韻律を味わっているうちに世界が眩しく開けていくような歌が好きです。

寺井　河野裕子さんの「**傍に居て　男のからだは暖かい見た目よりはずつと桐の木**」も、文法的には完結せず、でも韻律の快さを感じさせますね。

大森　そうですね。言葉と言葉の連結のネジがゆるくて、そこから感情とか精神がじんわりにじみ出るような感じ。読者としてそういう恍惚を味わいたいと思うので、今回もそういう魅力が伝わる歌を紹介できたらなという気持ちで選びました。一方で、というか私のなかでは全然対立していないんですけど、実感とかイメージはやっぱり必要だと思っています。時事詠でも、「**善も悪もみんな燃やせば簡単だアメリカの洗濯機はごつつう廻る**」（林和清）は洗濯機のイメージがすごく立ち上がってきて、理屈じゃないところで迫力を持っている。理屈じゃなくて体感的に迫ってくるような歌が好きなのかもしれない。

寺井　この歌は理屈もちょっとあるけど、最終的な着地は実感や体感ですね。「**虹とは都市の名ですか、それともかつて知り合ひだつた人の名ですか**」（松平修文）もそうですね。あとは「**とても私。きましたここへ。とてもここへ。白い帽子を胸にふせ立つ**」（雪舟えま）とか。こういう歌は、説明が非常に難しいですよね。私にはこういう光景が見えたけど、みなさんどうですかという感じですよね。

大森　難しいですよね。意味がひとつに決まるか、決まらないか。決まるからといっていい歌とも限らないし、決まらないけどものすごくパワーを持った歌もある。「**不思議なる音して去年の雪が降るきょーん、きゃーん、きゃーん、きょーん**」（岡部桂一郎）も、実感ではないですよね。

伊舎堂　大森さんが選びそうな歌の究極って感じですね。意味のコードでは読まないほうがいい。

寺井　どう解釈を加えようとズレが大きくなっちゃうでしょう。「**透明なせかいのま**

なこ疲れたら芽をつみなさい　わたしのでいい」（井上法子）も抽象的というか、実感とはちょっと離れてる。

大森　そうですね。

伊舎堂　生理的に反応させられてしまう歌が大森さんの選んだものには多い気がします。梅干を見て唾液が湧く感じ。生き物としてのどうしようもないところを押さえられてる気がする。だから説明できないわりには自信をもって推せる。

大森　「**イルカがとぶイルカがおちる何も言ってないのにきみが「ん？」と振り向く**」（初谷むい）はどうでしょう。これと「**ボーダーを着てボーダーの服買いに行くのはながいきのおまじない**」（橋爪志保）とさっきの雪舟さんの歌が、私の中では三点セットです。口語でわりとフラットな内容を韻律の面白さで伝えてくる感じ。

伊舎堂　繰り返しも多いですね。「ここへ、ここへ」とか「イルカ、イルカ」とか。「ボーダー」も。

大森　初谷さんや橋爪さんは雪舟さんの世界をある意味で引き継いでいると思います。イルカショーを見に行ったり、ボーダーの服を着たり、日々の現実にある程度即してるんだけど、近代短歌や前衛短歌、戦後の短歌が書いてこなかった、すごく平たいところをとても愛おしく書いている。穂村さんに「**こんなにもふたりで空を見上げてる生きてることがおいのりになる**」という歌があって、「生きてることがおいのりになる」の感覚に近いかな。

寺井　「棒立ち」とか「武装解除」という穂村さんの用語とはちょっと違う？

伊舎堂　この三つの歌に僕が感じるのは、「武装解除」からさらに進んでいって弱い「私」を引き受けるような振る舞いです。『正義』の歌なんかは強い主体を引き受けに行ってるけど「ながいきのおまじない」はこう言うことで〈死にやすさ〉が逆照射される。弱いと思われることで味方を増やすというか。そんな主体像を積極的に引き受けに行ってる感じがする。雪舟さんの「白い帽子」で思い浮かぶのは、お洒落な帽子ですね。つばが広くて風に飛びやすい帽子は、防御力に貢献していない。しかも、「とても私」なんて言語能力の人で。だから三首とも弱さを引き受けている。

寺井　それぞれが固有のルールを持ってますよね。「おまじない」にしてもイルカが落ちることで「きみ」に何か不思議な力が及ぶというルールにしても。「とても私。きましたここへ。」は文法規則を改変しても通じるんだという一つのルールを作っている。こっちが合理的に追いきれないルールを設定している。

大森　主体は弱いんだけど、というより弱いから、かもしれない。強かったら「使ひ方は斯うだ」って、周りと自分をリンクさせる力があると思うけど。

ものの見え方が変わる歌

寺井　私は一首を読む前と後でものの見え方が変わる歌というのが読者としても作者としても好きです。「**海に来れば海の向こうに恋人がいるようにみな海を見ている**」（五島諭）は、みんなで海に行ったときになんとなくぼーっと海の向こうを見るというのが、今までは「なんか水平線の向こうを見ちゃうよね」程度だったけど、「恋人がいるように」の比喩だと確かにと思う。「**缶コーヒー買って飲むってことだってひとがするのを見て覚えたの**」（山階基）もそうです。本能の欲求に従ってやっていることも、その手順は本当は全部教わったり誰かがしてるのを見たはず。本当に自分が前人未到のことをやるということがいかにありえないかということでもあるから、このことに思い至るというのは自分の卑小さとかみじめさに気づくということでもある。

伊舎堂仁氏

自分の目に見えていたものの見方が変わることのすがすがしさというのが、短歌を好きな理由なんです。

伊舎堂　「缶コーヒー」のサブな感じがいいですよね。コーヒーよりも偉くないのが「缶コーヒー」なわけだから、それを語るのはチープなことでもある。しかもそれを飲むのすら「ひとがするのを見て覚えた」とくるからかなりみじめなんだけども、でもそこを「覚えたの」の軽やかな口調で、みじめなだけじゃない「私」に着地する。ボーダーのシャツを買いに行く人よりも強い感じがします。開き直らないでよ、とも思うんですけど、こっちの主体の方が好きかな。缶コーヒーとかカット野菜とか、偉くないじゃないですか。職人が存在しえないジャンルというか。でもその立場を援護する歌も絶対に必要ですからね。

寺井　視野を広げると、「**質問は聞こえないけどえんとつの影でわたしを指さしている**」（斉藤斎藤）もすごいし、「**けはひなく降る春の雨　寂しみて神は地球に鯨を飼へり**」（睦月都）も見方を変えてくれます。昔は八百万の神がいたんだけど、あらゆることが科学で全部説明できるようになって神様の数がどんどん減って、唯一神のような神様が寂しがって海で鯨を飼う。普段見ているものや普段考えている世界観を塗り替えてくれて、すがすがしい。

伊舎堂　いまこれを詠めるんだとなりますね。「ボーダー」「イルカ」の歌の並びに「鯨を飼へり」があるのはすごい。

寺井　身振りが大きすぎる感じもするけど、この大胆さはすごいなと思いますね。

小島　「**月を見つけて月いいよねと君が言う　ぼくはこっちだからじゃあまたね**」（永井祐）は、寺井さんが言われる見え方の転換とは逆の方法でしょうか。

寺井　この歌は見方がガラッと変わる瞬間が歌の中にあって、「ぼくはこっちだからじゃあまたね」で視点がクルッと変わる感じに惹かれるんだと思います。「月を見つけて月いいよねと君が言う」までは「月」と「君」以外のものは基本的にない。「ぼくはこっちだからじゃあまたね」で帰り道のその人の姿が急にはっきり見える。最初とは全然違う光景が最後には見えて、その転換はこの一首の内側にあるんです。

伊舎堂　このままだと素敵になってしまうから「じゃあまたね」と外す。「海を見ている」とはそのへんが違うんですよね。

大森　メタ的な感じですね。「月を見つけて月いいよねと君が言う」というのは一つの短歌の中の世界なんだけど、「ぼくはこっちだからじゃあまたね」って下の句で作者自身が退場みたいな。

伊舎堂　読んでいた自分ごと置いていかれた気持ちになれる。

寺井　一首の中で見方が変わるというのは短歌を読み始めたときから好きで、俵万智さんの「**はなび花火そこに光を見る人と闇を見る人いて並びおり**」は同じ花火の光に注目する人と闇に注目する人がいるというところに高校生の頃すごく感動したし、千葉聡さんの「**大声で君の名を呼ぶ　片付けをさぼった君の美しい名を**」も純情な青春の一コマが実は片づけをサボった人を怒る教師だったと転換する。わかりやすいトリックかもしれないんだけど、その仕掛けにグッときます。遠くに連れて行ってくれる。

大森　「**大根を探しにゆけば大根は夜の電**

柱に立てかけてあり」（花山多佳子）は？

寺井　これも思ったより遠くに着地する大根を立てかけている誰かが見えてくるから。

伊舎堂　音が気持ちいい歌でいうと？

寺井　**「くびすじをすきといわれたその日からくびすじはそらしかたをおぼえる」**（野口あや子）。頭韻みたいに二句目と五句目、三句目と五句目が同じになっているのは、明るい感じでいいなと思うことが多い。

ジェンダーの歌

伊舎堂　それぞれ好みが一貫してましたね。

寺井　そうですね、ある程度色が出た。

小島　話し合いで面白かったのは、ジェンダー的な考えを基盤にした歌は、みんな意見が明確で妥協しない。自分の側のジェンダー的な立場の歌によりシビアになる実感がありました。**「人を抱く時間は冬の虹に似て一生（ひとよ）のうちのほんのわずかの」**（吉川宏志）を男性陣があんまりって言ってたのが印象的。私は吉川さんの人を抱く歌が好きなので。

大森　私も。

寺井　ああ、そうですか！

小島　色っぽく、男っぽく歌われるから静謐な他の歌とのギャップもあって余計に惹かれるんですが、お二人は「抱く」という言い方が粗野な感じがするという反応。ジェンダーの生理的なところから来る好みは大きい力を持つんだなと。

伊舎堂　「俺こんな恋愛したくねえわ」ってなるんですよ。一方で**「発作のごとくあなたは海へ行くとしてその原因のおんなでいたい」**（工藤玲音）には、恋愛相手の心がちょっとわかったような嬉しさがあるから今度は点が甘くなりすぎるのかなとは思う。小島さんのこういう歌への反応はもうちょっと聞きたいですね。

小島　**「婦人用トイレ表示がきらいきらいあたしはケンカ強い強い」**（飯田有子）もありましたね。歌の内容とは裏腹にか弱い主体が虚勢を張っているようにも読める。いずれも客観的な読者になりきれず、同性としての思いが入りすぎちゃうのかな。**「あなただけ方舟に乗せられたなら何度も何度も手を振るからね」**（馬場めぐみ）は、私は図太くてしたたかな主体に憧れるので、「そんなに健気でいいの！」とお節介な気持ちが芽生えて、そんな自分の窮屈な反応に驚きました。

大森　同性同士の私と小島さんでもけっこう読みや意見は割れましたよね。栗木京子さんの**「オリンピック終へて子を産む選手ありをみなの性は湖（うみ）の上の虹」**とかも。純粋に歌を読むとか選ぶって言いながら、やっぱりどこかで自分が日々考えていることとか、これまでの自分とまったくは切り離せないですよね。

寺井　僕が吉川さんの「抱く」が苦手なのは、やっぱり「抱く」という言い方がある種の婉曲的な表現じゃないですか。婉曲的な表現というのは共通の了解を必要とするでしょう。その了解に頼りすぎている感じがして、コーティングされた常套句を便利に使っている感じがしてしまう。吉川さんが使うと独特の魅力があるのはなんとなくわかります。それはわかるんですけど、自分はこうは言えないなと思うし、言いたくない。

伊舎堂　「抱く」という言葉には「嫁さん抱いてさ」みたいに言ってきたかつてのおじさんたちが見える。好きな人を「おまえ」って呼ぶ歌とかたぶん、減ってきてるんですよ。**「逆立ちしておまへがおれを眺めてた　たつた一度きりのあの夏のこと」**（河野裕子）とかが最後じゃないですか。でも、「する」はありでしょう。

大森　吉川さんの「抱く」は野性的というより人間が肉体を持っていることのかなしさみたいなところを言っているんじゃないかなと思ってました。両腕のイメージが見えてくる感じ。

伊舎堂　「抱きしめる」だと腕が見えたんでしょうけど「人を抱く」と書かれたときに生じる主従関係がすっきりしない感じがする。「抱く」側が強くなっちゃうから。

小島　その主従関係がいいってことはないですか。吉川さんの抱く歌ってあまり情が入っていない感じがする。容赦なく肉体的に抱く感じ。

伊舎堂　「四十になっても抱くか」とか。

大森　「**風を浴びきりきり舞いの曼珠沙華　抱きたさはときに逢いたさを越ゆ**」とか。

伊舎堂　それがいちばんひどいです（笑）

大森　「**人を抱くときも順序はありながら山雨のごとく抱き終えにけり**」というのはさすがにちょっと嫌な感じだな。

伊舎堂　許せない「抱く」もあるんだ。

小島　容赦なく歌ってくれることにむしろ爽快感を感じるというか、そこに情を入れると歌が甘くなる感じがしてちょっと、という気持ちがあるんです。

寺井　それぞれの短歌観が明らかになって、考え方の差も見えてきました。ありがとうございました。

■座談会を終えて

大森静佳

スカイプを使って夜更けまで、あるいは東京で顔をあわせて。伊舎堂さん、小島さん、寺井さんと一首一首について語り合えたのはスリリングでかけがえのない時間だった。膨大な候補から、この四人でどんな百首を残すか。話し合いに費やした時間は累計で三十時間近くにのぼった。

そのとき改めて感じたのは、自分の考えをつらぬく強靭さと、相手を理解しようと耳を傾ける柔軟さは、必ずしも相反するものではなく両立できるということ。短歌の世界では今、世代間の断絶を憂う声があったり、座談会でも出たように、裾野が広がったぶん何が「いい歌」かという軸が乱立していたり、一筋縄ではいかない状況がある。そんななかでできるだけ前向きに、生産的でありたい。まずは、自分が「いい」と思う作品にしっかり「いい」と言う。議論はそこから始まるだろう。そしてときには自分というものが揺さぶられる不安と快感を受け止めたい。この百首のラインナップが、世代や所属を超えて、あちこちでゆたかな議論を呼び起こしてくれたらと願う。

寺井龍哉

今こうして四名の若手歌人が集合したときに見えてくるのは、短歌について話すことの、不思議に面白く、楽しく、底知れぬ魅力だった。一首の背後に何かを見てしまったとき、人はかくも饒舌になる。

小島なおさんの穏やかながら忌憚のない発言には発見が多く、精密かつ誠実に、実感に落とし込んでゆく読みの強靭さを感じた。青春期に短歌が救いになったという述懐も印象的で、つねに短歌に対して前向きな姿勢の秘密を垣間見る思いがした。

伊舎堂仁さんの立ち位置は異端的だが、その独自性の強い眼を守っている点が凄みだ。既存の価値観を逸した地点から組み上げられる方法論や倫理から目が離せない。多様化の時代に、「全部楽しめるやつになりたい」との希望に大いに共鳴した。

この対話を起点として、それでは世代や立場を超えて、各自の持ち場を譲ることなくどう共感や理解を広げられるか。それが次の課題だ。現代の短歌はさまざまな困難を抱えつつ、しっかりと希望を胚胎させているらしいのだ。

結婚したかった恋人と別れたころ、自分の部屋の真下に住む芸人時代の元相方が失踪し、元気だしたくて行ったサウナで左足の生爪をはぎ、すいている丸ノ内線で左足を踏まれて痛みで床へ転がり、加害者から名刺をもらった今夜、生き別れの息子の母親が自著で海外移住を宣言していたことがありますか？

枡野浩一

泣きながら阿佐ヶ谷駅に着きました　よんじゅうきゅうさいでもなくんだね

新品にもう戻せない濡れた本みたいに雨の中を歩いた

マスクして号泣したら花粉症だろうと誤読してくれますか？

花粉症　風邪　同時に　でサーチしたあの夜桜の満月の夜

最低の一歩手前で帰ります　最低だったこともあります

旧仮名はコミュニケーション不全だとマクドナルドで女子高生が

「三菱とその他の銀行」などの名に正味のところしたかつたでせう

秋の田の穂村弘の筆名は干刈あがたとしっくりセンス

ステージに立たない君のアドバイス　下にいながら上から目線

覚醒剤何度やっても愛される岡村靖幸さんになりたい

もちろんさ不倫を叩くわれわれはしたくてできない弱虫なのさ

華麗なる浅野いにおの『零落』の落ちた地平を見上げるわれは

生きてたし悪口言えてよかったよ　失踪なんて僕もしたいし

これ以上もう壊れない元夫。婦。もう最低。な。もう安全。な。

生爪をはいだ翌朝長い長い飛行機雲の写真を撮らない

ひまわりとおねむり

井上法子

枝　石ころ　行き止まり
切り株の腰掛け　少しだけ　ひとりぼっち
アントニオ・カルロス・ジョビン『三月の水』

揚雲雀あふれてやまぬ感情をあなたはぼくに見せびらかして
そんな急にやさしい梁になられても　朝の凪　微笑んでくれるな
どこまでもきれいな渡河を見守って、ほら、ここからは夢の満ち引き
かなしみに矛盾はないさ、つらいのはぼくが花冷えを呼んだせいだね
ぼくらのついたうそという嘘、春の水。ほんとうなんて比喩でしかない

もっとそばにいたかったのに春　花弁　夢だって何だってこころの

面影は陽だまりに似ているような気が／窓という窓にひかりは

陽だまりをききまちがえて炙りだすすべての窓にあの花がある

使えないまま遠のいてゆくきみの高笑い、　もう止そう向日葵

空とそら隔ててきみはすこしだけあとのひかりを抱いておねむり

おやすみなさいが言えて嬉しい昼月は消え入るようにささやくばかり

世界じゅうで交わされる、　別れ際のすべての抱擁に。　きみはまぶたに触れて笑った

愛してる窓たち。　たとえ悪夢でも透きとおるほど磨いてあげる

たった今あなたを焦がしはじめた陽。　みていたよちゃんとわれをわすれて

ひまわ　言い止したままゆっくりとあなたは蝶の影を追い越す

その日の地球

武田穂佳

Be in love with you　バスケとサッカーと水遊びだけできる公園

＊

だらしない光にぬれるケバブバー大事な毎日を守りたい

電光掲示板壊れて壊れすぎていてなぜ点けてるかわからないほど

ポケットの中に何かが細長い取り出してみて単四電池

自分がステキになっていくのを感じてる　レンジで爆発するウインナー

やめたいな　蜂蜜の瓶ころがしてのたうつ蜂蜜を眺めてる

ましになりたい一心でウェットティッシュで全身を拭く

がんばるほどうなじがきれいになっていくみたい夜中の食器洗いは

地雷原処理車走るを思いつつ口紅でぬりつぶす唇

同じ授業をとってた人に片腕をあげて挨拶埴輪のように

名札の位置がちくびの上と注意されわたしの一生はこんな風

パーティーにたくさん人が集まってきみの姿が一番いいな

「っすね」と言ったのをみた瞬間にこころに終わらない雪あそび

前髪をわけて勇者の古傷のようにまゆげを見せてくれたの

目薬が目玉に落ちるのを見てたその日の地球美しかった

湖

法橋ひらく

散るものを皆が愛でている春が大きな窓の向こうに見える
空間が広くて好きだコピー機へ椅子で滑ってく土曜出勤
高田さんのあくびの顔が強すぎるパニック映画のモブキャラにいる
永遠に終わらんだろう下北の改装工事よ　終わらんでよし
知り合いの中で一番イケメンの後輩がよく使うスタンプ
だからってそんな顔して駅にいるピアスの穴に光通して

適当に賑やかすから平気やで気にしてくれてありがたいけど

グダグダな二次会抜ける寸前のプーチン替え玉説盛り上がる

新しい家族を多分作らない生き方でもう越えそうな丘

蟬の声　んなわけないか晴れすぎていっそ涼しい五月の五時に

三面鏡みたいにビルが眩しさを包囲していてその中をゆく

高田さんもたまには落ち込むんですね茶化そうとしてやっぱりやめる

予報では明日から雨　夜食って感じのランチ食いたいっすね

空色のシャツを選んで髪を立たせて爽やかな俺でいられるよ

あなた、と書けるあなたがいないけど白夜の森の深く、湖

ことば派

膝

金原瑞人

おとすな
膝は悲しみの受け皿ではない
そして地は、その受け皿の
受け皿ではさらにない

　石原吉郎の「受け皿」という詩は、こんなふうに始まる。

　石原吉郎は身体や体の部位を詩に多く使う詩人のひとりだと思う。「頭、頭蓋、額、耳、耳たぶ、目、眉、頬、ほっぺた、口、乳歯、腕、肘、手、掌、拳、手の甲、足、足うら、足首、つま先、肩、脊柱、胸、腰、肋骨、わき腹、おや指、首すじ、踵」など、様々な部位がかなりの頻度で出てくる。しかし、そのなかで特に「膝」が面白い。

　たとえば、冒頭にあげた四行を読んで、普通の読者なら、「いや、膝って、何か落とすところじゃないし、だいたい、悲しみを膝に落とすとか、しないし」といいたくなる。ただ、翻って考えると、作者は、自分はそうだから、自分に「悲しみを膝におとすな」と自分をいましめているのかもしれない。いや、たぶん、そうなのだろう。石原吉郎の詩はすべて、自分に対する命令なのだから。

　となると、彼にとって膝とはどんなものなのだったのかが気になってくる。『石原吉郎全集』の第一巻（全詩集）を読み返してみると、膝をめぐる言葉がじつにユニークなイメージを作り上げていることがわかる。

　「屋根は馬背の伝説となり／やがて馬腹の重さとなって／そのまま膝へのしかかる位置で」「確然と膝があるところで／それはきわまり／その膝をめぐって／さらにきわまった」「膝までもある鍋のなかへ」「琴の南へせめぎあって／ひとつの膝が／さきに落ちる」「信じぬいたそのへだたりを／みずからの膝へおもみをかけ」「この街の栄光の膝までの深さ」「笛はふたつに／ひざへへし折って」「そののち膝を地におとした」「そのときの光を一枚の掌で、私は膝へあつめてみせた。」「立って飢えるな／その飢えはひざにおけと」「膝を組み代えるだけで／ただそれだけで／一変する思考がある」「非礼のひとすじがあれば／礼を絶って／膝を立てることだ」「怒りの膝を抱きしめ」。

　ぼくの頭のなかには、「たたみのへりまで／ころげて行って／これでもかとちいさく／居直ってやった」石原吉郎の、ぽつんと膝を抱えている姿がいつもある。

メッセージ

古澤健

海を知らぬ少女の前に麦藁帽のわれは
両手をひろげていたり

寺山修司『われに五月を』より

確か18歳の頃この歌に出会ったのだが、特に強く印象に残ったわけではない。おぼえやすくておぼえた、というくらいのものだった。言葉が心に届くには時間がかかる。無数の言葉が身体のどこか深いところに積もっていて、それがあるとき水底の砂が巻き上がるようにして浮かび上がってくる。

4年前、『ゾンからのメッセージ』というタイトルで脚本を書き始めたとき、そんなふうにしてこの歌がふと浮かび上がった。

「ゾン」という謎の現象によって包囲されてしまった町に住む人々の群像劇。「ゾン以前」に生まれた人々は町の外のことも知っているが、「ゾン以後」の世代は町のことしか知らない。海を知らない子供たちにどうやって海を伝えるのか。そんなやりとりを書こうと思い、しかしシニカルな女性登場人物のひとりが「どうせ海なんてもう行けないんだから」と、伝えることそのものを諦めてしまう。そんな彼女に僕はこの歌を贈ろうと、真夜中にふと思いついた。語り手の身振りによって示される一生懸命さと、それだけの一生懸命さで伝えたい相手がいるということに僕は打たれる。「海」はもしかしたら「好き」なのかもしれない。自分の中にそんなに巨大な風景があることに驚いている。伝わらないかもしれないという疑念にとらわれたとしても、それを振り払って少女のもとに駆けつけて、両手を思いっきり広げる。

かつて18歳の僕にはそんな相手はいなかった。あるいは、自分の中にある気持ちに、ひとに伝えるだけの価値があるとは思えなかった。そんなふうにして僕は誰かになにかを伝えることから逃げていた。脚本を書いていると、そんなかつての自分が登場人物のひとりとして僕の前に現れる。

でも、といまは思う。伝えたいなにかがなくたっていいじゃないか。本当は海を見てすらいなくたって、一生懸命両手を広げることで、あなたとのあいだでなにかが生まれるかもしれない。ただの身振り、それはそれで美しいのではないか? 虚勢でしかないかもしれない。でもそ

空っぽな僕だって両手を広げられるのだから、海を見たことのあるあなたはもっともっと大きく両手を広げられるよと、僕は登場人物たちを励ましたくなってしまう。

いのちに直面する

斉藤斎藤

小宮良太郎（一九〇〇―一九六六）。生前四冊の歌集を編み、第五歌集『いのち』（短歌人会、一九六七年）は作者の死後、親しいひとの手で編まれた遺歌集である。作者だったら歌集をどうまとめたかったかわからないので、遺歌集には雑誌などに発表された作品を発表の順に収める場合が多く、『いのち』もふつうにそうなっている。

　しかし『いのち』がふつうじゃないのは、二四〇ページある歌集の六〇ページまでは文語・旧かななのに、六一ページからすっぱり口語・新かなに変わっていることだ。生前の四冊の歌集もすべて文語・旧かなで書かれていて、つまり小宮は作歌を始めた二五歳から五六歳まで文語で歌をつくり、五七歳の秋に突如、口語・新かなに転向したのである。

夜の夢に蛇を見ることをしあはせと倖せに飢ゑし誰がいひそめし

信もてばいのちひとつを安らかに逝かしめたりき邪宗といへど

虹ますのしほやきをほめて山の湯におごりを知らぬふたりの夕餉

　六〇ページまでの、文語の歌。蛇の夢はしあわせの報せだなんて考えたやつは幸せに飢えていたのだと決めつけたり、他人の信仰を「邪宗」と切り捨てたり。こういういかつい断言は文語短歌の得意技である。『おごりを知らぬ』と鼻歌まじりに自分をほめるのも文語ならではのユーモアで、さすがに作者はどっしり構えて見得を切る、文語のツボを熟知している。しかし、六一ページ以降、

残してきた仕事を頭で繰返す　バスの急停車　人をひいたわけではない

見えぬ目に青といい赤という　だがそれは遠い雲の色　見えたむかしの

石と石の間をわずかな水が動いているそういうつもりの庭を作ろう

　とりとめや落ち着きがなくなる。一首目、会社の帰り、やりのこした仕事のことを考える思考はブレーキの音で断ち切られ、バスの外に目を向け無事を確認するという、意識のながれ（と断絶）が忠実に書かれている。二首目、人生の中途で失明したひとが「色」を語るのを聞いて、そのひとの脳内を想像する、その想像が、想像してゆく順路に沿って描かれる。三首目はとくに、文フリで売られる同人誌に載っていてもおか

しくないほど口語短歌で、六〇年前の、しかも文語を捨てたばかりの作者とは思えない仕上がりだ。

いつどこをどう掘つてもかまわないそれだけの土がある私の庭
柿の木も柿の実もそのままの影を置き芝生に白い椅子だれもいない
人が来て人が去り私が来て私が去り石はでそのまま夜になる
卓に皿皿に梨梨に蔭皿にも蔭それがそのまま私に見える

たとえば美術館でモランディの静物画を見ても、モランディの人生がどのようなものであったか全く興味は湧かないだろう。しかし、余計なものが描かれていないぶん、瓶をひたすら視る視線の存在に、そして視線の持ち主である画家のとうめいな存在に、ひたひたと迫られる感じがある。そのような、対象にただ迫る迫力が、小宮の歌にもあるとおもう。

さて、『いのち』はとうに絶版で、大きな図書館にも見当たらない。入手困難なので、よけいな解説は抜きに、なるべくたくさん歌を引きたいのである。けっして手抜きなわけではないのだから。「六十」と題された一連、全5首を引く。

一人が二人に二人が四人に四人が八人になりわたくしは六十になり
死にかかつたことも死のうとしたことも幾度かあつて今日の誕生日
でたらめをうたう孫と死んだ弟がいつしょにとびこんでくる私の腕
くちなしの実を小鳥がくいちらすことをどうしてときく孫といる庭
冬も青いシャガの葉蔭にかたまつたまま動かない鯉は面白くない孫

結婚して2人できた子どもが結婚して孫ができて8人家族になり。どうにか生きのびた私には若くして死んだ弟が今もいる。そのような作者に、むじゃきな孫のひとことがどれほどせつなく響いているか。5首を通して読むことで、読者もそれを追体験できる。立体的な構成とおもう。

最後に、いのちを詠んだ歌を引く。小宮が口語に転向したのは、いのちに直面するためだった、といったら言い過ぎだろう。

弔電一本ですましたはずの人の死が人間の死にまで波うつてくる
どこかでだれかが最後の息をひきとりここに今開く彼岸花朱い
イヤだあの引きずり足で街をゆく人それが今私でやつぱり街をゆく
あなた方の肩が腕が私の息切れを支え二階三階そして真白なベッド
友だちの親父ただそれだけの私に血をくれてさつさと山へ帰つた人
明けてすぐ押し寄せてくる方形の白光の中にまたあえて眠ろうとする
花を頂く臥ている私を覗きこむ花の名は忘れたと帰つていつた
癒えて帰る人笑顔で送り憔悴の人温く迎え私はこの病室のあるじです

越境短歌

短歌という隣人

川口晴美

「詩歌」と一括りで扱われることが多いから、詩を書いている身としては短歌の人々を隣人のように親しく感じる一方で、実はかなり違うんじゃないかという気もしている。それゆえ難しく、興味津々。

歌人はおしゃべりだよね、といつだったか誰かが言うのを聞き、ああそれ！　とは思った。そのときは、俳句と比べて七七の分だけさらに言いたいことのあるひとが選ぶ詩型だからというざっくりした文脈だったのだけれど、確かに、公的な歌人の集まりに同席する機会があるたび、発言することに積極的で雄弁なひと率の高さにおののく。詩人は、ちゃんとしゃべれるひともいるにはいるがどちらかといえば意気地なくぐだぐだしがちで、リアルの場でいまひとつ覇気に欠けるのがいかにも「詩」っぽい、と個人的にはこっそり思っている。

書き方も、読み方も、作り手のありようも、折にふれて違いを感じるわりにどこがどうと明確にはできないまま、いつのまにか歌人と縁のある人生になりつつあって面白い。歌人の大田美和さんと互いに場所を指定しては出かけて行ってそれぞれ作品をつくるとか、毎月近況を伝える手紙のように高校時代の友人の北野よしえさんから短歌をもらってこちらは詩を届けるとか。やってみると刺激的で、なるほどそうくるかと何度もびっくりさせられた。目の前にある世界を瞬間的に切り取るようにとらえる眼差しの強さ（瞬発力、それとも貪欲さだろうか）、そこに自分という存在を接続させる言葉の動き。詩は、作品を書くためにどこかへ出かけるということはめったにないし、私は自分の身のまわりのあれこれを詩として表現することに慣れていなかったから、普段は使わない筋肉が働く。隣人に倣って言葉の可動域が広げられたような。

それとはまた異なる経験も、ここ数年で得られた。ツイッターで「ＢＬ短歌」のタグをつけて短歌を発信したりやりとりをしたりしていた数人がつくった合同誌『共有結晶』のグループに声をかけてもらったのがきっかけ。ＢＬとは「ボーイズラブ」の略で、ラブもラブ未満も含めて男子どうしの関係性を描く漫画や小説はしばらく前から隆盛をきわめているのだが（私も読者のひとりだ）、それを短歌でもやってみようという意欲的な試みを始めた人たちがいたわけだ。なにそれ楽しい……と思ってツイッターを眺めていたから、誘ってもらって前のめりで参加した。ＢＬは二次創作とも相性がよく、私がアニメ『Tiger & Bunny』を背景にした連作詩『Tiger is Here.』を発表したことから、興味を持ってくれたのだろう。

好きなことを好きに書いておいてよかった。そこから繋がって開く世界はある。

その先に広がっていたのは、私がそれまで何となく知ったつもりになっていた短歌とは違っていたと思う。BLは、漫画も小説も、主に女性の作者が主に女性の読者に向けて男子どうしの物語を投げかけるものであり、BL短歌の書き手もほとんどは女性。『共有結晶』のメンバーも若い女性たちだった。つまり、彼女たちの短歌は目の前にある何かや自分自身をとらえて描くことではなく、五七五七七のなかに幻のような「彼ら」の姿を浮かびあがらせ、「萌え」を生じさせることを目指していたのだ。いや、もしかしたら違うのかもしれないが、私はそう理解した。おそらく、小説（私小説ではないフィクション）を書くのに近い感覚で短歌の言葉を紡ぐのである。

『共有結晶』にゲスト参加した過程で、短歌ではもともと「私性」が重んじられていると学び、BL短歌はいろいろな意味で大きな反発も受けたと聞いた。聞いて、長い伝統のあるジャンルってそんなふうにオカタイのか⁉　と驚いた。詩は、無定形口語の自由詩として始まってから百年ほどしか経っていないからか、何をやったって「そんなものは詩ではない」などと断言して叱られるとは想像しにくい。好きなアニメを詩に書いた私は別に苦言を呈されたりはしなかったし、どこかで何か言われていたかもしれないけれど特に問題なかった。伝統を守るのも大切だろうが、好きなことなら楽しくやっちゃえばいいと思う。攻撃は先への可能性を切り開く。BLや二次創作は現在の新しい文化だ。そのなかで短歌は使えるツールだと、ツイッターのタグ付きで日々つぶやく彼女たちの存在が証明している。詩は、今のところ使い勝手がいまいちなのかもしれない。と思うと口惜しい。

そもそも文字数の限られる表現だから読み手が想像したり解釈したりすることへと誘われるのは当然で、BLや二次創作という切り口はその自由度をさらに加速させる。読むことと書くことが生き生きと地続きになる。『共有結晶』でも、短歌から小説や漫画を創作したり（解凍と呼ばれた）、逆に小説や漫画から短歌を詠んだり（こちらは圧縮）、二次創作的な企画が秀逸だった。その試みはまた、歌人であり詩人でもある佐藤弓生さんの『うたう百物語』を思い出させもする。様々な短歌を紹介しつつ、そこから滲み出すように生まれた幻影を掌篇として綴った一冊。おそらくその派生で、佐藤さんは私の詩「トテモ、明るい春の部屋」の一節から怪しい短篇を書いてくれたこともある（『Mei（冥）』vol.04「つくよみ双紙」）。作者である自分では開けない方向への扉を鮮やかに示され、衝撃だった。

ひとつの世界として創作された言葉の発信を自らの器で受信し、そこで生み出した言葉をまた発信する。ときにジャンルさえ超えて繋がって耕されてこそ、表現の沃野は存続していくのではないか。短歌がその先陣を切りそうなので、隣人としては遅れをとるわけにいかないと身構えている。

拝啓、瀬戸夏子さま

瀬戸夏子さまへ

いかがおすごしでしょうか。草木が勢いよく芽吹くこの季節にふさわしい……かどうか、ともあれ「怒り」についてお尋ねしたいと思います。

以前、砂子屋書房ウェブサイトの一首鑑賞ページ「日々のクオリア」2016年３月５日付の記事に、こんなことを書きました。

> 瀬戸さんの私家版歌集『そのなかに心臓をつくって住みなさい』で〈おいおい星の性別なんか知るかよ地獄は必ず必ず燃えるごみ〉のような歌を読んで、この人はなにをそんなに怒っているのかと思ったものですが、とはいえ笑顔や妥協ばかり（とくに女性に）求められる社会で怒りがアートの源泉になるのは、納得できます。

その後、瀬戸さんが「短歌」2017年２～４月号に執筆された時評「死ね、オフィーリア、死ね」への反響が、本年のご活躍につながっていることと思います。短歌界におけるフェミニズム思考の立ち遅れを指摘したこの時評は、男女の立場の非対称性をよしとしない人びとの熱い賛意を得ました。

このたびも「なにをそんなに怒っているのか」と述べたなら、批評を感情に拠って読んではいけないと言われるでしょう。女は感情でものを言うなどと決めつけられるのは、たしかに私も迷惑です。ただ、「怒り」が女性の批評の動機であることは不都合なのだろうか、とも考えます。

日常、女性の感じるストレスは「怒るな」という言語＆非言語メッセージによることが多いと考えています。では創作の動機ならば「怒り」はＯＫ？　しかし、創作もまた一種の（既成概念等への）批評行為でしょう。

瀬戸さんの時評が共感を呼んだいっぽう、短歌作品はいわゆる難解歌と称されそうな側面がありますが、両者に共通する思想はあるはずです。そこで、ご自身の創作がどのような文脈から生まれてきたのか、「怒り」を動機とする仮定をどうお考えになるかといったことを、具体例のご引用とともにうかがえますとさいわいです。

2018年4月1日　佐藤弓生

佐藤弓生さまへ

おひさしぶりです。時候のあいさつのたぐいは苦手なので失礼ながら割愛させていただきます。

「怒り」に関して、まずは女性の「怒り」は、論理的でない《ヒステリー》として片づけられがちなことに関してまずはげしい「怒り」がありますね。男性優位社会によって形成された論理構造への異議申し立てを簡単に無効化できる便利な単語ですから。女性は生まれたときから、世を形成する男性言語およびその社会様式そしてその身体に生まれたがゆえに女性言語および男性言語に適応するべくつくられた女性用の社会様式のバイリンガルとして存在することを強制されます。世の男性の多くはその仕組みに気づいていないでしょう、そのすれちがいがあまりにも多い。

しかしながらおそらくおっしゃられている「怒り」に関してはわたし個人の性質によるところも大きいと思います。わたしはべつに女性であるならば必ずしも男性優位社会に対して絶対に怒るべきだとは思ってはいません。それは個人個人の性質であり自由なのです。しかしながらここもおおきな問題と思っていますが、まだ女性を「個体認識」できる男性がすくないのです。男性どうしなら個々のちがいを認めてコミュニケーションをとれるようですが、女性あいてだとどうもそうはならないこともまだまだ多い。「女流」といった大雑把なとらえ方が発生する根源もこのあたりにあるのではないのでしょうか。

ところで、わたしはじぶんの歌が無理解に晒されていることについて、つくりはじめたころはともかく、現在はよっぽどのことがない限り「怒り」の感情はあまりわきません。諦めたということではまったくなく、じぶんの作品にたいしてかなり絶対的な自負があるからです。

創作のみなもととしての「怒り」となるとこれは複雑で、「怒り」の感情が根底に入りまじっているものもありますが、その割合は一様ではなく、これと、具体的な歌などを示すことは正直なところ困難です。というより、告白してしまえば、むしろ多幸感のなかで歌をつくることも多く、そしてこれまでの経験上、そういった状態のほうがいい歌をつくれたことが多いと感じます。しかしながら、このユーフォリアの底の底にはのっぴきならない「怒り」がどこかに存在しているような気もしています。

2018年4月19日　瀬戸夏子

瀬戸夏子さまへ

はい、ご自作を具体的に語っていただくのは無理そうと予想しつつ、もしお聞きできたなら儲けもの（？）かなと……。ともあれ多幸感の底に「怒り」があるようなという考察、興味深いです。底というか、素というか。それも、いっときの感情ではなく「のっぴきならない」、動かせない怒りであるというのは。

作品を読んで「この人（登場人物）はなにをそんなに怒っているのか」と私が気になった作家の筆頭はエミリー・ブロンテで、現代ならたとえば笙野頼子さんの小説について憤りの語り口が痛快という声を読者から聞きますし、すると怒りと喜びがどこかで直結するのが文学というものかと思ったりしました。

上の例でいうと笙野作品はあきらかに女性の人権意識を組み込んでいますが、170年前の『嵐が丘』も、尊厳を否定された個人の憤怒が動かす物語にはちがいありません。後者の愛（恋愛というより、ある種の同志愛）が死によって成就する喜びの底に、生のうちには成就しないことへの怒りがある。そういうことでしょうか。

よく引かれる瀬戸さんの歌〈心底はやく死んでほしい　いいなあ　胸がすごく綿菓子みたいで〉（『そのなかに心臓をつくって住みなさい』）や近作〈失神をみだらと告げた神話より夜空より熱いてのひらで縊るのならば〉（「現代短歌」2017年12月号、穂村弘さんとの「二人五十首」より）、詩作品「ときめき」の１行目〈嬲り殺しにされた星の王子の悲劇を繰りかえしていくために。〉（『Aa』vol.10）、いずれも物騒なもの言いながら、まさに〈いいなあ〉の感触。死への誘いこそ極めつけの愛の表現だと言わんばかりです。

あるいは瀬戸さんへのインタビュー（「早稲田短歌」45号）で好きな歌とされていた山中智恵子歌集『みずかありなむ』の〈手のなかの日没のごとオレンヂを裂く夜半にして森は稲妻〉。ここでの稲妻は「上司の雷が落ちる」といった慣用句に見られる激しさのニュアンスを踏まえつつ、手もとのオレンジを裂く行為（太陽を殺す想像、全能感？）と遠い森の天象との照応が多幸感を呼ぶようです。

――と、いくつか作家名や作品を挙げてみました。これらについてでも他の作品についてでも、ユーフォリアと「怒り」の関係について、さらにお聞きしたく思います。

「絶対的な自負」は好いことばですね！

2018年5月7日　佐藤弓生

佐藤弓生さまへ

わたしも佐藤弓生読者なのに、わたしのことばかり訊いていただくという今回の企画はなんだか面映いものですね……。

『嵐が丘』、はじめて読んだときは正直なところ、きちんと理解できた感じはしなかったのです。再度取り組もうとして時間が経ってしまってばかり……というところで、これをきっかけにまた読んでみようかと思いました。初読、わたしは姉のシャーロット・ブロンテ『ジェーン・エア』の方に惹かれました。サンドラ・ギルバート、スーザン・グーバーの『屋根裏の狂女―ブロンテと共に』は名著ですね。

昨今、さまざまな理不尽に対する「怒り」が各所で噴きあがり、という現象を見かけます。それに対してわたしは必ずしも否定的ではありません。まあ、人のことを言えたタイプではないですからね……、という冗談（？）はさておき、怒るというのはエネルギーも必要なのは事実ですが、根本的には「気持ちがいい」ことだというのはおさえておきたいものだ、と思っています。反射的になんでもかんでもの出来事に反応する、インスタントな怒りは快楽消費になってきつつある、その場その場で党派的に共感組織を形成していくらもたたないうちに解散、のような事柄についてはもっと慎重になるべきかと。

というわけで、人のことは言ってられないとはいえ、わたし自身もわたしの表現も根本的にはおそらく「怒り」のかたまりではあるわけで（先日飲み会の場とはいえ、ある男性歌人に「瀬戸さんの代表作は《怒り》になるんじゃないですか？」とからかわれたときには思わず殺してやろうかと思ってしまいました、まあそういうことは多々あります）、そういう極限まで怒っている（らしい）わたしの表現が、快楽の底を打ってユーフォリア的（と他の人に見えているかどうかはわかりませんが）になるのは、考えてみれば、当然といえば当然のことかもしれません。

今回はわたしの話におつきあいいただいてありがとうございます。またお目にかかれる機会があれば、佐藤弓生の作品や創作姿勢についてこんどはこちらからお訊きできればと思いつつ。

2018年5月28日　瀬戸夏子

たましいを掛けておく釘をさがして―杉﨑恒夫論①

たくさんの空の遠さにかこまれながら

ながや宏高

90歳の少年

たとえば明るく光る夏の星座を見たとき、あるいは亡くなってしまった人のことを思い出すとき、心に去来するものは何だろう。さびしさ？空しさ？温かさ？言葉にしようとしてもそれをつかむことはできず、大切なことはすり抜けていってしまう。だが、その去来する何かと、静かに向き合い短歌を詠み続けた人がいた。その人の名は、杉﨑恒夫。短歌という詩型で、90年の生涯をかけて数多の作品を残してくれた。

２０１０年4月、一冊の歌集が発表された。杉﨑恒夫著『パン屋のパンセ』（六花書林）だ。

やわらかく透明感のある文体でウイットとユーモアに富んだこの歌集は発売後間もなく好評を博し様々なメディアで取り上げられた。

普段、短歌に触れていない人々のところまでも届き、現在までに7刷を重ねロングセラーとなっている。発売から8年以上たった今も新しい読者を増やし続けている稀有な歌集だ。

さらに２０１１年には、入手困難となっていた杉﨑の第一歌集『食卓の音楽』が新装版として六花書林から発売された。この新装版は『パン屋のパンセ』発売後の反響の中で第一歌集を読みたいという声が大きかったため実現したという。

ひとかけらの空抱きしめて死んでいる蟬は六本の脚をそろえて　『パン屋のパンセ』

埋まることのない喪失感とさびしさを感じるものの、それらをまるで結晶でも抱きしめているかのように描いている。〈六本の脚をそろえて〉と歌を締めくくることで、現実にはひっくり返って死んでいる蟬でしかないその姿が「行儀の良い様子」としてイメージされる。棺の中で眠る人間を見るように、敬虔な眼差しで眺めていることが伝わってくるのだ。文体にウエットさがなく淡々と語られているのに冷たく感じないのは、この眼差しによるものだ。杉﨑は夏の短い期間にたくさんの命が地上に現れ、生きて、死んでいく蟬の生態を慈しんでいるようだ。杉﨑作品の無常観には、生き物が死を迎えることの尊さが表れているが蟬の歌はそれが顕著だ。

たくさんの空の遠さにかこまれし人さし指の秋の灯台

『食卓の音楽』

秋空の中で人さし指が灯台として立ち上がる瞬間、どこまでも続く世界の広さと遠さが身体中に迫ってくるような歌だ。〈遠さ〉に囲まれる灯台は〈秋の灯台〉という表現によってさびしくも温かい情景となる。人さし指と灯台の比喩は童心そのもののようで明るく楽しいため、一首全体の雰囲気もやわらかい。

広い場所で寄りかかるものもなく一本立ちしている灯台は常に孤高な存在だ。じっと動かずただそこに構えて直立し、遠さにかこまれ、強い風を受け続ける。どうして杉﨑はそんな灯台を人さし指として表現したのだろうか。それは灯台に自分自身を重ねていたからだ。そして人さし指と重なる灯台は、心の芯としてのシンボルのようなものでもあったのだろう。

「詩歌」時代の杉﨑恒夫
「詩歌」1984年1月号掲載

晴れ上がる銀河宇宙のさびしさはたましいを掛けておく釘がない

『パン屋のパンセ』

〈晴れ上がる〉とは本来青い空に対して使われる言葉だと思うが〈晴れ上がる銀河宇宙〉と続くことで、瑞々しく広大な空間が美しくイメージされる。さびしさはなくならないのだと、宣言されたようなものなのにニヒリスティックな印象はなく、むしろ清々しさまである。たましいの拠り所を〈釘〉に喩えるユーモアとアイディアの妙も光っている。

杉﨑の短歌を読んでいると世界の真実に触れたような感覚を覚えることが少なくないが、この歌はそのひとつであり、杉﨑の代表作と言えるだろう。

人はなぜ無意識に拠り所を求めてしまうのか、なぜさびしさはなくならないのか、この歌はそうした問いかけに対するアンサーのようでもあり、その心の有り様を写した風景でもある。たましいは拠り所をもつことができず、せめて釘の一本でもあればたましいを引っ掛けておくことができるのに、それさえもできない。内容だけ考えるとなんだかやるせなくなる。

だが杉﨑はこの歌を美しく瑞々しい一首に仕上げた。なぜなら杉﨑は拠り所を求めてしまう心を否定していないからだ。さびしさを抱えて生きる人間をやさしく温かく見つめているのだ。

人間が生きている限り消し去ることのできない根源的な孤独を、発見の喜びと共に悲しくも軽妙に表現しているところは『パン屋のパンセ』と『食卓の音楽』の大きな特徴だ。

はじまりはいつだったのか―歌集未収録作品を求めて

『パン屋のパンセ』は杉崎自身が選歌した歌集ではない。短歌誌「かばん」の有志によって編集され、杉崎の没後刊行された。初出が「礁」のものもあるが、すべて「かばん」の掲載歌である。いわば、「かばん」時代のベスト盤のようなものだ。

「かばん」に発表された歌は、2412首あるが、収録数を336首まで絞りこんであり、一冊の本としての読みやすさ、手に取りやすさが志向されているのがわかる。もし『パン屋のパンセ』が全歌集のように数千首も入っているような本だったとしたら、杉崎の短歌が現在ほどの広がりをみせることはなかっただろう。

『食卓の音楽』は杉崎が1982年に入会した前田透主宰の「詩歌」、そして1984年から参加した「かばん」に発表した作品と未発表作品から構成されている。この二冊の歌集に収録されている歌は杉崎の年齢が60代以降、高齢になってから作られたものである。現在、杉崎が作歌を始めてから「詩歌」に入会するまでの間の歌をまとまった形で読むことはできない。

そのため筆者は個人的に杉崎作品の調査をしてきた。杉崎の活動の場であった「かばん」「礁」「新潟短歌」「橄欖」その他総合誌等を調べていった結果、歌集収録分も含めた数字ではあるが5316首集まった（2018年5月現在）。『パン屋のパンセ』の収録数が336首、『食卓の音楽』が228首なので、歌集に収められたのは全体数の1割ほどでしかないことがわかる。

「橄欖」1947年7月号

現在見つかっている杉崎作品の中でもっとも古い資料は1942年の「橄欖」だ。残念ながらそれ以前の資料は見つかっていない。杉崎がいつから短歌を作るようになったのか、現在手元にある資料の中にその情報は記されていない。動機も含めて杉崎と短歌の関わりの原初にあたる部分は不明のままだ。今後も調査は継続して行っていくので、新たに資料が見つかった場合はこの連載などで紹介していくつもりだ。

杉崎は太平洋戦争が始まる年の1942年に及川米子（「療養生活」「新潟短歌」等で活動）の紹介で「橄欖」に入会した。野地曠二（「橄欖」「新潟短歌」所属）に師事し歌を発表していった。1948年以降「橄欖」での掲載はなくなるが、同年、野地曠二のいる「新潟短歌」に入会する。中断期間があるものの、その後1982年まで在籍。1971年には「短歌研究」（1971年11月）誌上で「全国主要結社中堅作家作品」に結社の代表として参加。翌1972年に「新潟短歌賞」を受賞しており、「新潟短歌」と野地曠二との関わりは杉崎のキャリアのなかでも重要な位置を占めているはずだった。だが、１９８１年に「短歌」（１９８１年７月号）誌上で発表された迢空賞受賞作、前田透『冬すでに過ぐ』の自選歌50首に感銘を受けたことがきっかけとなり、翌１９８２年に「新潟短歌」を離れ、前田が主宰する「詩歌」に入会。１９８４年「詩歌」解散後は「かばん」、１９８７年には「礁」へと活動の場を広げていった。

今後、本連載では１９４０年代を〈初期〉、「新潟短歌」時代の１９６８年～１９８２年までを〈中期〉、「詩歌」以降の１９８２年～２００９年を〈後期〉という区分で位置づけて、杉﨑の短歌の変遷をたどっていく予定である。

最後に初期作品の中から二首紹介したい。

額椽のガラスに映り病床の我はみじめに飯くふものか

「橄欖」（１９４７年７月号）

癒えたらば子を貰らはむといふ妻に頷きつつも泪湧きくる

「靜枝の死」／「新潟短歌」（１９４８年３月号）

『パン屋のパンセ』『食卓の音楽』と比較すると作風の違いに驚かれるかもしれない。瑞々しい比喩はなく、心の傷がダイレクトに伝わってくるような歌だ。次回はこれら初期作品について論じていく。『パン屋のパンセ』に至るまでの間にどのような歌が作られていったのか、丁寧に追っていきたい。

杉﨑恒夫略歴

１９１９年
静岡県熱海市に生まれる
１９４２年　23歳
及川米子氏の紹介により「橄欖」入会
１９４８年　29歳
「橄欖」から「新潟短歌」に入会
１９４９年　30歳
「新潟短歌」を退会
１９６８年　49歳
「新潟短歌」再入会
１９７２年　53歳
第６回新潟短歌賞受賞
１９８２年　63歳
「新潟短歌」を退会し前田透主宰「詩歌」に入会
１９８４年　65歳
「かばん」に参加
終戦後より勤めていた国立天文台を退職
１９８７年　68歳
「礁」に参加、編集委員も務める
第一歌集『食卓の音楽』（沖積舎）刊行
２００９年　90歳
肺炎のため永眠
２０１０年
第二歌集『パン屋のパンセ』（六花書林）刊行
２０１１年
第一歌集『食卓の音楽　新装版』（六花書林）刊行

海と靴

石井僚一

海と靴　それで充分足りている叙情に付け足せるなら何を

痛いの飛んでどこまでいった　湿っぽい夜にやけに湿っぽい月だな

ひとさじの金曜の夜をとろとろとホットミルクに溶かして眠る

ペンキ売り、いちばん売れてない色を教えてください　わたしも売るよ

体幹を鍛えてゆけばいつまでも真っ直ぐにきみを見つめられます

牛乳のパックに鋏をいれているうちにキッチンが深海になる

垂乳根のやさしい人が見逃したその舌打ちをテイクアウトで

真夜中のドアをノックしやってくる訃報よ、訃報、わたしはだあれ？

つくり笑いの上手なガラスは出世して社長室の窓になりました

天井になった友だちこんにちは　ぼくは変わらず床をやってる

大切に食べてあげなきゃ食パンもあくびをしちゃうから　大切に

おふとんで舗装された道　かわいそう　そこだけ雲のように真っ白

おなじ土俵ちがう土俵が重なってベン図をつくる　そこで会えるよ

風が風に交わりあたらしい風の第一子誕生おめでとう

一戸建てみたいな気持ちで向かうからあなたは庭になって待っていて

月のチェス

大滝和子

すきとおる定規のなかにすきとおるうずまきのある夏秋冬春

食卓に姉と向き合い原始言語の水平線を使いしか

宇宙からたどりついた元素らよ私は箱から糸巻を出す

せいおん　せいおん　それなのに「てんきこーと」と言わず電気コードを

副詞族も時に青いボール持ち歩くよ後ろに斜めに前に

右の手と東方貿易するように左手という謎を動かす

小さなうずまき　巨大うずまき　雨風よ人よ品詞たちよ

「てつどうは私の一部なのです」と言うかのような青空と雲

月光の降りて来たればわが裡の港湾都市に馬走りだす

漢字の森歩みてゆくと香のつよきログキャビンたつ誰の住処ぞ

悠久を夢みる種子か花花は流浪ねがいて引力を持つ

汽車の来るまでのときのま星星と鬼遊びするこころとなりぬ

まだ選ばない帽子よスペースは宇宙でもあり日常でもある

言の葉の手　むらぎもの心の手　惑星を包み希求のつづく

《月のチェス》という橋あれ人間と人間ふかく喜ぶところ

ギブン・ソングス

宇都宮敦

かみ殺す気のないあくびをした君が葉っぱの化石をくるくる回す

聞かせてよ決まり文句を　そうしたら決まり文句で夜を育てる

新幹線から見えたネコ　新幹線からでもかわいい　たいしたもんだ

優等生で何が悪いの　ああぜんぜん悪くはないよ　悪いもんかよ

かろうじてボックスステップなら踏めるから夕立のすぐにでも行く

漫画ゴラク　平均すると5ページに1回ヤクザが出てくる雑誌

目を閉じて夜を思えばフィルムの燃えて融けだす匂いをかいだ

うれしいのかそうでもないのかどうだろう　ネコの眉毛?をジョリジョリいわす

キーボードに寝そべるネコをどかし抱きあげればしばし無って表情

薔薇色に兆す不安に「アウトロのない曲」というプレイリストを

欠けてゆく月の出る夜　かんぺきで自信ありげな猫背を見たよ

拍手から羽ばたく鳥の数万羽帰る森　友達が待ってる

薄皮のつぶあんぱんを食べながらぽくぽくと鳴る歩道橋を下りる

台風にざっくり洗われた道に落ちてるラッキーを拾いつつ

ボウリングだっつってんのになぜサンダル　靴下はある　あるの　じゃいいや

花の礫

鈴木美紀子

呼び鈴のようにふれてね深呼吸閉じ込めてある胸の釦を

ゆらしても透きとおるだけ夏蝶のモビール窓から放てばひかり

縦書きのさよならがすき　水出しの紅茶をあなたにほそくそそいで

おやゆびでグラスの縁をぬぐうたび雫がしずくを追い越すけれど

ストローにうっすら残すルージュには驟雨のような罰則がある

残り湯につま先浸す昼下がりアロマオイルの小瓶の翳り

わたしから離岸してゆくまっさらな柩に集う海鳥の声

片翼は手紙の白さ掠れゆく消印の町を空にしずめて

リバイバル映画の字幕にさがすだろう思い出せないカフェのなまえを

「きみは青いドレスだったね」と囁いて有料チャンネルの中のわたしに

もっと、もっと近づけたなら　せめて今睫毛のさきの露を払うよ

用量を守れないキス　咳止めのシロップよりも甘い浪費を

砂つぶが奪う一秒一秒をみつめるだけの硝子のとけい

半券のようにそっと内側に折りたたまれてわたしはねむる

きらきらと花の礫(つぶて)を投げ入れたあなたの水辺を香らせたくて

現代短歌シンポジウム

ニューウェーブ30年

荻原裕幸
加藤治郎
西田政史
穂村弘

２０１８年６月２日（土）、名古屋の栄ガスビルにて、同人誌「フォルテ」刊行から30年を記念したシンポジウムが開かれ１６４名が参加した。荻原裕幸、加藤治郎、西田政史、穂村弘四氏による討議で、前半は加藤氏、後半は荻原氏の司会によって進められた。

最後に、東直子氏から問題提起があった。その時代に活躍し、いまも活躍する女性の歌人は、ニューウェーブに含まれないのか。加藤氏は、「ニューウェーブは４人です。ただ、その問題提起については今後も議論していくべきだ」と結んだ。残念ながら時間切れとなり、心を残しつつ散会した。

討議の内容は極力記載したが、紙幅が限られるため当日までに提示された資料は収載していない。引き続き議論を深め、別のかたちでまとめることにしたい。（編集部）

ニューウェーブのはじまり

加藤治郎（以下、加藤）　たくさんのみなさんにお集まりいただきましてありがとうございます。本当にびっくりしまして、申込受付を開始してから一週間で用意した１２０席が埋まってしまったんです。今日はニューウェーブは存在したのかということから疑ってかからないといけないと思うんですよね。というのは、20世紀の終わりに短歌事典が二つできました。『現代短歌大事典』（三省堂、２０００年）と『岩波現代短歌辞典』（岩波書店、１９９９年）です。実は『現代短歌大事典』の方には「ニューウェーブ」の項目がないんですよ。びっくりしますよね。『岩波現代短歌辞典』の方には項目がありまして、ニューウェーブの定義が書かれています。「ライトバースの影響を色濃く受けつつ、口語・固有名詞・オノマトペ・記号などの修辞をさらに尖鋭化した一群の作品に対する総称。１９９０年代初めに加藤治郎・穂村弘・西田政史などの作品傾向に対して荻原裕幸が命名した。荻原自身もそう呼ばれた。（中略）コンピュータ世代が開発した文体ともいえる。方法のみを磨き上げる風潮は『新人類短歌』とも呼ばれた」と栗木京子さんが執筆されています。そのあたりの文体のことも含めて、まずはニューウェーブのプランナー、絵を描いた荻原裕幸さんに口火を切っていただきます。

荻原裕幸（以下、荻原）　荻原です。加藤さんの方から『現代短歌大事典』の話が出ましたね。そのころニューウェーブという言葉はいろいろなかたちで使われていたと思うんですが短歌史に据えてみた時に、そも

左から、穂村弘、加藤治郎、西田政史、荻原裕幸の各氏

そもニューウェーブというものが存在するのかという問題があります。『現代短歌大事典』では近々誰もがニューウェーブを忘れてしまうだろうということで項目として入らなかったのだと思うんですよね。まったく同じ時期に岡井隆さんを中心として加藤さん、穂村さん、私が編集委員に入っていた『岩波現代短歌辞典』で何をピックアップするか編集会議をしたのですが、「ニューウェーブ」の項目についてかなり紛糾したんですね。そんな項目は必要ない、いや入れたほうがいいと言って、上の世代とわれわれの世代で火花を散らしました。結果的には項目として入ったんですが、辞典の編集委員のうち3人が当事者であるような場でもそうなったんです。「ニューウェーブ」と「サラダ記念日」の項目は会議のなかでも一番紛糾した事項だったと思いますね。

加藤　『岩波現代短歌辞典』では最初、「ニューウェーブ」は入らないと決定したんでしたっけ。

荻原　三枝昂之さんとか小池光さんは要らないと言ってました。われわれはもちろんそんなことは言っていません。岡井隆さんが最後に、まあまあちょっと考えましょうかと言われましたね。

加藤　三枝さんはその場では「ニューウェーブ」は取り上げないと決まったのに、私が岡井隆さんに直訴して入れたんだというようなことを言っていたんですよ。

荻原　個人的には、1983年に西田政史さんと出会っています。当時私だけが短歌を始めていて、大学のクラブハウスで初めて顔を合わせました。その時からニューウェーブに関連したことが始まったんですね。そうすると35年ぐらいですね。そのあと歌壇的にはライトヴァースが起きてくるなかで、加藤さん、穂村さん、西田さんとの活動が展開されていくわけです。肝心なのは、91年朝日新聞に「現代短歌のニューウェーブ」という記事が載ったということ。これがニューウェーブというネーミングにも直接かかわってきます。当時朝日新聞名古屋本社から原稿依頼がありまして、加藤さん、穂村さん、西田さんの作品を引用して、現代短歌の一人称、主体の面からみた変容について書いた。引用した作品にインパクトがあったからか、当時のデスクが読んで「ちょっと待ってくれる?」と言うからボツにされるかと思ったら全国紙面に載ることになりました。これ短歌なの？ と言われるタイプの作品が載った記事ですから、反響はあったと思います。

加藤　この記事で引用したのが、私、穂村、西田の3人なんですね。

荻原　載ったのが7月なんですけど、短歌界の反応が典型的に分かるのが、小池光さんが「短歌研究」にかけあって91年11月号で特集を組むことになったんですね。押田晶子さんが編集長のときで、「近・現代短歌史のニューウェーブ」。小池光さんがコーディネーター、加藤治郎さん、藤原龍一郎さんと私がパネラーで誌上シンポジウムをやりました。朝日新聞の記事が出ただけじゃなくて、総合誌が反応して、話題になった。『サラダ記念日』の口語の短歌だけじゃない何かがあるのかなという空気になりました。一般の人たちの反応としては、雑誌「宝島」のなかの読者投稿コラムを集めた「VOW」ですね。「詠み人ノープロブレム。」というコーナーがありまして、穂村さんの**「耳で飛ぶ象がほんとにいるのならおそろしいよねそいつのうんこ」「吼え狂うキングコングのてのひらで星の匂いを感じていたよ」**と西田さんの**「この街のすべてがぼくのC#mの音にとざされてゐる」**この三首が載っているんですが、作者名にスミが入っているんですね。なぜスミが入っているかと言うと、一般人のプライバシーが明らかになるといけないので誰か分からないようにしたんです。つまりこれは文化面の署名入りの記事で引用された現代短歌作品なんですけど、短歌の投稿欄に載った作品のようなノリで出たんですね。福岡県の橋本知子さんという方の「切抜きやぶけちゃってごめんなさい」というコメントの後に、編集部のコメントとして「赤い線が引いてある『耳で飛ぶ象』も凄いが、他のも全部すげーなこりゃ。載せるか、こういうの。俺だったら載せない」とあったんですね。完全に素人投稿扱いで、そもそも選んだやつ誰だというノリなんですね。そういう反応が短歌の外の人たちにはあった。インパクトがあったんだと思いますね。そんなことから「現代短歌のニューウェーブ」という呼び名が広がったんですが、私はコラムのタイトルに使っただけで、別に文学運動のためにネーミングをしたわけではないんですよ。けれど、あれよあれよという間に拡散していきました。ただ、何かとの関係で論じられることはあっても、ニューウェーブ単体で議論されることは非常に少ない。つねにかたちのはっきりしないものとして捉えられているのではないかと思います。何かことが起こるたびに関連して考えられるので、いつのまにか、正体は無いのに強力な指標のようになったんじゃないですかね。穂村弘さんが98年の「角川短歌」に「わがままについて」という文章を書いた時に、「わがまま」というキーワードが話題になったことがありました。わがまま短歌という言い方をされたこともあります。おもしろい文章だったし、繰り返し言及されているんですが、そのまま「わがまま」が時代を捉えるための指標になったかというと、そうでもない。「わがまま」だとくくりづらかったんですかね。結局「わがまま」とニューウェーブを結び付けて、考えるようになったんです。おそらく、実態がはっきりしていないからこそ、ひとつの看板にしやすかったんだと思います。その都度、ニューウェーブに立ち返ることになったんですね。そもそも実態があるのかないのかというところから考えると、見えてくることがあるんじゃないですかね。

加藤　西田さん、ニューウェーブということについて自由にお願いします。

西田政史（以下、西田）　はじめまして、西田です。さきほど荻原さんから１９８３年に最初に会ったという話があったと思うのですが、僕が一番最初に現代短歌というものに接したのが85年の俵万智さんの「野球ゲーム」。たしかこの年に荻原さんの「炎天に献ず」が候補作になったはずです。確か雑誌をいただいたと思うのですが、ここで現代短歌に出会った。翌年には穂村さんの「シンジケート」とか加藤さんの「スモール・トーク」とか林あまりさんの『ＭＡＲＳ☆ＡＮＧＥＬ』が出ました。私以外の３名は前衛短歌から出発していると思うのですが、僕だけはかなり遅れていまして「野球ゲーム」からなんですね。その時点で短歌についての考え方、思い入れがひとりだけ違うという気がしております。いまもそれは変わらないです。僕は引きずり込まれやすい性格で、短歌に引きずり込まれたのも隣の荻原さんに誘われたから。試しに書いてみたらということで書いてみたら、真っ赤に添削された記憶があります。悔しくてまた作ったりしているうちに、引きずり込まれた。去年たまたま新しい歌集を出したのも、加藤さんに引きずり込まれたから。気が進まなかったんですけど、気が付いたらここに座っている。ニューウェーブと言われるけれども、自分自身そう思ったことは一度もありませんでした。ニューウェーブと言われても何のことなのか全然分からなくて、問題意識も方法も作風もバラバラで、それをひとくくりにするのはどうかなと思ってきました。このシンポジウムの話をいただいて考えてみたところ、ニューウェーブは社会現象のようなものだと考えるに至りました。90年代ちょっとまえの社会に生きていた20代のわれわれが、短歌を書くときにこういう作風になってしまったということ。僕たちの時代は、その前の世代には全共闘やヒッピー、そんな若者がいた時代でした。その人たちを小さい時にテレビなどで観ていてなんとなくあこがれのようなものがあり、大人になってみると、気後れのようなものがありました。熱い青春時代を過ごしているな、あの人たちと。しかし、政治の季節というのが僕らが大学に入るころにはまったく無くなってしまっていた。日本は高度経済成長期を過ぎてバブルに入ってきていますし、物は溢れて、大人たちは浮かれている。騒いでいる光景がテレビに映っているのを貧乏学生の僕は観ていたのです。そういう社会に違和感というか、何か違うなという気持ちを抱いていた。まったくバブルの恩恵は受けていない世代なんですけれども、喪失感、虚無感がありまして、それを埋めるために短歌でおもしろいことできないかなというのが最初の動機だったという風に記憶しております。それで、短歌研究新人賞に応募しました。

加藤治郎氏

ニューウェーブ誤認説

加藤　なるほど、熱い世代のあとの喪失感、虚無感、そのなかで短歌でおもしろいことができないか。この感覚はよく分かります。穂村さんいかがでしょうか。

穂村弘（以下、穂村）　はい、穂村弘です。30年前はインターネットがなくて、大学の短歌会がいまのように盛り上がっているわけでもなかった。ネット上の横のつながりがあって、そこから新人賞の作家が出るということもなかった。書肆侃侃房のような出版社もなかったし、左右社とかナナロク社のような版元もなかった。何があったかというと、結社ですね。これはいまもあります。それから総合誌。「角川短歌」や「短歌研究」他。それから歌集を出版する専門出版社。それから「かばん」という同人誌。結社以外ではほぼ唯一の手段でした。これはいまもあって、私はそこに所属しています。結社と総合誌と専門出版社が歌壇の主要構成要素で、そこで短歌の世界が回っていたという30年前だったと思います。そのころわれわれは20代で、ここにいる荻原さん、西田さん、私は学年が同じ、昭和37年生まれ。加藤さんは三つ上だから昭和34年生まれ。全員30年代生まれなんですけど、30年前に20代だった人たちの特徴は何かというと、ほとんど全員が前衛短歌の世代の歌人を先生として持っていた。加藤さんの場合は岡井隆さん、荻原さんと西田さんの場合は塚本邦雄さん。会場にいる人で言うと、大辻隆弘さんも岡井さん。川野里子さんや米川千嘉子さん、坂井修一さんは馬場あき子さん。俵万智さんは佐佐木幸綱さん。水原紫苑さんは春日井建さんの弟子ですよね。いま名前を挙げたひとたちは昭和30年代生まれなんだけど、岡井、塚本、馬場、佐佐木、春日井といった前衛短歌世代の歌人に直接師事している。これはけっこう大きな意味を持っている気がしていて、荻原さんの第一歌集『青年霊歌』は明らかに塚本邦雄の第三歌集『日本人靈歌』をひいた歌集名ですよね。加藤治郎さんの『TKO』のなかには、「口語体というのは、前衛短歌の最後のプログラムだった」という有名にして意味不明な一節があって、当時からまったく意味がわからなかった。そんなことは岡井隆も塚本邦雄も寺山修司も一言も言っていない。誰が言っているかといえば加藤治郎が言っている。続きの文章がまたおかしくて、「なぜ口語の問題が残されたか。それは、文体が作家の精神と一体であるならば、会話体を含めた口語体が前衛短歌の精神性と一致しなかったというところに行き着く」。前衛短歌の精神性と口語体が、一致しなかったといっているにもかかわらず、その最後のプログラムが口語体だというのは完全に矛盾した文章で、いま読んでもおかしい。つまりこの文章が意味するのは、先生であるあこがれの岡井さんがやった短歌運動の流れの上に自分が思いついた口語体があるということですよね。自分も前衛短歌の仲間だという気持ちが加藤さんは強かった。だから、「前衛短歌の最後のプログラムだった」と断言してしまった。そのように僕は理解しています。この強迫観念は、加藤さんや荻原さんの憧れですよね。その気持ちは先生のいない僕にもわかる。そしてまた、その憧れは当事者だけでなく歌壇のなかにもあったんだよね。前衛短歌とニューウェーブを二重写しに見てしまう。脳裏に生々しく、前衛短歌の熱かったころを思い出す。ニューウェーブという言葉は最初からあったようにみえるかもしれないけど、僕の記憶ではなかったはずですよ。ライトヴァースという言葉はありましたけどね。荻原さんが「現代短歌のニューウェーブ」を書いたときでさえ、いまわれわれが使っているニューウェーブと同じ意味ではなかったですよ。新しい動きという意味で、一般的にニューウェーブというじゃないですか。ただそういった内容の記事だったはずです。ところがなぜかそのニューウェーブという言葉が、歌壇のなかで「前衛短歌」みたいに誤読された。その誤認がわれわれにとって好都合だった。本当にあったのかどうか微妙なところで、少なくとも出発点においてはもやもやっとしたものだった。一般名詞としてニューウェーブだったはずのものが、偶然の化学反応で、まるでわれわれが意図した運動体であるかのように誤認された。これは、全員が前衛短歌世代の熱心な信奉者で弟子だったからだと思う。

荻原裕幸氏

加藤　ニューウェーブ誤認説、実感的には分かりますね。先ほどの栗木京子さんは「ライトバースの影響を色濃く受けつつ」と書かれていました。私は『サニー・サイド・アップ』の時に俵万智さんとセットでライトヴァースという風に言われていたんですね。けれど、30年経ってみて「ライトヴァース30周年」は誰も企画しない。私の記憶では、１９８０年代後半の短歌の世界では、ライトヴァースという言葉のほうが圧倒的に強かった。文体としては俵万智に代表される口語文体で、カジュアルな都市風俗が歌のテーマ。仙波龍英、林あまり、紀野恵、中山明、俵万智、そして私のような一群をライトヴァースといったわけです。穂村さんも確か最初はライトヴァースのなかに入っていませんでしたか？

穂村　ちょっとはっきり覚えてないんだけど、歌人でいったら仙波さん、紀野さん、中山さん、加藤さん、林さん、俵さんぐらいまでじゃなかったかな。井辻朱美さんもかな。でもちょっと自信ないな。

ニューウェーブ３つの条件

加藤　ニューウェーブは最初は事件、事故、荻原さんの記事を含めて偶発的なものだったけれども、30年後にニューウェーブが名前としてある。私は三つの条件があると思うんですね。一つは、人が明確であること。ニューウェーブといえば荻原、穂村、西田、加藤。あまり人数が多くてもダメなんですよ。7、8人いたら収拾がつかない。3人でもちょっと足りない。4人が重要。つまり、ライトヴァースというとはっきりしないんですよ。当時若くて戦後短歌史から逸脱したような人たちはライトヴァースと言われていた。でもライトヴァースが誰かははっきりしない。何かやろうとしたとき、俺とあいつとあいつがポスト・ニューウェーブなんだとか、はっきりさせることなんだよ。2番目のポイントは、といっても烏合の衆ではだめで、作品に明確な共通性がなければ話にならない。当時は記号短歌ということを言われたんだけど、作品の文体が明確であること。3番目は、共通の場があるかどうか。これは重要な問題で、出発点に「フォルテ」という場があった。私は未来短歌会にいたけれども、「未來」だと毎月10首だけで、まとまった連作を書ける機会がないんですね。それが「フォルテ」だとまとまって作品を発表する機会があった。そういう場が明確であるかどうか。１９９８年にエスツー・プロジェクトを加藤、穂村、荻原で結成しました。『短歌パラダイス』（岩波新書）でこの3人が呼ばれた。あるいは『岩波現代短歌辞典』でもこの3人が呼ばれた。それと「ラエティティア」というグループ。荻原さん、これ何人規模でした？

荻原　構成人数ですか？　２００人超ぐらいでしたかね。歌人だけじゃないですけどね。

加藤　これはいま考えても荻原さんのプロデュース力。川柳の人もなかにいましたね。メーリングリストがあって、発信のときには短歌というタグをつけて、川柳の人には川柳のタグをつけたんでしたっけ。

荻原　メーリングリストの構成ですか。当時はいまのようなＳＮＳの機能はなかったので、ごちゃごちゃと一つのメーリングリストでやるんですけれども、話題を４つぐらいのチャンネルに分けてやっていましたね。ＳＮＳの前身のパソ通の電子会議室のイメージに近いものだった。いまは非常に情報を得やすいけれども、当時はメーリングリストに入ってくる情報を全部読んで交通整理を誰かがやっていかないとまわらなかった。穂村さんは「荻原さんは本当は何人いるの」とよく私に冗談で聞いていましたからね。

ニューウェーブの主体

加藤　杉田抱僕さんから質問をいただいています。「ニューウェーブというと記号や口語表現のイメージが強かったのですが、主体もキーワードであると知りました。ニューウェーブが提示した作者の内面とも結びつかない新しい主体のかたち。個人の歴史ではなく、共有された物語を抱えている主体は、現在作歌の上でどう扱われていますか」と。むずかしいですよね。90年代の自分もしくはニューウェーブの作品の主体のあり方がどうだったかということをちょっと聞いてみたいのですが。

穂村　すごく重要なんだけど、短時間で答えるのが難しい質問ですね。以前「角川短歌」の前衛短歌再検討の企画で、前衛短歌の時代のわたくしの変遷に対する僕の見方を書きました。前衛の人を中心にして短歌の内部でわたくし性の拡張がなされたけど、短歌の外に当たり前だけど大きな世界があって、外の変化の方が大きいんじゃないかというのが僕の見方ですね。塚本邦雄などが実直に映画や演劇を参考にしながら歌集一冊ごとにわたくしを変化させていったけど、それと同時にテレビをつけると歌謡曲が流れている。それを少年であった私たちは観ている。例えば山口百恵は「あなたに女の子の一番大切なものをあげるわ」って歌っていましたね。そうするとこれはいくら子供だって百恵ちゃんが言っているとは思わないですよね。どこかの作詞家のおじさんが書いているわけですよね。そのおじさんがおじさんの大事なものをあげるって僕に言っているのかというと、もちろんそんなはずもない。つまり、「あなたに女の子の一番大切なものをあげるわ」と言っているのは、山口百恵でも作詞家のおじさんでもなくて、その空間にぼんやりと浮かび上がったわたくしなるものが、観ている人に自分があなただと思わせるムードで歌っているに過ぎない。それは子供だって分かる。塚本邦雄が一生懸命机の上でやったことを、テレビをつければ直感的に分かるようなあのわたくしの位相っていうのは微妙なもので、あとから生まれた者は短歌を始めた時点で、別に前衛短歌を参考にしなくても、中空に漂うような曖昧で微妙なわたくしは使用することができたんだと思う。けれども短歌のなかに、それだけではクリアしきれない亡霊のようなものがある。アリバイや踏み絵を求められたり。それが思いがけないときに発動するので、石井僚一さんの受賞作のときなどにそれが発動して、加藤治郎激怒みたいになる。しかし、そのような事情が分からない外部の人にとっては、ほかの全ジャンルでなんの問題もなくやれていることが、短歌でクリアできていないのは短歌が古くてだめだからだということになってしまって、そうじゃないってことを言いたいんだけど、そうじゃないっていうにはすごい手続きが要るからめんどくさいんですよね。短歌は文体とセットで発展してきているから親を殺したっていいんだけど、寺山修司の「**亡き母の真赤な櫛で梳きやれば山鳩の羽毛抜けやまぬなり**」、これはもちろん寺山のお母さんは寺山より長生きしたからこんなはずはないけど、そもそも現実的には鳩を櫛で梳いたら鳩は逃げる。だからそんなに何回も鳩を櫛で梳けるはずがないし、梳いたはずないことは文体からも読み取れる。平井弘が、いないお兄さんが戦死した歌を作って怒られたというのも、やっぱりいまではよく分からない。彼は疎開世代でその年上の兄の世代が自分たちの身代わりになって死んだということを仮託して歌うとき、それを兄として詠っても何ら問題ないというのがいまの共通認識だと思う。でもあの時代はNGだったから、すこしずつは変化している。でも短歌になんの興味もない人に言ったところでうまく伝えられなくて非常に悔しい思いをして、よく寝る前にどうすればそれをうまく言えるんだと考えたんだけど、いまだにうまく言えなくてどうしても言葉数が増えてしまうのが悔しい。突然発動する古い亡霊みたいなものを除けば、短歌だけやっているわけじゃないんだから、多ジャンルにわれわれは触れていて、分かっているということですかね。

加藤　僕の直感だけど、穂村さんは作品で基本的にフィクションという作り方はしていないでしょう。

穂村　フィクションとノンフィクションの二分法は韻文には適応はできないと僕は思っていて、異化作用があるだけだと言っているんだけど、そこらを普通に歩いている人にはこれも通じないんだよ。異化作用とか言ったって、ダメ。相手にしてくれない。通じるのは嘘か本当か、フィクションかノンフィクションかの二分法。これにみんな慣れきっている。世界全体が散文化しているから、韻文主体のタームは受け入れてもらえない。散文に変換して韻文を語らなければいけないという絶望的なことがある。

加藤　ところで、ニューウェーブが提示した新しい主体のかたちについての質問だったけど、自分の内面とかかわっていない作品は作らないでしょう。まったく関係のないものを書く？

穂村　若い時は書けたよ、まったく関係のないことを。ハイルヒトラーのハイルって何、とか。まったく関係のないことが書けることが誇らしいと思っていたけど、ある時から書けなくなるよね。

加藤　それはよく分かる。荻原さんはどうですか？　ニューウェーブが提示した新しい主体のかたちについて。

ライトヴァースとニューウェーブ

荻原　言葉上の誤解があるのかもしれないと思います。書かれていることが体験だというレベルとはもちろん離れて書いているわけですけれども、結びつかないとはならない。むしろ、そのまま書き写そうと思っても、そのままにはならない。現実のわたくしに即したものを書くと、嘘だとか虚構だとかフィクションだという判断が生じるけれども、そもそもわたくしの内面を言葉で描こうとしても、言葉自体が追い付かないというところがある。そのことが、フィクションかノンフィクションかにかかわらず、１９８０年代のいろいろな人の作品に表れている。私はたまたま極端によく見えるかたちで出ていたので、加藤さんや穂村さんや西田さんの作品を引用してニューウェーブのことを書いた。偶然が作用してしまったということがあるんじゃないですかね。一方でライトヴァースは現象として語られてきたわけですよね。重たい文体では表現しきれないものがある、あるいはおもしろくないというところからライト的な要素が出てきた。ライトヴァースはただ歌壇的な意味での世間に生じている現象なんだけれども、ニューウェーブというのは彼らが方法意識を持ってやっていることなのではないかという誤認ですよね。実際そうだったかというのは微妙なんです。もちろんわれわれは個々で方法意識を持っていたわけですが、ライトヴァースとはちがう何かを持っていたかというとそうでもない。ライトヴァースと呼ばれた人たちもそれぞれ方法意識を持っていたわけで、さっき穂村さんが言ったように前衛短歌の継承というような雰囲気の歌人たちがそこにいる。ニューウェーブはそういう方法意識を持っているんじゃないか。短歌的に巷で流行っているようにみえるライトヴァースの軽薄な感じではなく、方法意識を持って何かをやってくれるんじゃないか、そこに自分を説得してくれる動機なり方法論があるんじゃないかという期待が実際にあったと思うんですよ。準備されているかといえば準備されていなかったんですが、ニューウェーブという呼び名を誤認することと引き換えに要求されたんじゃないかなと感じています。外部に向かってそれを文字にしていたかどうかは分からないですけれども、穂村さん自身も前衛短歌の継承者という意識を持っていたわけだし、少なくとも言葉ではよく言っていましたね。自分の作品を見せながら、「塚本邦雄のエピゴーネンと呼ばれても仕方がない」と本気か冗談か分からないことをよく言っていたのを覚えています。ライトヴァースは現象に付いた名前で、ニューウェーブは方法意識的なものを期待するがゆえに誤認されたと思います。加藤治郎さんが言ったことは方法論ではなく、活動の形態上のノウハウとしては有効なのかもしれないですけど、私はまったくそうは思いません。４人の名前を連ねて、ニューウェーブを参考にして踏襲すると目に見えて絶対失敗するわけです。前の世代がやらなかったことを企画するかたまたまそうならないとうまくいかない。私の感覚だと偶然が作用するわけです。穂村さんが言うところの加藤さんが書いた「前衛短歌の最後のプログラム」について加藤さんは言い切っていましたよね。実際そこから10年、20年進んでみたら、前衛短歌がやってこなかったことそれだけだったねという流れになっていったわけなんですね。あの理屈の通らない話がなんでそうなっていくのか。そこには加藤治郎の不思議な力があるんだなと思います。加藤さんはときどきそういうことを言います。「１９９５年ごろに「いまは題詠の時代です」と言ったときも、私はこの人なんて寝ぼけたことを言っているんだろうと思って聞いていた。けれど、約5年ぐらいのあいだに誰もほぼそれにあらがえない状況になっていった。理屈が全然通じないことを言い切ると、その通りになる不思議な力の持ち主だとみております。

加藤　方法意識が無かったというような言い方をしましたよね。でも私は『あるまじろん』は方法意識の塊の一冊だと思うんだけど、あそこにあるのは方法じゃないんだろうか。

荻原　私個人は持っていたし、加藤さんは加藤さんで持っていたんだとは思いますが、加藤、穂村、荻原、西田、ここに共有の意識が何かあるのか、くくりは認めるから何か語れ、というような流れがずっと続いていたと思うんですよね。

加藤　それはよく分かります。つまり、私は作品の表現として表れている記号も表記としての喩になりうるんだと考えました。同じ記号を使っていても、荻原さんや西田さんの感覚と私の使っていた記号への感覚が違ったという解釈でいいんですかね。

荻原　もともとはちがったもので、われわれもニューウェーブの名前を看板にして語っていくなかで、むしろ共有しているものとして使いながらしゃべっていることが多かったんじゃないでしょうかね。口語に関してもそうだし、主体の問題に関してもそうだし、何かにつけ共有している錯覚の方へ語り口が傾いていくことが多かったんじゃないでしょうか。実際には同時代、同世代のいろいろな人たちもいると思うんですけれども、きみたちはその人たちとはちがうくくりがあるんでしょうという使われ方をし続けたんじゃないですかね。

加藤　この4人がミーティングをして決めたということは一切なかったですよね。「フォルテ」という同人誌にあがった作品で、相互に影響しながらゆるやかに記号表現、表記的喩を共有していった。

荻原　そうでしょうね。媒介はあったと思うんです。例えば高橋源一郎さんとか、作品を読むと明らかにモダニズム詩の影響を受けているような表記がいっぱいあってそのような作品に我々が影響を受けたし、吉本隆明の評論集の中で現代詩について語られていること、共有の土壌、情報としての理論はあって、そういうところが重なっている部分はあったんじゃないですかね。方法意識みたいなことで言うと、共有されて

西田政史氏

いて何かが出てきたというのは少なかったんじゃないですか。

加藤　90年代というのは吉本さんが、「マス・イメージ論」から「ハイ・イメージ論」に転換したあたりで、私は吉本さんの普遍的な喩という考え方にかなり影響を受けました。主体の問題に戻って、西田さんはいかがでしょうか。

西田　主体はそもそも何か作品が書かれないと立ち現れないものだと思っていて、その意味では特殊な時代を生きていた我々が、その時の自分自身にとってのリアリティを追求するなかで「現れてきた」という主体だったんじゃないかと思います。ニューウェーブの〈私〉について、希薄とか主体がないとかけっこう言われたと思うんですが、淡いとか希薄というのは、そもそも主体モデルみたいなものがあって、それに照らして淡いと言われたような気がします。逆にこちらからみると、伝統的な近代以降の主体というのは、大げさに嘆いてみたりして、抒情につながっているのかもしれないのですが、濃厚な主体に見えるという言い方もできるかもしれない。いずれにしても歌を作る人たちは、たぶん生きている時代のリアリティーを求めて作品を書いていくので、発明するようなものではなく更新したりとか、古びるとか、そういうものでもないと思います。

加藤　私も主体のことを話そうと思います。最初は偶発的なんですよ。新しい主体を作ってやろうということはなくて、さきほど西田さんの発言のなかで何か面白いことをやってみたいという発言があったと思うんですが、実は1980年代のデジタル化にけっこう影響されたわけですね。分かりやすく言うとワープロであり、文章処理ソフトの問題があります。もともとの人間の文字というものは後付けなんですね。言葉は、まず音になる。文字というのは、あとからできたものなんですね。諏訪哲史さんが言っていたんですが、グーテンベルクの活版印刷が発明されたのが文学にとっては大きなことで、それまで文字は手書きだったのが、印刷術が発明されたことで言葉が静的なものになった。私は突如天の啓示を受けて分かったんですが、1980年代にワープロ、いまにつながる文字がデジタル化して何が起こったかというと、文字は動くものなんだと。カットアンドペーストで自由に編集できるものなんだと私は、80年代後半、90年代はじめに体験したんですね。この感覚は時代の変わり目でないと分からなくて、いまの人は日本語をタイピングして、動くのは当たり前なんですが、私は文字が動きうるというのがとても新鮮で、動きうるということが、文字で遊べるんだという感覚になった。後付けで理論は作りましたけれども、最初は偶発的に、文字は動きうるものである、あるいは文字で遊べるんだという遊びの感覚がニューウェーブの一番のベースにあるんじゃないかと思うんですね。

1001二人のふ10る0010い恐怖を
かた1011000り0

なんかは絶対手書きの作歌じゃありえないわけです。あらかじめ「二人のふるい恐怖をかたり」を打ってそのあとに数字を挿入していった。そういう感覚で作ったわけなんですね。そうしてみていくと、このとき何がやりたかったというのは、今から振り返ると自分の意識の中にいろんな意識があるんだと。誰でも感じると思うんだけれども、何か歌を作っていると自分のなかからモヤモヤ立ち上がってくるものがある。これを深層意識と呼ぶと、自分の日常の意識のなかにも言葉が散乱したり、言葉の破片が通り過ぎていったりする感覚があるんじゃないか。それが反映できたんじゃないかなと思います。自分の意識が切り刻まれていくような感覚、自分の意識を駆け抜けていくようなものがあるんだと、そんなものを表現できたんじゃないかなと思います。そして近藤芳美世代が築いてきた戦後短歌とはちがうかたちの主体になっていった。

荻原　加藤さんこれ（「１００１二人のふ１０る００１０い恐怖をかた１０１１１００り０」）はモニターの上で作ったんですか?

加藤　そうです。電脳短歌の世界で荻原さんが湾岸戦争の日本空爆の作品をモニターで表示したでしょう。同じような遊びの感覚があったんじゃないですか。

荻原　私の発表した１９９１年の「日本空爆１９９１」は記号短歌のもとになったような作品で、爆弾の降ってくる様子を黒くて、下に頂点のある三角形の羅列で表現したんですよ。その作品を書いた時に利用していたワードプロセッサーは、そのままモニターに提示したまま作品が書けるものではなかった。私は横書きで入力して、紙にサムネイルみたいなものを書いて、ここが変だという部分は朱入れをして、データを直してプリントアウトをして、きわめて印刷物的な感覚で作っていきました。前の時代と同じような感覚、モニター上で記号をコピー&ペーストをして展開したらこんな風になるとはその時は思わなかったですね。いま加藤さんに聞くと進んでいるなと思いますね。私はまったくそんな感覚はなかった。もしかすると、縦書き表示のできるパソコンを持っていたら状況が変わったかもしれません。

場のニューウェーブ

荻原　ここでみなさんに出していただいた質問に答えていきたいと思います。まずは、大井学さんから「新しい場を作ることについて」。ニューウェーブが新しい場を作った印象があるというなかで、なぜこうした新しい場を開拓していったのでしょうか。

加藤　１９９８年にエスツープロジェクトを結成して、言うなれば「場のニューウェーブ」をやってきたわけなんですね。荻原さんが作ったメーリングリスト、いま、メーリングリストはレガシーかもしれないけれど、とても使いやすいもので、メーリングリストで２００名近い歌人、俳人、詩人が横につながった。そういうことが従来の結社という場、歌壇という場であったかというと、当時はなかったですね。結社のなかでのメーリングリストができたりしましたが、あくまでそれは結社というなかだけだったと思います。もう一つは、歌葉（うたのは）という歌集出版のレーベルを作った。いまではAmazonを中心としたウェブでの販売は一般的になりましたが、その当時の歌葉はオンデマンド出版という新しい試み、インターネットでの歌集販売をやった。注文に応じて一冊一冊本を作るので、返品がない世界なんですね。印税も著者に20パーセント提供しました。新しい歌の基盤を作った活動として、場のニューウェーブはあった。わたしのなかでは当時の経験や当時やりたかったことが、書肆侃侃房の「新鋭短歌シリーズ」「現代歌人シリーズ」「ユニヴェール」というかたちで続いていると思っています。

荻原　加藤さんがあんなこともやりたいね、こんなものがあったらいいねと言うので、じゃあ作りますかということで私は手を貸していった。加藤さんの夢というか妄想が広がれば広がるほど、私も面白くなって、一緒になってやっていたようなところがあります。そんなときにしばしば顔を引きつらせながら、「えー僕もやるの」とうつむいていたのが穂村弘さんですが、いかがでしょうか。

穂村　おっしゃるとおり加藤さんと荻原さんが始めたもので、僕は自分から何かをしたことはないですね。誘われたものについてはだいたい参加させてもらったんですが、オンデマンド出版の歌葉、あれは絶対に嫌だと言って、それをやるならエスツープロジェクトに参加できないと言った記憶がある。結局落としどころは、僕は一切あのプロジェクトにはコミットしない。なぜ嫌だったかというと、お金が絡むというのが非常に不安だった。実業的になるのは怖い。もうひとつの問題は、自分が第一歌集を出したとき、とても正常とはいえないぐらい執着していた記憶があるので、第一歌集を出す人はみんなああなるんだと思うと、そんな人たちの夢と関わっても絶対納得するわけないじゃんと思ったんですね。いま誘われても同じ気持ちが強いです。

荻原　よくそのころ「荻原さん僕が関わると何かいいことがある？」と聞かれました。彼にとっていいことがあるよといかにして伝えるか、テクニックが必要だったことを思い出します。

加藤　それでも歌葉の事業はともかく、歌葉新人賞の選考には穂村さんも参加して、斉藤斎藤や笹井宏之くんを輩出した。

穂村　加藤さんにはすばらしいところもありますね。これは本当にそうで、笹井さんの歌集を出せたのは加藤さんの力。まさか笹井さんが亡くなられるなんて思わないから。西田さんの歌集が今回出たのも加藤さんの力が大きくて、そういう意味では偉いと思っています。

荻原　短歌においての場というのは、もともとは作品を鑑賞したり書いたり解釈したりするところという意味で使われることが多かったわけですけど、それを活動の場というようなところに拡張して重ね合わせてイメージすることがニューウェーブのなかでは展開されていった。歌葉の新人賞では公開選考会をやったんですね。何も隠すところなく、いいものはいい、よくないものはよくないと選んでいく。公開選考会というと楽しいもののように思えますけど、実際には最前列に応募者が座っているわけです。目はキラキラしている。その人たちを前にしながら最終的に一人に絞って、あの人はいい、あの人はダメと言い切るわけですから、しんどかったというか、加藤さんろくなこと思いつかないと思いましたね。西田さんとはその時一緒にやっていたことは少ないんですが、いかがでしょうか。

西田　まったく知らない時代のことなんですけど、当時インターネットがかなり普及し始めて、みんなが使うようになってきた。職場でもインターネットにつながるような端末が一台、二台と出てきて、パソコン通信からインターネットになった。劇的な社会の変化だったと思いますね。そんななかで現れ出てきた活動だったと思います。

荻原　私はふかく関わったことですけれども「短歌ヴァーサス」という短歌総合誌的な内容をもったムックを出しました。当時短歌総合誌では若い人を対象とした特集がとてもできないというなかで、創刊号は枡野浩一、二号は穂村弘という若い人の特集をした。個人的にも大きなことだったし、実際の動きをみると、短歌総合誌にも何らかの影響を与えたのではないかと思います。寄稿者が若い層にシフトした。そんな動きを作ろうといつも意識していました。

傾倒したもの、好きだったもの

荻原　佐藤りえさんから「傾倒したもの、

好きだったもの、意識したものは何ですか」という質問がありますね。作品上影響を受けたものというようなことだと思いますが、いかがでしょうか。

加藤　これは１９９０年代も、２０１８年現在も、私は岡井隆なんです。師匠というのは、作品だけじゃない。作品に加えて、生き方を見る。岡井隆のように生きることはできないと岡井隆は教えてくれた。それはいまも変わらない。岡井隆『神の仕事場』が１９９４年に刊行されたんですけれども、実はこれは岡井隆のニューウェーブ歌集なんですね。というのは、この歌集のなかに、記号表現やパーレンを使った歌、それからオノマトペの歌も、出てくるんですね。

叱つ叱つしゆつしゆつしゆわはらむまでしゆわはろむ失語の人よしゆわひるなゆめ

初出が「未來」だったんですが、自分の師匠がこんな歌を作り出すと不安になってきますよね。大丈夫なんだろうか、これはと。岡井隆がゆにぞんの会という研究会を豊橋で作っていまして、その時に私が『あるまじろん』（荻原裕幸）のレトリックについてシンポジウム形式で発表したんですね。『あるまじろん』はオノマトペを超えるという意味でスーパーオノマトペ、記号表現、ニューウェーブのレトリックのカタログのような歌集です。そしたら岡井隆は熱心に聞いてうんうんとうなずいていました。すぐに摂取して、『神の仕事場』という歌集を作ったわけなんですね。きれいにニューウェーブのレトリックを駆使している。自分たち前衛短歌からスタートした息子たちの世代が何か面白いことをやっているから、その試みを面白がって、自分の歌集に逆輸入する。そんな双方向的な、フットワークの軽さが岡井隆にはある。今度の『Confusion』という歌集も、岡井隆の『へイ龍カム・ヒアといふ声がする（まつ暗だぜつていふ声が添ふ）』（思潮社）という作品集のスタイルを学びました。もともと一人の人間というのは総合的な精神を持つ存在である。じゃあ自分もこの三年間のこと、中原中也のシンポジウムや野村喜和夫さんとの対話のことや、いぬのせなか座への依頼、河野聡子の『地上で起きた出来事はぜんぶここからみている』から触発された歌を詠むといった活動のすべてを見てほしい。同じスタイルを踏襲したということで、師匠のあとを追っかけてきたという意味で、いまも一番影響を受けている歌人です。

西田　僕は小説とか評論だと、大学時代はとくに大江健三郎ばかり読んでいて、ちょっとして村上春樹、村上龍ですね。それから高橋源一郎、カート・ヴォネガットなんかを読んでいた記憶があります。吉本隆明の『言語にとって美とはなにか』は短歌の世界でもかなり流行っていたのではないかと思います。それから大学時代に戻りますと、浅田彰『逃走論』が出まして、これも頭のなかをぐちゃぐちゃにされました。それから柄谷行人。これも分からなかったけれど、みんなが読んでいるので読んでいた。あとは音楽ですね。ボブ・ディラン、ビートルズ、詩ではアレン・ギンズバーグなんかを読んでいた記憶があります。

穂村　歌人だとやっぱり寺山修司、塚本邦雄。漫画で24年組という集団がいて、萩尾望都、山岸凉子、大島弓子。とりわけ大島さんのファンで、最初の『シンジケート』の帯を書いていただいたんです。『シンジケート』の批評会には荻原さん、西田さん、加藤さんにも来ていただいたんですけれども、登壇してくださったパネリストにお礼として大島弓子の漫画を贈ったんですよ。でも謝礼金を渡さなかった。誰も教えてくれなくて、自分が一番好きなもの渡せばいいという性善説に基づいていた。三枝昂之さんは漫画をいっぱい持たされて、きょとんとされていました。いまはそんなことはしません。渡すとしても、大島弓子を一冊と封筒にしますので安心してください。申し訳なかったと思いますね。

荻原　私は歌人は寺山修司、春日井建からこの世界に入り、それから塚本邦雄を好きになり、岡井隆にも惹かれた。結局、前衛短歌の人たちの世界が非常に好きですね。今でもそうです。短歌のジャンル以外ものだと、アニメは好きですね。どんなジャンルでも何かにおもねるような部分がありますが、アニメはそういうことをあまり感じさせない。ちなみに批評会の件ですけど、80年代の終わりから90年代ごろに歌集の批評会みたいなものが始まったというのがあります。加藤治郎さんや私が第一歌集の時に所属の結社がありましたので、関連する出版記念会をやらなきゃいけなかったんですね。パーティーをすると必ずみなさんおめでとうと言ってくださって、良い歌集ですねと褒めてくれるけれども、そこから先の言葉がなかなか聞けない。本音が聞きたかった。たしか加藤さんは出版記念会とはべつに批評会をやったはずで、私もそうでした。当時歌集の批評会というのはまだふつうにあるものじゃなかった。歌集の出版記念会というスタイルじゃなくて批評会というスタイルに場がスライドしていった。

穂村弘氏

後続世代のために

荻原　続いては寺井龍哉さんの質問ですね。前衛短歌を中心とする先行世代との関係とありますけれども、先行世代との関係は話してきましたので、後続との関係ですね。自分の影響を受けた人がいると思っているとかいう話でかまいませんので、いかがでしょうか。

穂村　基本的に若い人の方が考え方が正しいという発想です。これは経験則なんだけれども、年を取るにつれて間違っていく。でもそうすると、混乱したり苦しくなることもある。この前、下の句が「埠頭で鍵をひろった」（※「**消えさった予知能力を追いかけて埠頭のさきに鍵をひろった**」）というような佐々木朔さんの歌をみて、いいものを拾いすぎていないかと思ったんですよ。特別感のあるところですてきなものを拾っている。「道路で紙くずを拾う」とちがって、作中における言葉のレートをあげてしまっている。そしたらその場に居た寺井さんが「そういう批評はいまは無しなんですよ」と言うんですよ。なぜそういう批評が無しなのか僕の理解で言うと、基本的人権がいまどんどん大事にされていて、基本的歌権みたいなのが一首一首の歌にある。歌を最大限リスペクトして批評しないといけないから、そう書かれたんだからそう書くだけの理由があると理解しないといけないということじゃないか。ただ、僕がいままで刷り込まれてきた批評性は、選択した文体そのものが作中世界のレートを示していて、塚本のように書くならそれなりの気合いがいるという考え方だから、埠頭で鍵を拾ったら道路で紙くずを拾うよりも落とし前の付け方が難しくなるんですね。こういう批評はありの批評だと思ってたんです。どっちが正しいんだろう。

荻原　落とし前の付け方が難しくなる、条件が付くっていうのは正しいんじゃないですか。

穂村　寺井さんに聞いてみよう。

寺井龍哉（以下、寺井）　そういう批評が無しだというほど強い語気で言ったつもりはないんです。僕がほかの人の短歌を批評する時の姿勢といまの世代で共有している感覚をごっちゃにして言ってしまった部分があったかもしれません。提出されている作品のなかに、こっちが推しはかりきれない必然性のようなものが秘められているかもしれない。批評する側から全部は見通せないけれども尊重する、そういう姿勢が今風なんじゃないか。そういうことを考えているんですが。

穂村　いいところでいいものを拾いすぎているっていう感覚はどこがだめなんだっけ。

寺井　その感覚がダメというか、それはやっぱり読み手が自分の感覚を信頼しすぎているんじゃないかという疑いを持つってことなんですよ。作品の側にこっちが見通しきれない必然性があるかもしれないということに、つねに意識をもって……。

穂村　ポテンシャルは無限だってこと？

寺井　作品の側がってことですか。

穂村　えーと、うん、作品の個体差はどうなっちゃうの？　どんな作品でもポテンシャルは無限だというスタンスで対峙するってこと？

寺井　私自身がいま分からなくなっているところで、そういう点で批評みたいなものとか、いい歌の設定が今後非常に難しくなるんじゃないかと思います。私の中でも答えはまだ出ていません。

西田　いいところでいいものを拾いすぎということは、そもそも穂村さんがやっていたことじゃないですか。そんな人がどうしてこんなこと言うのかなと思いますけど。

穂村　うん。だから、これでもくらえって意識的な文体で書いてるつもりだったの。僕はさりげなくなんて拾わないもん。さりげなく埠頭で鍵を拾うみたいなのは、恵まれすぎていやしないかと。

西田　さりげなくないですか。すみません、僕はその歌全部知らないので。

穂村　上の句が思い出せないのが残念ですが。

ニューウェーブ後の作品

加藤　つぎは、ニューウェーブ系の作品を読んでいきます。

夕凪の渚でしりとり「ささ」「さかさ」「さみしさ」なんて笑いとばせよ

千葉聡『微熱体』（二〇〇〇年）

これよくできた序詞の歌なんですね。夕凪の渚でしりとりで「ささ」「さかさ」、つなぎの部分で「さみしさ」を引き出して、主題である「「さみしさ」なんて笑いとばせよ」こんな風につながる。自分の一番言いたいところを遊びの感覚で引き出す。こんなところにニューウェーブ系のものを感じました。

ぼくたちはこわれてしまったぼくたちはこわれてしまったぼくたちはこわ

中澤系『uta 0001.txt』（二〇〇四年）

これはとてもよく分かる。日常の強制終了を定型が行った。それから斉藤斎藤さん、笹井宏之さんは歌葉新人賞から出てきた歌人で、親近感があります。斉藤さん、作中主体を扱った歌としてメタ構造です。

そんなに自分を追い込むなよとよそ様の作中主体に申し上げたい

斉藤斎藤『渡辺のわたし』（二〇〇四年）

ねむらないただ一本の樹となってあなたのワンピースに実を落とす

笹井宏之『ひとさらい』（二〇〇八年）

鈴木博太さんの「ハッピーアイランド」はまだ歌集は無いんですけれど、典型的なニューウェーブの修辞ですね。

ふりかえるトきがあるナラみなでまたやヨイとおカヲやろうじゃないか

鈴木博太「ハッピーアイランド」（二〇一二年）

「やヨイとおカ」というのは3月10日のことなんですね。鈴木博太さんはいわきの方なのですが、3月11日の前夜に戻ってもう一度みんなで騒ごうじゃないかという歌なんです。ニューウェーブの表記的喩が現実の主題と釣り合った記念碑的な作品じゃないかと思いました。

「生涯にいちどだけ全速力でまはる日がある」観覧車（談）

秋月祐一『迷子のカピバラ』（二〇一三年）

これは「短歌研究」の「うたう」という雑誌の双方向のコンテストのなかで出てきた歌です。主体というところでは、近代的な自我には回収されていない。そんな感覚ではないでしょうか。

骨なしのチキンに骨が残っててそれを混入事象と呼ぶ日

岡野大嗣『サイレンと犀』（二〇一四年）

これもぞっとするようなところがある。管理社会のリスクを歌っている。チキンには骨が無くなったなかで骨が出てきたというところを捉えた。

真っ白な東京タワーの夢を見た　今年は寒くなればいいのに

しんくわ『しんくわ』（二〇一六年）

この歌、歌葉新人賞の「卓球短歌カットマン」の時には気が付かなかったんですけど、歌集に入ると俄然しんくわさんの良質なポエジーが出てきたと思います。

生きているだけで三万五千ポイント!!!!!!!!笑うと倍!!!!!!!!

石井僚一『死ぬほど好きだから死なねーよ』（二〇一七年）

これは本歌取りの歌。これ石井さん？　どういうつもりで作ったの？

石井僚一　本歌取りではないです。思い付きで作りました。ただ、加藤さんの歌は知っていたので、影響を受けていたかもしれません。

加藤　そこがとてもこわい。アナーキーな感じがするんだよねえ。こわいです。私は昭和の人間なんで、周知の歌とか、歌を取る時にはべつのテーマで取りなさいとか、最近の歌は取らないとか、伝統的な約束がある。テーマを変えているというのは「言葉じゃない」の世界から「笑うと倍」とうまいんだけど、時期が近すぎるんじゃないかというのがね。それが俺の言い分なんだけど、考えてないんだよね。だからとてもこわいです。

シンクロのおじぎ。あなたはほほえ。んで。ぼ。くをわすれ。ていく。ん。だ。ね。。。。

初谷むい『花は泡、そこにいたって会いたいよ』（二〇一八年）

これは表記がポイントです。ニューウェーブ系の歌で私が引いたのは女性で唯一ですね。

荻原　次の質問にいきますね。「ニューウェーブの女性歌人は」って、すごい質問だな。千葉聡さんの質問ですが、「ニューウェーブで男性4人の名前はあがりますが、女性歌人で同じように考えられる人はいませんか」です。論じられていないのでいません。それで終わりです。女性歌人について、なぜニューウェーブのなかで語られないかって話はまた別ですので、これは無茶だと思いますね。今日の論旨のなかでは。ただ、千葉さんが名前を挙げている林あまりさん、東直子さん、紀野恵さん、山崎郁子さん、早坂類さんは、それぞれに口語の表現、ライトヴァースなどの切り口で、加藤治郎さんと紀野恵さんとか、穂村弘さんと東直子さんとか論じることはたやすくできると思います。ニューウェーブというくくりだと全然べつなので、これはちょっと無茶ですね。答えられる人がいれば、あとでください。

口語と文語、新仮名と旧仮名

荻原　つぎの質問いきます。田口綾子さんですね。なんか難しいこと書いてあるな。「仮名遣いがニューウェーブにもたらした影響についてどのようにお考えでしょうか」。加藤さんどうですか。

加藤　基本的に新仮名というのはとてもやわらかい構造の口語と親和性が高いんで、いろんなレトリックができたと思うんですね。ニューウェーブのレトリックは口語新仮名と親和性が高いというふうに思います。

穂村　変に見えるのは口語旧仮名ですよね。口語新仮名や文語旧仮名は普通だし、文語新仮名も見慣れてるから。荻原さんや西田さんの文体が視覚的に変に見える。変に見えるっていうのは、もともとちゃんとした文語もちゃんとした口語も、短歌のなかにはないっていうことがそれによって明示されるからなんですね。つまり、文語も短歌用にカスタマイズされた短歌専用ツールなんでしょう。五七五七七の異空間を作り出すための選択肢だということが口語旧仮名の異形性のなかにみえるというか、すべての短歌はこれと同じなんだと明示される効果があると思う。伝わるかな。言いたいこと。そんな難しいこと言っているんじゃないんだけど言い方が下手だね。

西田　口語旧仮名の不自然な使い方をしているんですけど、そんなに難しいこと考えているわけではなく、新仮名よりも旧仮名のほうが僕は好きということなんですね。本当のことを言っちゃうと、新仮名も旧仮名も字面によって不自然だと思うときがあって、混在させたいくらい。ただ、旧仮名を使っていて違和感があるということがあって、例えばオノマトペを旧仮名にすると見たくないような字面になる。

荻原　口語とか文語とか関係なく仮名遣いで違和感があるのは、字音仮名遣いを漢字じゃなくて仮名書きにしてる人たち。大勢いますけど、あのフェチな感じが私は苦手です。口語でも散文体でも旧仮名で書くのは、新仮名でもべつに音と表記が一致しているわけではないですよね。なんとなく音が読み慣れているから読めるだけのことであって、こんにちはの「は」の字は「は」にするのか「わ」にするのか仮名遣いの上では決まっていますけど「は」の音にすると変ですよね。それと同じことで、表記と音の違和感みたいなことは、ちょっと量が増えたところであんまり発音通りに書かれてないということがはっきり見える旧仮名のほうがおもしろいと思いますね。旧仮名で書いている作家は散文でも丸谷才一、倉橋由美子、三島由紀夫がいる。ふつうに読んでいて違和感ない旧仮名です。ニューウェーブの表記に関して過剰に意識するところがあって、多少リンクはしているかもしれないです。

ニューウェーブがやり残したもの

荻原　鈴木晴香さんから「ニューウェーブという言葉は既存の価値を超えて、パラダイムシフトを起こし新しい価値を提示する意味を持っていたと思います。その点において、やり残したものというのはありますか」という質問です。

加藤　そうですね、いまちょうど歌集を出版した直後なので、やり残したことはないということです。

荻原　ちょうどいいタイミングで聞いたということですね。穂村弘さんいかがでしょうか。

穂村　とくにニューウェーブということを意識しなければ、短歌をはじめたころからずっと気にしていることがあります。他ジャンルの好きな表現者のことを、こっちは知っているのに、むこうはこっちを知らない。こっちはむこうの作品を楽しみに待っている、むこうはこっちのことを知らない。そういう非対称性が、依然としてクリアできていないということです。塚本や寺山にあこがれるのは、彼らがそれをある程度クリアできていたから。もちろん寺山の場合は短歌だけでクリアしたわけではないけれどね。水原紫苑とかとしゃべっていると「ニューウェーブって何？」とか言われるの。俵万智さんがいればいいじゃんって。どう思う？　そうだよねっていうしかなかった僕は。それでね、「いつもあんたたちはそうなんだよ」って言うのね。彼女が挙げた例はね、（与謝野）晶子がいればよかったのに、男たちが、晶子が開いた扉を自分たちはあとから通っただけなのに偉そうにする。いつも男はそうするって。いや、あんたたちって言われても、そっちはまだ生まれてなかったよと。

荻原　水原さんが言うことはかなりいいとこ衝いていますよね。晶子だけがいればいいとは私は思わないけど、晶子がやったことを別の男の人たちが論理化して、何かを搾取したように歴史的に見えますよね。俵さんがやったことを我々は搾取したわけではないけれども、そういう風に見えるんじゃないですかね。俵さんがいればいいじゃんって言われたら反論のしようがない。これはけっこう大事な問題だと思います。大事な問題なのであとにまわしましょう。西田さんはやり残したこと、どうですか？

西田　ミッションとかそういうことでもないし、自分がニューウェーブと思ったこともあまりなかったし、考えたことあまりなかったので、やり残したことはないです。

荻原　何かをやろうと思ってやったわけではなく、ニューウェーブの概念が急に立ち上がったので、それに対応するようにしてきた、そんな感じが大きいですかね。私は短歌で書きたいことを書いてきた実感がまったくないんですね。短歌が書きたかっただけで、短歌で何かを書きたいという感覚はない。やり残したというよりもやり続けた感じだけがずっと残っていますね。ただ、俵さんがいたらそれでいいじゃんと言われますと、そんなことはないでしょうと思って、何かをやりたい気持ちはより強くなる方かな。水原さんみたいな意見を持っている人がいると、気持ちがすごく晴れやかになりますね。

穂村　僕ら個々を否定しているわけじゃなくて、ニューウェーブの集団性が嫌なんだと思うんだよね。

荻原　多少語弊があるかもしれないですけど、短歌史的にはつねにそういう集団性は男性の歌人のものなんですよね。さっきの千葉さんの質問に女性歌人はとありましたけど、ニューウェーブとくくった瞬間に排除されるというのが目に見えるところがある。だから語れないんだし、そもそもそういう短歌運動、文学運動と相性が悪い。

穂村　この人たちが5人でここに並んでいるのは想像がつかないもんね。

荻原　すごい人ばかりだし、みんなひとりで大丈夫ですよね。会場の東直子さん、みんな好き放題言っているんでしゃべってあげてください。

東直子（以下、東）　東直子です。私は穂村さんのひとつ年下ですけど、短歌を始めたのが3年ぐらいあとで、自分はニューウェーブには入らないんだろうなとは思ってたんですけど、荻原さんが作成された年表のなかに私の名前が一文字も入ってないというのは、恣意的に外されたのかなと正直感じました。ニューウェーブという言葉によってくくられる短歌史の認識に関しては、なんで林あまりさん、早坂類さん、干場しおりさんなどが、あまり論理の俎上にあがってこないのかとずっと疑問に思っていました。私のなかではニューウェーブの口語短歌の歴史的な先輩として刻まれているのに。さきほどの千葉さんの質問に非常に同意していたんですけどさらっと流されてしまって、なんで流したんだろうと思ったのは私一人じゃないと思うんですね。なので、私の方から逆質問として、加藤さん、穂村さん、西田さんに一言ずつでも聞けたらなと思います。

加藤　これは前衛短歌のときもそうですよね。葛原妙子、山中智恵子は前衛短歌に入らないのか。私はむしろ、女性歌人はそういったくくりのなかには入らない、もっと自由に空を翔けていくような存在なんじゃないかと思う。

東　空を翔ける天女のような存在ということですか。

加藤　つまり山中智恵子や葛原妙子を前衛短歌に入れる必要ないし、早坂類をニューウェーブのなかに閉じ込める必要もない。天上的な存在として思っています。

東　ニューウェーブという辞書のなかには感覚的なものとして女性は入れられん、ということでしょうか。

加藤　いま名前があがったみなさんがニューウェーブと呼ばれたいなんてまったく思っていないと思うんですね。

東　いや、思っていないかどうかっていうか、ニューウェーブの代表歌人である加藤さんとしては、基準のなかには入っていない、4人でニューウェーブは完成されているということでよろしいんですか。加藤さんのなかではということなんですけど。

加藤　はい、それはもう4人です。

東　加藤さんのなかではニューウェーブの歴史というのは、この4人の作品を考えるということですか。

加藤　はい、そうです。

東　4人一人ひとりは違うのかなと思うんですが。

加藤　いまの段階ではそうですけど、今後もっと議論すべきところですね。

東　そうだと思います。穂村さんはどうですか。

穂村　冒頭にあったお話ではニューウェーブは同人誌「フォルテ」発で荻原さんが書かれた「現代短歌のニューウェーブ」経由という定義が先にあったんでしょう。そこにあげられた人たちが、偶然性に乗ってエスツープロジェクトをつくり、『岩波現代短歌辞典』に項目ができたという。だからこの質問はやっぱり、ニューウェーブの定義の問い直しってことだと思う。個別の人の価値評価に関しては、僕すごく一人ひとり論じているよね。

東　そうですよね。

穂村　でもこれらをニューウェーブと呼びましょうと誰かが言っても、いままでの歴史的な経緯から見直さないと変になるんじゃない？　ニューウェーブ世代を私は「わがまま」という言葉で捉え直そうとしたけど、それは一人ひとり信じているものが違いすぎて運動体ではありえない、という意味合いを持っていたと思う。

東　ニューウェーブという概念について、それぞれ全然ちがうのだと認識したのが、今日の収穫です。ニューウェーブというのは時代のウェーブ、流れ、波の全体運動として捉えていたんですけど、今日の話を踏まえると、もっと狭いものとして捉えたほうが分かりやすいということですか。

穂村　東さんのおっしゃっているのはさっきから話題になっているライトヴァースにちかいですよね。

東　そうですね。その辺の区別がちょっと。

穂村　他の人は時代がちょっとあとだから入ってないけど、林さんや紀野さんは、ライトヴァースに入っていた。紀野さんは仙波さんとともに文語だけれども、ライトヴァースと呼ばれていたわけですよね。偶発的であるにしても、荻原さんの新聞記事発の呼称を運動体のように見せてきたということがある。ただ、前衛短歌は誰と誰と誰なんだという議論はたまに起きてきますよね。

東　だから認識もこれから変わってくると思うけれど、三輪さんが作られた資料のなかでは、林さんとか、早坂さんとかは入っていますね。

穂村　加藤さんは絞れっていってたじゃないですか。４人に絞れって。

東　絞ってたんだ、っていうのは今日の一番の驚きでしたね。

穂村　開始早々のブーメランがいま返ってきた。でもそれは増やす方向だけじゃないですよね。前衛短歌は実は塚本邦雄一人の運動じゃないのかと言われることがあるよね。ニューウェーブの場合も、作風に対する概念と考えれば「ライトヴァース」や「わがまま」のようなラベルの一つになって範囲も広がるだろう。逆に、今日のサブタイトルの「ニューウェーブは、何を企てたか」のように運動体として捉えるなら範囲が狭まることはあっても広がることはないんじゃないか。西田さんはエスツープロジェクトじゃないし、僕は「フォルテ」にも出版プロジェクトとしての「歌葉」にも参加してないから。そういう認識の変化はあるんだろうと思う。

荻原　前衛短歌では４人名前があがるけれども、あの４人だけにしてしまったのは菱川善夫さんですよね。時間がないのでこの件だけ話をしておくと、私が流した理由は、ニューウェーブをこのくくり方で語るのは認識にまやかし感があるから正直にいうといろんな人をあまり巻き込みたくないという意識があります。けっこう本心です。加藤さん、穂村さん、西田さん、私自身が書いているものに関しては特別なものという意識じゃなくて作品として純粋に読めるんですけど、そのまわりの活動みたいなものは、場の問題とか、そういう方がニューウェーブの特徴として出てきてしまっている。作品傾向に共通性があるからという理由で誰かを入れるのはまず噛み合わないんじゃないでしょうか。女性歌人と書いてあるけどそんなくくりで入れたり切ったりしているわけじゃない。ニューウェーブは狭い視野だと思っていたほうがいいかもしれないですね。東直子さんの名前が出てこないのは、加藤さんや穂村さんがいろいろいっぱい活動しているものだから、年表に入れる余地がなかったというのが第一にあるわけです。現代の短歌の流れのことを書くのであれば東直子さんの名前は当然入ってくると思います。さきほどの方たちの名前も入ってくると思いますが、それはこの年表の主旨ではないわけなんです。他の人が現代短歌の年表を作ればまったく違ってきますね。あくまで今日の話のための資料でしかない。そこは誤解のないようにしていただきたいと思います。この年表のスペースの中に、４人の活動をこれでもまだ収めきれなかったわけで、あるところにスポットを当てて書けば、どうしてもこういうことになりますね。ここで時間切れです。ご参加いただいた皆さん、ありがとうございました。

青を深める

藤島秀憲

〈稲妻にキャーと驚くインド人〉一句作って雨に駆けだす

アラームが告げる地震よ　各国の人が集まる机の下よ

このあとはアラビア文字が走るだろうホワイトボードのわが文字を消す

昼休みに走りスマホで校庭を二周する君　髪を靡(なび)かす

サラマンカのバルに行きたし　午後五時にスコーンを頬張り夕餉となせり

教室の窓から見えるまるい月受講生には二時間告げず

届かなかった言葉さほどに重くなし胸ポケットに仕舞えるほどに

吊り革に指二本かけ　あと五分吐息や酒気の混じる小田急

わが家までついておいでよ丸い月　坂をのぼれば空ひろくなる

行善寺坂を住まいとする猫の子猫親猫みんな小太り

皿の数いささか増やし夏迎う白のワインに合う笠間焼

盛り塩のように白子(しらす)を盛り付けて笠間の皿の青を深める

短針が12に辿り着くころを酔いは波打つ妻とわたしに

家の鍵、実家の鍵を持つ妻の日に日に歩く五千五百歩

皿に皿を重ねて運ぶ妻の見ゆ五歩目十歩目　水の音する

やわらかいけもの

蒼井杏

うちぶくろのレンジのなかでいっせいにふくらむ春のうららの空気

わたくしの熱いところにふれたみず　耳から世界をゆるしてゆくの

太ももにきのうの胸をひきよせてひだり足からむすぶくつひも

だめだよ、幹。かくしてしまう。紙マスクのうちがわのはなもりあがらせて

いまいく、と、春のむこうによびかけるよんほんのゆびをたてにそろえて

ここからは靴のかかとの立つ世界　トイレの紙のやわらかい世界

吊りかわの穴に手を入れすこしずつ卵母細胞うしないながら

コンタクトレンズはそれでもくっついたままでえらいね　もろもろながす

てのなかのなずなのようにいちまいのふるえる手紙をひらくのでした

あかるいとうれしいポスト　宮棚にすきなものだけならべてねむる

へ音記号みたいに朝をうつむいて自分の影を見つめている猫

はなびらのかぶさるみずをふんでゆくびーあんびしゃすびーあんびしゃす

アンデスの岩塩ミルに閉じ込めてあやとりのようにうたうまどべり

夕ぐれのアルトリコーダー組み立てて指紋でふさぐやわらかい闇

裏に毛の生えたキッチングローブの夜のぜんぶを逃がしてゆくの

きみが眉目（みめ）こそわが眼には佳き

小池純代

ひと逝きてときとほざかりゆくほどにいよよみづみづしきはおもかげ

さがしものみつかるときのさびしさやみつからぬもの失ふときの

しぼられてあふるるあぶらなみだかなオリーブの実の如きこころよ

傷口に芽吹くがごとく歌生（あ）るれ採れよ心をやすめよと言へ

ことのはの端（は）にそよぐ音くさぐさにやよ萌（も）ゆるよのそよ崩（く）ゆるよの

ぬばたまの音盤（ディスク／'Round Midnight）しづけきまよなかの藍そをめぐる青のかそけさ

Time and Again

こゑ深くくりかへすかに露こぼるふたつとなきをふたたびみたび

The Days of Wine and Roses

ほろほろの薔薇と葡萄酒ぼろぼろに日も夜もあらず身も世もあらず

No sun in Venice

たそがれの水の都のみづごころだれもかれもがあはれながるる

You Look Good to Me

この世にてもあの世にても亡き世にてもきみが眉目(みめ)こそわが眼には佳き

すこやかな死がやってきてつと覗きつと選びつと連れてゆきたり

露の身を思ひし朝のつゆのまをおもひおこせるころの夕星(ゆふづつ)

あかときのゆめにみしかど　みしかどもゆめの氷かあとかたもなき

しらつゆの朝も夕べもささなみの昨日も今日も明日もいにしへ

永久(とことは)に会へぬ彼方(かなた)と此方(こなた)なりさてもたしかなものはとことは

ぼくが見つけるぼくの墓

木下龍也

朝っぱらから置いてある猫の死がスーツの列に与える乱れ

取り付けている看板を題としてこれは何コマ漫画の梯子

ぼくたちの言語を増やすために買う蛍光色のＬＩＮＥスタンプ

本日もＪＲをご侮辱いただきありがとうございます、散れ

マルボロをくわえ忘れてくちびるの先の昼間の空気をあぶる

ふるだろう、殺せなくても、蚊柱に、手刀を、それさ、弱い地震は

ただいまの地震によって乱丁や落丁の恐れがございます

おっさんのゴルフの素振り　5球目のナイスショットがぼくの頭に

スカートと太ももによる三角の闇が座席にならぶ終電

見失うのに見てしまう雨粒を吸うたび加速する雨粒を

祈るふりしてねそしたら救うふりするから救われたふりしてね

天国の迷子センターから響きわたる少年たちの戒名

目薬を瞼で噛んでいるきみの喉の仏の不在にふれる

ぼくが見つけるぼくの墓　そういえば移動に金を払っていない

真夜中の個室トイレにスタンバイしているジェットタオルの奏者

対談

林あまり×東直子

歌人としての出発は違うけれど　前編

左から、東直子氏、林あまり氏

林あまりさんに聞きたい

東直子（以下、東）　林さんとはほぼ同級生なんですけど、私にとっては先生にあたるような方なのでちょっと緊張しています。私は「ＭＯＥ」という雑誌で林さんが担当された投稿欄にわりと初期の頃から投稿していたんですけど、「ＭＯＥ」というのは文芸誌というよりファンタジーとか童話を載せているような雑誌で、あの頃は「詩とメルヘン」と二つが二大ファンタジー雑誌のようでした。「ＭＯＥ」は今は白泉社ですけど当時は偕成社だったので、より童話寄りというか。私はもともと童話とかファンタジーが好きで、あとは絵本の情報とかが知りたくて取ってたら、林さんの短歌欄が始まったので、短歌なら二人の子どもが寝ているときにできるかな、と軽い気持ちで投稿したら、林さんはよく採ってくださったんですけど、選評が温かく、かつ厳しくという感じでしたね。

林あまり（以下、林）　その頁は、私が毎月誰か好きな歌人の短歌を選んでそれについて書くのと、投稿されてきた短歌を選んで書くのと、セットになっていました。

東　見開き二頁のカラーの美しい頁で、最初に穂村弘さんの短歌を読んだのも、林さんの紹介だったんです。すごく熱い評で穂村さんは「魂の双子」だと書かれていました。

林　あんな立派な人になっちゃって、今となっては申し訳ないような。

東　〈抜き取った指輪孔雀になげうって「お食べそいつがおまえの餌よ」〉という、激しい感じの歌が……。

林　そうそう、私はその歌がすごい好きで、穂村さんにそれを言ったら「それは林さんの歌って言ったほうが合ってるかもしれない」って。

東　ちょっと林さんっぽいですよね。もともと『シンジケート』の編集は林さんがされたんですよね。

林　いえいえ、あれはもっとあと。
東　でも林さんにも見てもらったって。草稿を見たってことかしら。林さんも沖積舎にいらっしゃいましたよね。
林　『シンジケート』が出たときは、もう退社していて、編集は山崎郁子さんがなさったんだと思う。「ＭＯＥ」には、投稿はけっこう来てました。でも東さんのはもう飛び抜けて素晴らしくて、普通の歌人の歌と何の遜色もないというか、東さんが来ればとりあえずそれを載せればいい、という感じだったですよ。お名前もすぐ覚えたし。でも私にとって印象的だったのは、歌もすごいけど、童話の頁で、同じワンピースをずっと脱がない「きたきりキャベツちゃん」という童話があって、それがすっごい衝撃的で、それを読んで「なんてすごい人が登場したんだ」って思ったんです。
東　あれはキャベツ模様の印刷の服をうちの娘がずっと着てて、それを脱がなかったらどうなるんだろうというんでワンピースにして、最後はキャベツから青虫が出て来てキャベツを食べ尽くすという話。
林　それを聞くと、なんかホラーみたいだけどね。
東　それを可愛い感じで書いて、もう少しで出版できるという寸前までいったのに、「やっぱり青虫がキモチワルイっていう人がいるのでボツになりました」って。
林　そうなの⁉　ちょっと時代に先駆けてだったかな。今は青虫なんかメジャーですものね。あれはずっと引っかかっていたんだけど、どこかで本になっているのかと思っていました。
東　ありがとうございます。私はそれでショゲちゃって、そのあと全然。じゃあ、ぜひ今日を機会にまた検討してみます。「ＭＯＥ」には私の姉も出していて。
林　そうそう。小林久美子さんという素晴らしい歌人で。絵を描いていく様子を歌にしたり、子どもが病院で駆け回っている歌とか、私の好みなのね、小林久美子さんの歌。
東　ああ、そうですね。わりと客観的に淡々とした描写型の。穂村弘さんも、本が出る前にいきなり「かばん」で特集されたのはあまりちゃんが引っ張ってくれたからだよ、みたいなことをおっしゃってた。
林　すごいいい人みたいじゃない、私。
東　いち早く見つけてくれて。
林　別に私が見つけなくても自然に出ていらしたと思いますけどね。穂村君は最初、学生時代に私の歌集をどこかで読んだんですね。何かのエッセイに書いてましたけど、「目にうろこが飛び込んだ」って。それまで短歌ってもっと難しいと思っていたけど、私のを読んだらこんなのだったら俺にも書けると思った。非常にいいきっかけだったと思うんです。こんなので本になるなら俺だってって、きっと思っただろうと思う。私は自分の作った短歌がどうのというよりも、穂村君がそう思ってくれたんだったら私が短歌をやってきた意味があったんだ、とそのときに思ったんですよ。あの頃、自分の作る歌はケチョンケチョンに言われてて、もう短歌はやめろみたいな声の嵐だったから、そういう私の歌をきっかけにすごい天才が出てきたのだったら私はそのために歌を作っていたんだ、みたいな気持ちになって。
東　林さんのデビューについてお聞きしたいんですけど、いつもプロフィールには「鳩よ！」でデビューって書いてありますよね。

林　もともと私は寺山修司に憧れて短歌を作り始めたんですね。まだ高校生ぐらいのときで、大学に入って前田透先生に師事して。その頃は普通の真面目な弟子だったんです。「詩歌」という結社でね、先生が生きていたらずっとそこにいたんだと思う。それが、前田先生が急に交通事故で亡くなったので、ポンッて何もなくなっちゃって。そのときに残された弟子たちで「かばん」という同人誌を作ったんです。名目上、最初は若い人が六人で立ち上げたことにして、実際は裏にたくさん年配の人たちがいたんですけど、若い六人といったほうが目立って絶対話題になるからって作戦会議があって。

東　へえ！　すごい戦略的だったんですね。創立メンバーは井辻朱美さんとか、中山明さんとか。

林　そう、私は一番年下でまだ大学生だったから、小間使いみたいな感じ。大学三年のときに先生が亡くなって、じゃあ追悼号を創刊号にするような雑誌を出そうというふうにすぐ話が決まって。まあ、一つの結社がなくなったわけだから、分裂とかいろいろあるわけ。だけどそこで、亡くなった透先生を好きだった人でまず集まりましょうということで始まったんですよね。

東　一九八四年でしたよね。

林　それで、私は知らなかったんだけど、その同人誌を編集部からいろんな出版社に送っていたんですね。中山明さんが編集長で、その頃「村長」って言っていた。

東　「歌人集団ペンギン村」って名前でしたよね。

林　いかにも八〇年代な感じですよね。

東　封筒に押すハンコに「ペンギン村」って書いてあって、私が編集長をやったときに、もうペンギン村ではないかなと思ってこっそり削らせてもらいました。すみません。

林　ペンギン村なんて、たぶんもう覚えている人はいないんじゃない（笑）。それで「角川短歌」とかいろんなところに送っていたんですが、当時はマガジンハウスで「鳩よ！」という詩の雑誌が出て一年目ぐらいだった。「鳩よ！」というのは、たとえば有名なミュージシャンが現代詩を書く、みたいな頁と、特集記事ね。たとえばねじめ正一さんがこんなところに行きましたとか、伊藤比呂美さんの過去のラブレター大公開とか、そういう面白記事と、もう一つ、新人の投稿欄というので成り立っていたんです。あとで聞いたら新人作品は何千とかって来たんですって。でも私はそれを知らなくて編集部がただ「かばん」を送っていた。そうしたらあるとき「かばん」の編集部に「ここに載っている林あまりさんという人に連絡したいんですけど」って連絡が来て、それでお会いして短歌を書いたりするようになった。

東　商業誌デビューっていう意味で、「鳩よ！」でデビュー？

林　「鳩よ！」がなくなっちゃったから「鳩よ！」っていう名前を残したいという気持ちもあるし、愛着というか。それでしばらく短歌を書いているうちに「鳩よ！」が演劇欄を作ることになったらしいんですね。その頃私が「かばん」で寺山修司のことを書いたり埋め草的に演劇についての文章を書いていたんです。副編集長さんがそれを読んでらしたようで、劇団のルポとか稽古場に行くとか、劇評を書くとかやりますかと言われて「やりますやります」ってやるようになった。だから

「鳩よ！」で初めて劇評も書いたし。そのときはまだ大学生だから今の人たちみたいにライター的な文章が書けるわけじゃないので、すごい怒られて銀座のマガジンハウスに夜遅くまで残されて。

東 目の前で書き直しさせられた。

林 そうそう。その頃はだって、ファックスがやっと出たぐらいですよ。駅にコインファックスとかがあって。

東 コインファックス？　そんなのあったんですか！

林 同じ歳のくせに（笑）。

東 いや、私の家にはファックスはなかったです。ファックス……いつぐらいからかな。とにかく仕事してないから必要なかったし、緊急に街でファックスなんてこともないので知らないですね。本を出したときには、最初の頃は原稿用紙に鉛筆で書いてましたもの。

林 私、大きな声じゃ言えませんけど、今でも手書きでなんでも書いてます。

東 え、全ての文章を？　長い文章もそうなんですか？

林 ほぼ。むしろ長いのがそう。

東 珍しいですね。

林 だから編集部の人にすごい迷惑かけてる。打ち込まなきゃいけないでしょ。逆に短いものは打って送っちゃったりするけど。書いたやつを自分でちゃんと打てばいいんですよ。でも苦手だから。

東 でも貴重ですね。文学館の人は喜びます。

林 いやいやいや、そんなことはないんです。人に迷惑かけてるから本当に申し訳ないと思っているんだけど、もともとでも、なんで私がこういう仕事してるのかといったら、紙に字を書くのが好きでやっているというのがすごくあるわけね。機械に触るのがだいたい嫌で、紙に字を書いたり絵を描いたりするのが好きで、だからこういう仕事をしてるのに、なぜそんなっていう感じなのね。

林あまり氏

ひたすら字を書いていたかった

東 作品についてお聞きしたいんですけど、こうして二行書きで作品を書かれるのは「かばん」に入ってから？

林 「詩歌」は普通の結社誌だったから何も考えずに普通に書いてた。だけど、林あまりという名前も「かばん」に入ったときに付けました。

東 あ、そうなんですね。ご本名は林真理子さんで、すでにそういう作家がいたから？

林 いえいえ、そういうことをふざけてねじめさんが私の歌集の栞に書いてくださって、それをウィキペディアとかに書く人が真に受けてそう書いて。

東 あ、ねじめさんが書いたことで？

林 それは冗談だったの。今は直ってるけど。自分が機械が苦手でそういうのを全然やらないから、間違ってることがいっぱい書いてあっても全然訂正しないで十年も二十年も経ってるわけね。だからたぶんそういうことが流布されているんだと思う。結局自分のことが気にならない性格なんですね。だって、気になったらすぐ直すでしょ。間違ってるなあって思いながらボーッとしてる間に十年ぐらい経ったわけ。

東　あまりさんというのは「かばん」に入るときにつけたペンネーム？

林　もともとあだ名だったから。「かばん」が始まったきっかけは、つまり先生が亡くなったということだったわけですね。私にとってはものすごく大きな存在で、先生が亡くなって本当に悲しかった。あんなに泣いたことは人生においていまだにない。親が死んだときにもあんなに泣かなかったし。先生が亡くなったときにはもう、一カ月ぐらいずっと泣いていてて、お葬式のときにも教会の壁に取りすがってずっと泣いていてて、ちあきなおみですか、みたいな。それだけ喪失感があって「かばん」が始まって、私が一番年下だから

東直子氏

いろんな雑用とかやるんですよ。たとえば会議室をとってくるとか。あとの人はみんな立派な歌人で、私は小間使いということで置いてもらいました、みたいな感じだから、先生がいなくなっても続ける意味を何か新しく探さなきゃと思ったんですね。私はそれまで先生に褒めてもらいたくて一生懸命やっていたつもりだったんですね。それで褒めてくれる人がいなくなったら短歌をやめるかというと、でも書きたい気持ちはある。じゃあ、何を書こうかなと思っていろいろ考えた挙句にそういう激しい路線になったわけです。

東　性的なことを素材にするという。

林　それで名前も、フィクション的に自分で付けたいという気持ちも働いたし。だから「かばん」が始まったときにいろんなことをリセットして。

東　二行書きもそれで？

林　短歌って機械的に、たとえば二十字なら二十字で次の行に行くように組むでしょ。東さんの『十階』みたいに一行で入るように綺麗にレイアウトしてあればいいけど、普通の雑誌とかだと途中で折れ曲がる。あれが嫌で、好きなところで切りたいの。

東　あ、なるほど。下まで行くとそこで折れ曲がっちゃうから。

林　見た目重視にしたいと思ったのね。それで『ＭＡＲＳ☆ＡＮＧＥＬ』も見た目重視。

東　でも「かばん」発表時から二行書きだったんですよね。Ｂ５のサイズで上下分かれているから、そうすると二行書きっぽくなりますものね。

林　そうそう、だから同人誌で組むときに、自分の納得のいくところで綺麗に二行にしたいよ、と思ったの。

東　素材も性的なとか、大胆なとか、

いろいろ言われましたね。

林　そうですね。その頃先生が亡くなって、今考えるとたぶん精神的に変だったのね。それまですごい奥手で男の人と付き合ったことがなくて、そういうときに突然出会って付き合うようになった人が奥さんのいる人で、ひとまわり年上で。それまで自分は何の取柄もないけど少なくとも真面目だと思って生きてきたのに、真面目でもなかった。こんな悪いことをしてしまった私、みたいなことになって、それがすごいショックだったの。でもこのショックを書かなければ、こういう自分の恥ずかしいところ、性的な体験とかもさらけ出して全部書くつもりがなければ、書かないほうがいいと思ったので、そこで葛藤しながら書いたんです。で、書いたけど、じゃあこれを「かばん」に出すのかという次の段階がありまして、でもやっぱり出そうと思って出した。でもこれが載ったらまずオバサンたちがもうすごい怒って、一人のオバサンは「林あまりを先生のお墓の前に連れて行って手をついて謝らせたい」とかって「かばん」に書いた。

東　ああ、聞いたことある。

林　で、私は「え！　こんなこと書きやがって！　ふざけんな！」と思った。「いや、前田先生はそんな石頭じゃない、そんなこと言われるわけはない」と思って。前田先生はきっと私のことは心配してくれたとは思うけど、だけど歌がそういう素材だからっていってそんなことは言わない。その人は「嫁入り前の娘がそんなふしだらなことを書いて」って、まあ絵に描いたような。

東　あの時代はまだまだ。単語しか読んでいないってことですよね。内容はあんまり。

林　「かばん」が発行されていろいろ感想なんかが来たりするでしょ。そうすると、あとの人はみんな上手いけどあいつは何なんだとか、早くやめろみたいなのが返ってきて。

東　大変でしたよね。

林　まだ二十二歳で、つらかったですよ。私はとっても真面目にやってるつもりだったんですよ。でもみんなには私がそういうスタンドプレー的な、目立とうと思ってるとか、何をチャラけているんだみたいに誤解されてて。私は真剣にやってたんですけど。

東　あらためて今回読み返してみて、そうだなと思って。ここ数年フェミニズムがすごく着目されてきているんですけど、そういう観点から読むと非常に率直で、性に対して能動性というのか。結局女性の性って、はしたないみたいなことを言うのは非常に保守的な考えのもとで、価値観を押し付けられて出てきたものだと思うんですけど。

林　当時すでに先行する歌人では阿木津英さんがいたし、詩人は伊藤比呂美さんがトップランナーでカッコよく走ってたわけですよね。私の憧れはなにしろ伊藤比呂美さんと阿木津英さんで、二人が双璧だった。ああいうふうになりたいと思って、すごい真面目にやってるつもりだった、それをなんかふざけてるみたいな言い方をされて、四面楚歌みたいな感じになって。でもそのときに「鳩よ！」の、のちに編集長になった石関善治郎さんが「僕は歌人じゃないから、この歌がいい歌かどうかとか、そういう目では見ない。でも僕は文学として見るから、文学としてこれはいいと思うから、君はこういう感じでこれからも頑張りなさい」って言ってくれて、私も「頑張ります！」みたいな感じで「鳩よ！」の基準だけを信じて頑張った。「鳩よ！」は「鳩よ！」で厳しく言われるんですよ、この歌は駄目だとか。

東　短歌の内容についても？

林　そうそう。それで書き直したりもするんです。

東　へえ、珍しいですね。

林　だから私は石関さんに育ててもらったの。歌人の先生は前田先生の後はいなくなったけれども、短歌も劇評の文章も全部石関さんが先生だったわけですね。

東　なるほどー。で、私はその頃投稿して林さんに厳しく指導していただいたんですよね。なんか中途半端に社会詠みたいなものを書いて出すと、こんなことを安易に書くなというか、掘り下げ方が浅いって言われて、全くそうだと思った。

林　へー！　でもそれはたぶん東さんだけにじゃなくてね。私はクリスチャンで、今クリスチャンが読むキリスト教の雑誌で短歌の選者をしているんだけど、そこでも同じようなことを投稿者に言ってて、人間そう変わらないんだなって今思いました。たとえば大きな天災が起きたときに、それをテレビで見てお気の毒だとかいう歌を送ってくる人がいるでしょ。私はそんなこと言って何の意味があるのって思うわけね。そんな歌でその人の痛みに代われるようなことを言えるわけがないし、何もしてあげられないみたいなことを言ったところで、それは本当に自分に向き合って血を流しながら書いていることではないじゃない。そんな歌は作るな、逆るな、って書く。でもそういうことを書くと、読者から「厳しすぎる」って言われたりする。

東　でも、厳しく言えるって素晴らしいことだなと思って。なかなか私は厳しく言えないというか、どちらかと言うと、こうかなあ、ぐらいのことしかしない。林さんみたいに厳しい感じで言えたらいいんですけど。

林　自分じゃ気がついてないだけで、けっこう言ってるんだよね。

東　なんかモヤッとしか言ってないんじゃないかって、自分に対する疑いがずっとある。

林　でも私、逆にテレビで短歌の番組とか見てると「ここはこうしたほうがいい」とかはっきり添削しているのがあるじゃない。そうすると、よくあんなはっきり言えるなって抵抗がある。直す前の方がいいと思ったり。私は添削的なことをあんまりしたことがないのね。だからきっと私はいわゆる歌人じゃないんだよね。一字一句にこだわるよりも中身の、書いてあることそのものを問うタイプだから。

東　そうなんです。そこがカッコいいなと思って。それはクリスチャンとしての深い信仰というか、考えに一本筋が通っているなということだと思うんです。

信仰と文字

林　どうですかね。いや、そうね……。全然関係ない話なんですけど、今一般的に使われている聖書は、翻訳がもう三十年近く経つんですね。それで次の聖書を翻訳していて、関わっているんですけど、そういうことに関われるのは一応歌人だと言っているから関われるのであって、そういう意味では歌人だと言ってきてよかったな、と。

東　言葉に関わる？

林　そう。聖書の翻訳なんて普通は一生に一度しか関われないチャンスだから。今回歌人だからということで入れてもらっているから、よかったなっていうね。

東　クリスチャンとしては毎週礼拝に？

林　日曜だけじゃなくて、大変なんですよ。教会がもうすぐ建て替えを考えてて、だから平日の夜とかにも会議があって。祈禱会も平日だし、週に何回教会に行っているんだって感じ。

東　クリスマスイブのチラシをいただいたんですけど、この下北沢の教会に行ってらっしゃるということですね。

林　ザ・スズナリっていう劇場のすぐ斜め上の、プロテスタントの頌栄教会というんだけど。

東　そこにずっと行っているんですか。

林　中学一年から。

東　中一から！　その辺にお住まいだったんですか。

林　最初そこから歩いて行けるところに住んでて、キリスト教系の中学に入ったときに「あなたの近くの教会はここですよ」って紹介されて、そこにずっと。

東　そうなんですね……。

林　真面目なのよ、私。紹介されたままずっと何十年も（笑）。

東　中一からっていうと、もう四十年近く休むことなく？　すごいですね。

林　だって、お勤めしてた時期なんかは、具合が悪かったら日曜日はなんとしてでも教会に行って月曜日に休む。

東　お勤めもしながら文章書いてた時期もあって、ものすごく忙しかったでしょう？

林　そのときはもう、ほぼ寝てなかったね。毎晩三時間ぐらい。

東　三時間睡眠？

林　うん。会社に行って、夜は芝居に行かなきゃいけないんですよね。六時に会社終わって七時に小劇場に飛び込んで、その頃は演劇のブームだったから、立ち見なんですね。二時間ぐらい立ち見して十時とか十一時とかに帰ってきて、そこから原稿を書いて、三時とか四時に寝て朝七時には起きる。しかも日曜日には教会がある。なんでその教会が休めないかというと、信仰が深いとかそういう問題じゃなくて日曜学校の先生をしてたから。

東　それをずっと辞めないで「やります」っていうのが……。

林　私が二十代の頃は本当に人がいなくて、もう這いつくばってでも行かなければいけなかった。あ、今も中高科の担当と、校長してます。

東　詩歌の言葉としてはちょっと過激なものがあるので、世間ではそこだけが一人歩きしていたような印象があるんですけど。

林　教会の人たちは、こういう歌集を出していることを知ってる人は知ってるけど、全然知らない人もいる。

東　でもクリスチャンの人がこの『MARS☆ANGEL』を読んでも別に何も言わないわけですよね。

林　まあ、考え方によりますね。すごく厳しい考え方の方はやっぱり言ってきた人もいるし、逆にこういうこともどんどん言ったほうがいいんじゃないって言った人もいるし。だいたいは別に何も言わずにニコニコしていてくれる、みたいな感じかな。

（次号につづく）

星だって

鈴木晴香

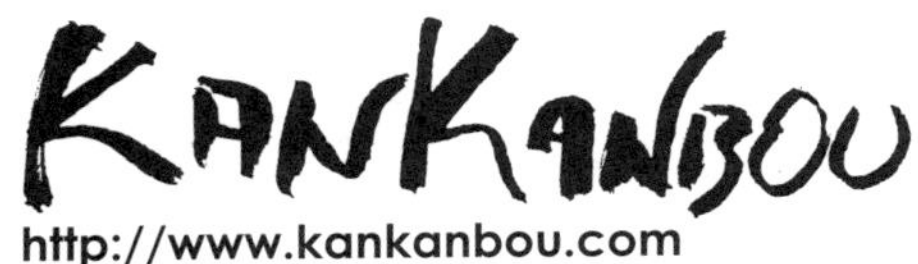

KANKANBOU
http://www.kankanbou.com

2018.5.1
vol.72
侃侃房だより

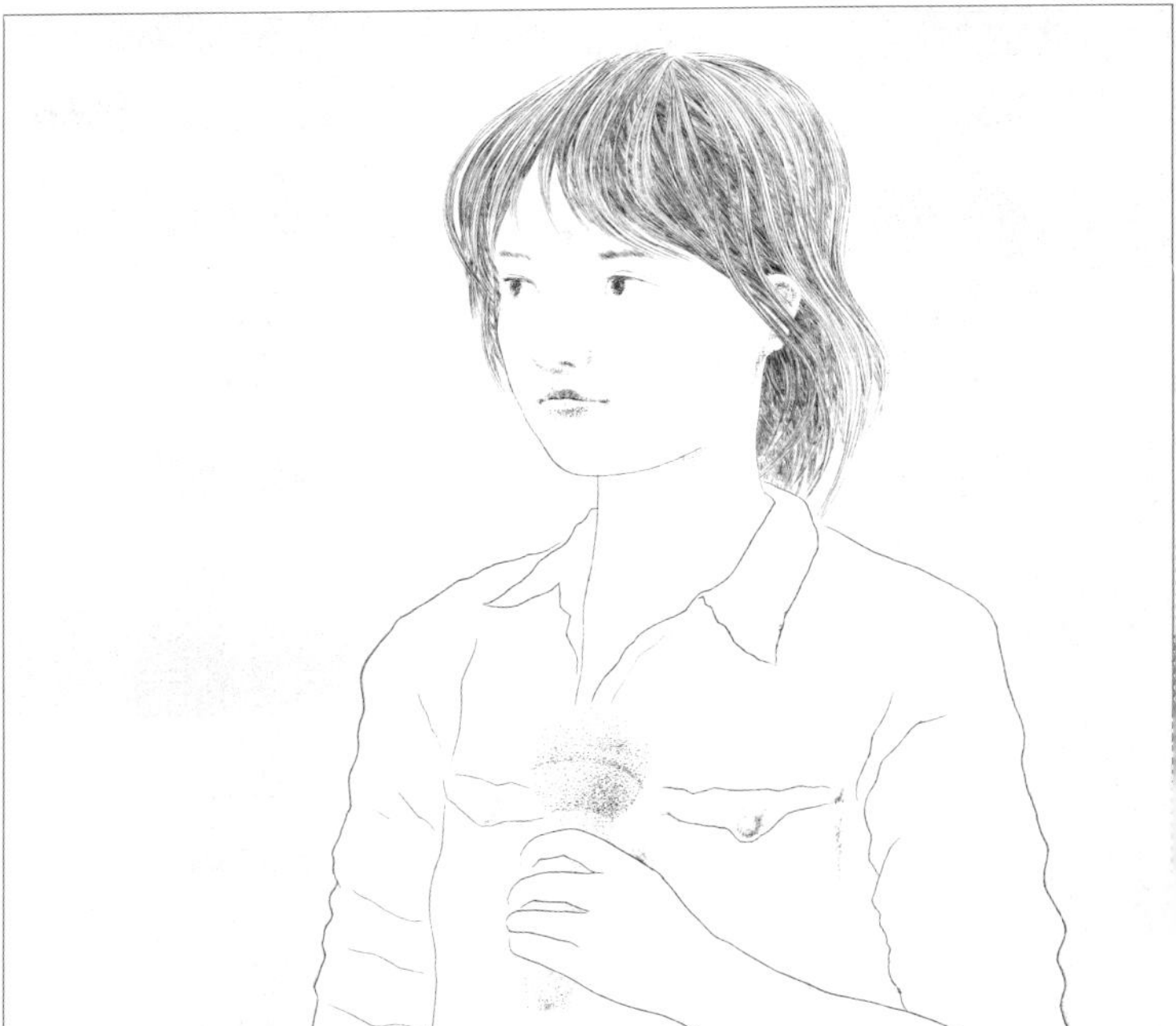

文学ムック「たべるのがおそい」vol.5

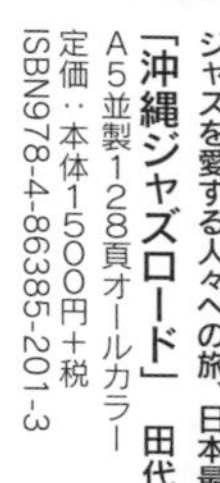

ジャズを愛する人々への旅、日本最南端へ

「沖縄ジャズロード」 田代俊一郎

A5並製128頁オールカラー

定価：本体1500円＋税

ISBN978-4-86385-201-3

「九州ジャズロード」 増補改訂版　田代俊一郎

B6並製272頁オールカラー　定価：本体1600円＋税

ISBN978-4-86385-131-3

出かけよう、東京の森へ。そして癒しのカフェへ。

「東京の森のカフェ」 棚沢永子

A5並製144頁オールカラー

定価：本体1300円＋税

ISBN978-4-86385-268-6

「千葉の海カフェ」 沼尻亙司

A5並製144頁オールカラー　定価：本体1300円＋税

ISBN978-4-86385-196-2

「広島カフェ散歩」 河野友見

A5並製144頁オールカラー　定価：本体1300円＋税

ISBN978-4-86385-180-1

九州のカフェ散歩

A5並製144頁オールカラー

定価:本体1300円＋税

「北九州カフェ散歩」 久原茂保

「福岡カフェ散歩」 上野万太郎

「佐賀カフェ散歩」 ドアーズ

「長崎カフェ散歩」 坂井恵子

「大分カフェ散歩」 小田恵理佳

「熊本カフェ散歩」 三角由美子

「宮崎カフェ散歩」 内村　葉

「鹿児島カフェ散歩」 大矢幸世

「四国ジャズロード」 田代俊一郎

A5並製176頁オールカラー　定価：本体1800円＋税

ISBN978-4-86385-160-3

「山陰山陽ジャズロード」 田代俊一郎

A5並製224頁オールカラー　定価：本体2000円＋税

ISBN978-4-86385-077-4

「福岡音楽散歩」 ライブハウスの人びと　田代俊一郎

A5並製192頁オールカラー　定価：本体1600円＋税

ISBN978-4-86385-015-6

「山口カフェ散歩」 國本　愛

A5並製144頁オールカラー　定価：本体1300円＋税

ISBN978-4-86385-206-8

「横浜カフェ散歩」 MARU

A5並製144頁オールカラー　定価：本体1300円＋税

ISBN978-4-86385-198-6

「岡山カフェ散歩」 川井豊子

A5並製144頁オールカラー　定価：本体1300円＋税

ISBN978-4-86385-181-8

「沖縄カフェ散歩」 高橋玲子

A5並製144頁オールカラー　定価：本体1300円＋税

ISBN978-4-86385-163-4

「兵庫カフェ散歩」 塚口　肇

A5並製144頁オールカラー　定価：本体1300円＋税

ISBN978-4-86385-171-9

「愛媛カフェ散歩」 トミオカナミ

A5並製144頁オールカラー　定価：本体1300円＋税

ISBN978-4-86385-145-0

「熊本の海カフェ山カフェ」 三角由美子

A5並製144頁オールカラー　定価：本体1300円＋税

ISBN978-4-86385-104-7

新刊案内

小説と翻訳と短歌を中心にした文学ムック
「たべるのがおそい」vol.5

A5並製176頁　定価:本体1,300円＋税
ISBN978-4-86385-307-2
わたしたちは誰もが重力というものに支配されています。
「たべるのがおそい」は、その重力を少し弱めてみたいと思っています。
読んでいるあいだ、少し動きやすく、歩きやすい、
それがこの一風変わったタイトルの文学誌の目標です。

現代歌人シリーズ20
「はーはー姫が彼女の王子たちに出逢うまで」 雪舟えま／著

四六変形並製160頁　定価:本体2,000円＋税
ISBN978-4-86385-303-4
この星で愛を知りたい僕たちをあなたに招き入れてください

歌人・小説家として活躍する雪舟えま、
『たんぽるぽる』から七年ぶりとなる待望の第二歌集。

新鋭短歌シリーズ37
「花は泡、そこにいたって会いたいよ」 初谷むい／著

四六並製144頁　定価:本体1,700円＋税
ISBN978-4-86385-308-9

こうふく、はあかるいことばだけど、かなしいひびき。
さよなら、はかなしいことばだけど、あかるいひびき。
そんなことばたちを、こんなにつめこむだなんて。　山田 航

新鋭短歌シリーズ38
「冒険者たち」 ユキノ進／著

四六並製144頁　定価:本体1,700円＋税
ISBN978-4-86385-309-6

現実を切り開くための羅針盤
シビアな社会を生きぬく人々の奇妙な熱気が、
街に、海に、遠い闇に、浮遊する。　東 直子

新鋭短歌シリーズ39
「ちるとしふと」 千原こはぎ／著

四六並製144頁　定価:本体1,700円＋税
ISBN978-4-86385-310-2

それはやっぱりすきなのですか
〈チルトシフト〉が生み出すおもちゃめいた世界
そこにリアルな恋心が溢れている　加藤治郎

新刊案内

KanKanTrip 20　絵で見る大台南
「来た見た食うた　ヤマサキ兄妹的　大台南見聞録」ヤマサキタツヤ／著

A5並製176頁　定価：本体1,600円＋税　ISBN978-4-86385-312-6

Kan Kan Trip

台南ブームの火付け役ヤマサキ兄妹 さらに大きな台南へ
台南は中心部だけにあらず！　約4年かけ台南のあちこちで見て聞いて食べつづけ、いろんな意味で大きくなった浪速の食いしん坊ヤマサキ兄妹がお送りする、ヤングなオシャレ層だけじゃない、オッサンもトリコになる大台南。写真は一切ナシ。絵で綴るオモロイ大台南が見られるのはこの本だけ！

福岡屈指の人気店が教えるスリランカ料理レシピ45
「ツナパハ・ヌワラエリヤ スリランカカリーをつくろう」前田 庸／著

A5並製208頁オールカラー　定価：本体1,600円＋税
ISBN978-4-86385-302-7

あのヌードルカリーを自宅でも！

福岡で愛され続けて30年、スリランカレストラン「ヌワラエリヤ」「ツナパハ」の人気料理レシピを、読むだけで楽しい掛け合い対談で紹介。スパイスといつもの素材で簡単に本場のスリランカ料理が作れます。あのヌードルカリーのレシピも紹介！！

謎だらけの中国が教えてくれた、いちばん大事なこと
「中国的「今を生きる」生活。」高田ともみ／著

四六並製200頁　定価：本体1,500円＋税
ISBN978-4-86385-299-0

中国人夫と結婚して中国に移り住んだ著者を、毎日のように襲う理解不能な出来事。そして生活の中に見えてきた「私とは一体何者なのか」という疑問の答えと、日本人の自分が背負っていたものとは。瀋陽で暮らした日々を綴った「わたしの中国雑記帳」。

これは劉暁波の遺書である。
「詩集　独り大海原に向かって」
劉暁波／著　劉燕子・田島安江／訳・編

四六並製272頁　定価：本体2,000円＋税　ISBN978-4-86385-296-9

詩集『牢屋の鼠』に次ぐ詩人劉暁波の第二詩集で最後の詩集。

2017年7月13日、劉暁波に死が訪れるまで彼を呪縛し続けた「天安門事件犠牲者への鎮魂歌（レクイエム）」、『牢屋の鼠』以降の劉霞への愛の詩「獄中から霞へ」、自身を広い世界へと解放した「独り大海原に向かって」を収載。

劉霞から夫・劉暁波への愛の詩集
「詩集　毒薬」劉霞／著　劉燕子・田島安江／訳・編

四六並製176頁　定価：本体2,000円＋税　ISBN978-4-86385-295-2

劉霞から劉暁波へ、詩集『牢屋の鼠』への返歌。

一匹の魚、一羽の鳥となった劉暁波への切なくかなわぬ恋文。

劉暁波に与え続けた同志としてのエール。

劉暁波亡きあとも生きるための薬である。

第一回笹井宏之賞 募集はじめました!!

<選考委員>大森静佳、染野太朗、永井祐、野口あや子、文月悠光

<募集作品>未発表短歌50首

応募作品は1人1篇（50首）まで。受賞作品の雑誌掲載権は書肆侃侃房に帰属します。以下の事項も提出してください。

作品表題・氏名・筆名・生年月日・年齢・性別・郵便番号・住所・電話番号・メールアドレス

<選考方法>一次選考では、4選考委員（大森、染野、永井、野口）全員が全作品を読み、候補作品を30篇前後に絞り込みます。二次選考では、全選考委員（大森、染野、永井、野口、文月）が選考会によって授賞作品を決定します。一次選考、二次選考ともに作品表題と短歌作品のみをもとに選考を行います。

<笹井宏之賞>賞状・副賞として書肆侃侃房から歌集出版（笹井宏之賞を受賞した場合、歌集出版権は書肆侃侃房に帰属します）

笹井宏之賞とはべつに各選考委員による個人賞も授与します。

<発 表 誌>短歌ムック『ねむらない樹』第2号（2019年1月末発売予定）掲載

<締　　切>2018年10月15日（月）24時

<応募方法>書肆侃侃房「現代短歌ロード」掲載の応募フォームより

書肆侃侃房の2018年5月以降の新刊予定

5月には現代歌人シリーズ21『Confusion』（加藤治郎）、22『カミーユ』（大森静佳）、8月には新鋭短歌シリーズ第4期第二弾の3冊が刊行。現在、短歌ムック「ねむらない樹」の創刊号も着々と進行中です。6月上旬のクォン・ヨソン『春の宵』からはじまって、7月にかけては、文芸書ラッシュ。韓国の翻訳小説のほか日本の小説を続けて刊行予定です。もなかぼんや喫茶店、カフェの本なども夏までには。お楽しみに。

ホームページ、Twitterなどで情報発信中

書肆侃侃房／博多諧諧堂　http://www.kankanbou.com
書肆侃侃房ツイッターアカウント　@kankanbou_e
ブログ「つれづれkankanbou」　http://kankanbou.hatenablog.com/
現代短歌ロード　http://www.shintanka.com　@gendaitankaroad
文学ムック たべるのがおそい　http://www.tabeoso.jp　@tabeoso

□発行　2018.5.1　vol.72
株式会社 書肆侃侃房（しょしかんかんぼう）
〒810-0041 福岡市中央区大名2-8-18-501
TEL092-735-2802 FAX092-735-2792
http://www.kankanbou.com
info@kankanbou.com
取次：地方・小出版流通センター
子どもの文化普及協会、きんぶん図書

【編集後記】

「たべるのがおそい」をきっかけにして、いろいろな出会いがあり、いままであまりだせてなかった小説など文芸書を少しずつ刊行していく予定です。書肆侃侃房にあたらしい風が吹いているのを日々、感じています。原稿の校正をしつつ、装丁をどうするか、帯をどなたに依頼するかなど、新しいチャレンジもたくさんありました。書店に並ぶ日が、とても楽しみです。　（池田）

生まれ変わってから会うのでは間に合わない今きみを呼ぶために吐く息

星だってこんな風に生まれたんだと愛のことを話していたつもり

しゃぼん玉あつめて食べる真昼間のちょっと甘いって誰が言ったの

球体の内側に閉じられていた過去が弾けて　見てはいけない

星々がいつかこうして消えることそのあとも風に吹かれるたましい

ランタン

大西久美子

夕に吹く風の涼しさ瑠璃紺のルーズリーフに書き込む歌は

姿見のわたしとわたしが手をとほす更紗金魚の泳ぐゆかたに

また道に迷ふだらうか八月の琵琶橋に待つ君を探して

牛乳の白さと同じ　ランタンのひとつひとつがＯＦＦになったら

コンビニの棚のおにぎり選ばれて革のバッグにしまはれてゐる

揺れるゼリー
竹内亮

はつなつのトマトシチューの感想をいわずに君のうなじ見ていた

包丁のうすい刃先を筋に当て引けば緩みゆく君の怒りも

食卓のガラスの中に透明な水すいあげる白い花束

交代ですこし沈黙して祈るゼリー固まるのを待ちながら

白い花に記憶を伸ばし触れてみる指先よりも硬い花びら

街の鼓動

田中ましろ

都会って生き物だからほら背伸びしているでしょう　疲れたんだよ

確かなものは時計　吊り革　君の声　ひとつひとつをパンくずとして

うれしみもつらみ、やばみも深くなり喉に刺さった小骨のような

窮屈の正体は何なんだろう　こんなときなぜ君が浮かぶんだろう

足音が不規則なリズムを刻む駅をかなしい楽器と思う

掌編小説

脇とサイレン

陣崎草子

丈高いアザミの葉に目を突かれそうになり、百合は顎をそらした。間のびしたサイレンはどの方角から届くのかもよく分からない。けれど音の微かな振動が唇に触れてくる気はした。

「おい、頭を下げろ」

教師の声がして、百合は目をふせて身を固くした。

近隣国との情勢緊迫に伴い、核ミサイルが飛来する危険が高まっているという冗談みたいな発表が政府から出され、百合の通う中学では、市が実施する全国瞬時警報システムの予行に合わせて、幾度かの避難訓練が行われていた。今日は野外での訓練で、生徒は夏草の中に座らされていた。男子が、「こんなもん、三角座りしたかて即死やぞ」「おまえ楯にするし」と、高揚した調子でふざけあっている。日に焼けた鼻には汗が玉のように吹き出していた。

「不気味なサイレン鳴らしてなあ。政府は国民の恐怖と憎しみを煽ることで軍事化を進めようと狙っているように、僕は考えます」

きみらは憎しみを育てるか？　どう思う？　自分の頭で考えてくれ、と、訓練前、担任は義務感にかられた顔つきで、持論を述べながら教室内を歩き回った。

百合は、政府の狙いにも教師の持論にも関心を持てない。自分の頭で考えろ？　言われなくても、間断なくいつでも考え、感じている。考えろ、なんていう人たちより、ずっと多くを。政府も教師も他国の支配者も、百合にとってみればたいした違いはなかった。それぞれの主張を吼える人たちの、いったい誰が自分のことを本当に考えているというのだろう。

「あっつー、ガリガリくん食べたすぎ」

斜め後ろで、同じクラスの山本佐保の声がした。ふり返ると、佐保は鳥の巣のようなくせ毛頭を掻きながら、首をぐにゃりと九十度に曲げて空を見ていた。眩しそうに顔をしかめるせいで、歯と歯ぐきが剝き出しになっている。つられて百合も上を見た。雲ひとつないブルーの空がある。ガリガリくん色ってことか。佐保と同じ姿勢を取ると、同じように歯ぐきが剝き出しになると分かった。

佐保に視線を戻すと、頭にのせた鞄を押さえている腕の、半袖の奥に仄見える脇の肉が目に飛びこんできた。半端に伸びた濃く黒い毛が、ほろほろと見えている。

ぎょっとした。佐保は身なりに無頓着なタイプで、むだ毛の処理を怠っているのだ。神経質で臆病な百合にはあり得ないことだった。

ぎょっとはしたけれど、百合の胸には、今見たものを美しいと思う感情がにわかに興った。生きた人間がそこに居ることに、奇妙な納得を感じる。

鈍重に響きつづけるサイレンの音を、百合は目を見開いて聞いていた。

歌人の一週間

2018年5月6日（日）～12日（土）

中山俊一

5月6日（日）

摑んだのは風の胸ぐらカーテンの向こうにいつもいたではないか

家の中でかくれんぼをしても、次第に隠れる場所もなくなってくる。浴槽のなか、押し入れのなか、カーテンのなかにもいなかった。何を探しているのかも忘れた頃に、春の風が吹いた。

5月7日（月）

竜宮城きみは燃えない城のなかひとり見上げるずぶ濡れの月

へらへらとした顔を殴りたかったが、再会の日だから楽しくお酒を飲んだ。昔、一緒に音楽をしてた人。何でも言い合える関係なんて良くないよ。玉手箱は死に際にふたりで開けましょう。

5月8日（火）

きみは花、ぼくが小鳥とスコップを持って小さな広場に行った

家の前で小鳥が死んでいた。きみはお供えの花を一輪買ってきた。ぼくはスコップと死んだ小鳥を手に持った。ひんやりとした感触が両手から伝わった。一緒に小鳥を埋めるとき、飼っていた小鳥が死んでしまったみたいにきみは泣いていた。

5月9日（水）

弱音吐くほどの力に石鹸玉（しゃぼんだま）吹かれて吹けぬ子が泣いて

しゃぼん玉を吹けない子は元気な子。隣の子は静かにしゃぼん玉を吹いていた。弱さを抱える覚悟も弱さを捨てる覚悟もどちらも等しく愛しい。覚悟のない奴が駄目なんだよね。

5月10日（木）

氷上より氷の中が似合うひと羽生結弦の羽を射止めて

ＴＶに羽生結弦が登場。男として嫉妬すら許されない。だってぼくは金メダル一個も持ってないんだから。

5月11日（金）

両膝をついて互いの髪を編む少女ら春の布団のうえで

家具量販店に並ぶたくさんのベッドに春の少女はよく似合っていた。うかうかしてると羽化しそうな女の子。

5月12日（土）

永日のダルメシアンでも眺めつつその斑点を採点したい

春になって日が永くなった。そこにダルメシアンが歩いていたから。いつも決まった時間に散歩しているダルメシアン。その斑点が今日はくっきり見えたから。

堀合昇平

5月6日（日）
日本とアルゼンチンへの出張に費やされた四月が終わった。が、本社から連休前に送られてきた依頼が山積している。終日部屋に籠り資料を作成。

5月7日（月）
知人の送別会に参加。一人は社命により米国へMBA留学。もう一人は麻薬取締官へ復職とのこと。日系企業や団体の横断的な懇親会において、大抵の話題は、海外経験の豊富さアピールかゴルフだ。只管（ひたすら）、ビールを飲む。

5月8日（火）
連休が終わり、ぼちぼち本社から連絡が入り始める。某プロジェクトに必要な作業を見積に含め損ねたことが判明。人員整理で営業担当者は退職しており原因究明は不可能。損益計画を修正してでも当該作業を盛込むべきとブラジル人上司に相談し、了解を得る。

5月9日（水）
フランスの関係会社社長から打合せ依頼のメールが届く。某プロジェクトへの特別支援を依頼していたが2週間以上返信がなく、海外では常識化している「未返信はNoの証」かと気を揉んだ。が、日本の連休に合わせて帰国しており返信が遅れたとのことで、安堵。

5月10日（木）
昨日の特別支援体制の具体化、某社の新任駐在員へプロジェクト内容の再説明、某社アルゼンチン人マネージャーへ延長契約に向けたプレゼン等を電話会議で実施。関係者に議事メモと依頼事項をメールで送付。午前二時に帰宅。

5月11日（金）
某社工場へ二時間掛けて車で向かう。途中、以前より狙っていたレストランにブラジル人の同僚と立寄りハンバーガーを食す。注文を待つ間、オーナーと同僚がずっと話をしている。赴任した四年前はこの圧倒的な会話量に辟易したが、すっかりと慣れてしまった。

5月12日（土）
妻が友人の誕生会に招かれたため、娘と二人日本食レストランで夕食。お通しの温泉玉子を激賞する娘に気を良くした女将が二皿目を出してくれる。しめしめと食す娘よ逞しくあれ。深夜、妻を迎えに向かう。発光する迷路のようなサンパウロの街に、防弾仕様のカローラを走らせる。映画のような豪邸の一角がディスコと化し、ミラーボールに照らされながら母達が踊り狂っていた。

浅羽佐和子

5月6日（日）

連休最終日。最終日とは何でも寂しいものだが、子供達の相手を朝から晩まで連続四日もやれば逃げ出したいのも本音。今回は事前の天気予報が外れ四日連続快晴。平日は関わってあげていないことの罪悪感で休日は家族サービスに時間を費やすものの、普段と違う筋肉（頭も身体も）を使うのは二日が限界だと痛感した。

5月7日（月）

久しぶりの会社。九連休明けの人もいたが、出社後の雑談でもお昼の雑談でも誰もゴールデンウィークのことを話さない。みんな違和感を感じているのだろうけど、はじめの一歩を遠慮するのは私を含め日本の大人の特徴だろうな。

5月8日（火）

午後の予定が急遽午前に変更となった。逆ならアウトプットのレベルアップが期待できるけど、今日は対処が難しかった。緊張感の高い状況になると、思い出したかったのに思い出せなかったことが急に浮かんだりする。それが邪魔してさらにピンチに陥ると、自分ではない誰かが話しているような、ものすごく不思議な感覚になる。この感覚は小さい頃からで、今日も起きた。

5月9日（水）

朝一番で重役と打ち合わせ。昨日の午後の空いた時間で充分な準備をしたつもり。結果は中の上かな。結局は相性だなぁ、と思う。難易度とは、受け応えの想定範囲を広げられるかだ、といつも思う。

5月10日（木）

仕事と子育てと短歌大変でしょう、と何度言われただろう。でも大変という感覚はない。自分で決めたことだし、全部あるのが私。しかし時間は限られるので何かを諦め、何かを犠牲にする。いろいろなひずみも出て、無理してもリカバリーには時間がかかる。気力で乗り切る以外に方法はなく、今日は少し高めの野菜ジュースを選んだ。

5月11日（金）

通勤鞄には常に三冊以上入っている。パソコンもあるので相当の重さだが、何を読みたくなるか予想できないし、小説、歌集、雑誌、子供に教えるための何か、等いろいろ持たないと不安になる。時間をうまく消費できないと何かに責められるような気がするのだ。

5月12日（土）

午前はピアノ、午後は塾。もちろん子供の付き添い。何がしんどいって、平日のおばあちゃんっ子から急にママっ子には切り替わらない。親であることが不安になるのは毎週だが、この不安だけはなかなか諦めの境地にいかないのだ。

小坂井大輔

5月6日（日）
歌人が集まる中華料理屋。と言われ始めて一年半くらいの平和園ですがGW最終日という事で、歌人どころか普通のお客様も来なくて、厨房で白目になってピート・タウンゼントのギター奏法を真似していたところ、友人の歌人さんが「お付き合いをすることになりました♡」との連絡をくれたことで救われた。幸せになれ。

5月7日（月）
中華鍋を豪快に振って炒飯をつくっていたところ、熱々の米粒が鍋を持っているほうの親指に、ぴたっ、と乗っかって火傷。世界で一番悲しい火傷。

5月8日（火）
愛知県春日井市で短歌展『そして言葉の導く先に』を開催中の歌人 鈴掛真くんが平和園にご来店。この細い身体のどこにチンジャオロースと梅酒が入っていくのだろうか。とか思って見てました。ありがとう、真ちゃん！

5月9日（水）
朝から友人たちと読書会、というか、おしゃべり会。今日は三人。そのうちの一人は、歌人戸田響子。早朝のスタバで土偶について語りあったりしているのは、世界中を探しても我々くらいなもんでしょうね。あー楽しい。

5月10日（木）
休日。フィットネスジムで一時間みっちり脚のトレーニング。産まれたての子鹿のように、立っているだけで震える。なんのためにそこまでやるの？馬鹿なの？　とか聞かないでほしい。夜は荻原裕幸さんの短歌ワークショップへ。脳みそも震える良き一日。

5月11日（金）
下半身が筋肉痛フェスティバル。歩く度にくる激痛が心地よいとか、こういう所に書いたらヤバイのか。るるる。深夜、澤田瞳子さんの小説『火定』を読みながら寝落ち。夢の中で天然痘を治療する薬の開発に励んでいた。

5月12日（土）
仕事前にランチへ。高校の同級生である阿部ちゃんと二十年ぶりに会った。何をして暮らしているのか聞いたら「東京で音楽関係の仕事をしてるよ」とか「ミュージシャンの遊助さん、知ってる？　あの人の楽曲に携わったんだよ」とか遠い世界のお話に。すごいなぁ。阿部ちゃん、高校の入学式でシンナー吸ってたのになぁ。

ぽつぽつ

ぐるぐる

しんくわ

標高931メートルの徳島県の雲辺寺へ登る山道をママチャリを押しながらこの文章を書きはじめました。スマホってすごいですね。自転車押しながら文章が書けます。文明の利器の最たるもの。ちなみに数分前まではポケモンGOやってました。もちろん坂道を自転車押しながら。ポケモンが現れなくなったので、明日だか、今日だか締切のエッセイを今から書きます。ちなみに四国八十八ヵ所遍路をやってます。岡山からマリンライナーに乗って海を渡り、ここが寺から近いなと思った駅で降りてレンタサイクルを借りてゴリゴリこいでお寺に向かいます。

お大師様はどこにいるんだろう？　空海が見た景色を僕もどこかで見ることができるのだろうか。枕元に立った空海に会うために二十回四国を回り、会えなくて逆に回って死ぬ間際にやっと会えた伊予の河野さん（職業は豪商）の話などを伝え聞くと、我々のDNAの中にある摂理のようなもののひとつに、大きな存在の（もちろん物理的じゃなくて精神的）周りをくるくると回り続ける。というのがあるのではないかなあ、と思うわけです。太陽を回る地球のように、楼を回る盆踊りのように、我々はくるくるくると回りつづけ、やがて、我々はひとつなぎのワンピースとなって、それを見ていた眠らない樹にどんぐりを落とされちゃうかもしれないねえ。と雲辺寺にお参りしながら思いました。

隙間に挟まれた

田丸まひる

ひさしぶりに手に取った笹井宏之さんの歌集『ひとさらい』に、お気に入りのパン屋のショップカードが栞として挟まれていて苦笑してしまう。いいお店だから友達に紹介しようと思って持ち歩いていたのを、好きな歌の載っているページについ挟んでしまったのだろう。

物心がついた頃から、生活と読書は溶け合っていて、わたしの読みかけの本からは、手近にあったと思われるメモ帳の一ページ、本や日用品のレシート、CDケースの帯など様々なものが出てくる。まるでその本を読んでいた頃の時間を閉じ込めているみたいだ。この本を読んでいるときに、この歌手の歌を聴いていたのだな、あのメーカーのアイシャドウを使っていたのだな、というような。歌集を読みながら付箋をつけることもあるけれど、付箋はたいてい足りなくなってしまい、そのあたりにある紙を挟んでしまうので、読書会や批評会の前にはそっと外している。きれいな栞や猫のかたちなどのかわいい付箋を使っているひとに申し訳ない。

短歌をつくることは、わたしにとっては、本の隙間に生活からこぼれ落ちた紙を挟むようなものかもしれない。発見したこと、思いついたこと、出会ったひとのこと、日々の営みの記録、世界の構築、祈りや願いを言葉にして、一首のなかに編み込んでいく。そうしていつか、隙間に挟まれたカードのようにわたしはわたしの歌に再会して、どこかであなたにも出会えるのだと思っている。

さよならハムスター

高田ほのか

森井書店という小さな本屋さんが、サンメイツという地元のショッピングセンターに入っている。店先にズラーッと雑誌が並ぶなか、小学3年生の私は「りぼん」を見つける。（あった！）

おこづかいに余裕がある月は「なかよし」「ちゃお」も買った。「ちゃお」では、当時「ないしょのハムスター」というマンガを真木ひいな先生が連載していた。人間の男の子に恋をしたハムスターが、半年間だけ人間の女の子になる☆.*。かわいいストーリーに私は惹かれた。1巻から読んでみたいと祖母にせがみ、森井書店に連れて行ってもらったが、いくら探せど見つからない。「ないしょのハムスターないしょのハムスター」ぼそぼそつぶやきながらいつまでもうろうろする姿を見かね、立ち読みをしていたお姉さんが、「もしかして、これ？」と高い棚から『ないしょのハムスター（1）』を手渡してくれた。その瞬間の喜びは今も忘れない。

その後、「ちゃお」を読むこともなくなり忘れかけていたのだが、数年前ふと思い出し、ネットで「真木ひいな」と検索してみた。（もしかしたら、もう漫画描いてないかも……）思った瞬間、〝真木ひいな最新作！『下僕ごっこ』〟というタイトルと共に、胸を出し犬の首輪をつけた女の子の表紙が出てきた。

ハムスターから下僕……そのあまりの落差にくらくらしながら、（いろいろ、あったんだろうな、いろいろ……）いろいろの経緯をいろいろ想像し、パソコン画面を静かに閉じた。

拾えなかった海のかけらのこと

初谷むい

夜、小さなカラオケスナックの光と、流れてくる薄い歌声が好きだ、と自転車に乗りながら思う。家に帰ってからパソコンを立ち上げる。何を書きたかったかだけがうっすらと残っていて、わたしは、夜、と書き始める。

書き残す術を持たないときにすばらしい言葉があたまに浮かび、何もかも失われた後に「いいことを思いついた」という感覚だけが残っていることがよくある。

わたしは理系の学部四年生で、卒業研究で扱う生物を集めるためによく早朝の海へ行く。採集をしながら、様々なことをぼんやりと考える。海ではたくさんの言葉が浮かぶ。わたしはそれを記録する術を持たない。ときにはとても新鮮な響きをした良さそうなフレーズや短歌が浮かび、途方に暮れてしまう。他のことを考えることをやめて、わたしは記憶に集中する。たいていの場合失敗し、後には何も残らない。

以前、記録に成功したことがある。海から上がり、急いでスマホのメモにその言葉を打ち込んだ。その日家に帰ってから、そういえば、とメモを開く。どんなすてきな発見が待っているのだろう、と思う。とても陳腐でおもしろみのないフレーズがあっさりと残されている。

海で見つけたあの言葉は、いったいどこにいってしまったのだろう。あのときは確かに、特別だったはずなのだ。海での言葉の手触りを思い出す。あの特別さにもう一度出会いたくて、わたしは短歌を作り続けているのかもしれない。

ぶつぶつ

腕から腕時計

服部真里子

蚊に刺されやすい。何人かでいっしょにいても、私だけが猛烈に刺される。ちなみに私の母は、自分にだけ猛烈に鳩が寄ってくるそうだ。

ある夏、手首の手の甲側を蚊に刺されたら、痕がいびつにふくらみ、刺された位置とも相まってちょうど腕時計をしているような形になった。このまたとない奇跡にひとりで盛り上がっているのももったいないので、友人に見せた。

「ほらこの虫刺され、腕時計してるみたいに見えません?」

友人は目をみひらいて言った。

「服部さんすごいね、腕から腕時計出てくるかもしれないよ!」

「どうしよう、腕からロレックスとか出てきたら!」

「出てきたら超すごいね!」

「私ロレックス興味ないので、よかったら差し上げますよ!」

「いや、私も時計とかはあんまり……」

私の心はなぜか少しばかり傷ついた。

しばらくすると、虫刺されは赤みをおびてさらにふくらみはじめ、腕時計の形はいよいよくきやかになった。このふたたびの奇跡にひとりで盛り上がっているのももったいないので、友人に見せた。

「ちょっとこの腕時計、前よりふくらんできたんですけど、これひょっとして、腕から腕時計、あるんじゃないですか?」

友人は両手で握りこぶしを作って言った。

「服部さん、がんばれ! がんばれ!」

がんばりたかった。しかし、何をどうがんばればいいのかわからなかった。ただ、自分がたった今、なにがしかにおいてこの友人に負けたことだけはわかった。

瞬間的片思い

谷川電話

ぽつぽつ

「瞬間的片思い」が好きだ。たとえば、横断歩道を歩いていると、むこうから知らないひとりの異性が歩いてくる。すれ違うとき、その人が、ひとりでいるのに、素敵な、満面の笑みを浮かべてることに気づいて、どきっとする。だれかと電話で話してるわけではなさそうだし、笑いを誘うようなものは、あたりに見当たらない。その瞬間、ぼくのなかに、その人に対する恋のような感情が生まれる。ふりかえってももう、その人の姿をみつけることはできない。

知らない相手に対する、一瞬で消えてしまう、恋のような感情。ぼくはそれを、「瞬間的片思い」と呼んでいる。それは、恋ではない。でも、ぼくにはその瞬間が、その瞬間のその人が、その瞬間のその人に対する自分の感情が、とても尊く思える。「瞬間的片思い」には、現実の恋愛の息苦しさや欲望、利害関係がまとわりついてない。

もし、過去の「瞬間的片思い」の相手にどこかで再び出会い(と言ってもほぼ確実にむこうはぼくのことを覚えてない)、知り合うことができたとしたら、ぼくはきっとその人のことを好きになってしまうだろう。もうそれは、ただの「片思い」だ。ぼくは何度も、「片思い」が「両思い」になることを願いながら、その人を見つめるだろう。

そして、その人を見つめながら、心の奥底で、かなしいだろう。「瞬間的片思い」のような純粋さを取り戻すことは、できないのだ。

ハム郎のこと

辻聡之

ハム郎、というのは僕が飼っているハムスターの名前だ。聞いた人の八割が笑う。

「どうしてハムスターを飼うことにしたんですか」と問われて咄嗟に出た答えは「さみしいから」だったのだけれど、それはあながち嘘ではなかった。何でもいいから溺愛する対象が欲しかった。それさえあれば、仕事で失敗しても、家族とうまく意思疎通が図れなくても、なんとなく救われるような気がした。

ハムスターは場所をとらず、世話も大変ではない。犬ほど寄り添ってくれないし、猫ほど人間を下僕扱いしない。ただ、かわいい。実家の母親まで、まんまと飼い始めたくらいだ。彼らの寿命は三年ほどというから、還暦を過ぎた母がその最期まで飼いきれない、ということもないだろう。

三年。

飼う前に散々調べていたから、その年月の短さは十分理解しているつもりだった。けれど、ペットショップからの帰り道、駅のホームで電車を待ちながら、いつかハム郎が死ぬ日のことを考えた。膝に置いた箱の中でかさこそと動き回るこの小さな命が、夢のように消える朝をありありと想像した。

失うことばかり考える。遠出のために実家に預けた時、部屋の隅の空白にぞっとした。ハム郎が齧った鞄の傷も、いつか思い出して切なくなるのだろう。眠るハム郎を見ていると、ぼろぼろ涙がこぼれてくる。三十五歳の中年男性が、一人の部屋で泣いてしまう。異常事態だ。

ハムスターを飼い始めてから、僕は、ずっとかなしい。

ぶつぶつ

東京の話

廣野翔一

短歌にまつわるイベントは何かと多い。歌会だけではなく、歌集出版記念の批評会やトークイベント、授賞式や短歌の朗読をするイベントもあるし、同人誌の即売会もある。この手の行事の全てに出る義理があるかというと、まあ無いんだけど僕はたぶん結構出向く方。イベントに出向くことによって、何か活路を見出していくタイプの歌人なんだと思う（別にそういうことをしなくても歌人はできるから安心してほしい）。

短歌のイベントは最近首都圏以外の地方でも増えたけど、依然として開催されるものの大半は東京開催が多い。イベントが開かれる度に自分の体力やスケジュールなどと相談しながら、夜行バスに乗って東京へ行く。はじめて自分の意志で東京へ行ってからかれこれ8年は経つ。年に3、4回はたぶん行ってる。

でも、東京という土地にそこまで興味はない。東京に何回も来ているのに、路線図は全く覚えられない。待ち合わせ場所はだいたいハチ公前かアルタ前。浅草や新小岩に宿をとる癖に近くにあるスカイツリーにまだ上ったことがない。なんかの手違いで歌人がみんな名古屋や大阪に集まって東京みたいに頻繁にイベントが開かれるようになったら僕のバスの行き先はそっちになる。

2月は久々に会った歌人に神保町を案内してもらった。きつい螺旋階段を上った先でカレーを食べて、老舗の薄暗い喫茶店で珈琲を飲んだりした。こんな所があったのか東京。こんな所があるのをわかろうとしなかっただけかもしれない、でもちょっとは自分から言ってよ。東京。

対談

伊波真人×滝口悠生

文学の夜間飛行　短歌と散文のあいだ

短歌をはじめたきっかけ

滝口悠生（以下、滝口）　今日はよろしくお願いいします。伊波さんはいつから短歌を始めたんですか。

伊波真人（以下、伊波）　21歳からです。きっかけはマンガでした。『こいのうた』（杉聖子）に現代短歌が引用されていて、思ったよりポップだったんです。穂村弘さんの歌を題材にした作品でした。

滝口　穂村さんがきっかけということですか。

伊波　そうなりますね。早稲田大学に通っていたんですが、「かりん」の同人でもあるフランス文学者の駿河昌樹さんが短歌の実作を教える授業で短歌を作ったら面白くなってきたんです。早稲田短歌会にも入りました。僕がいたころは人数が少なくて、5人ぐらいで歌会をしていました。でも短歌ブームということもあり、いまは20、30人いるらしいです。早稲田短歌会とおなじタイミングで「かばん」にも入ったんです。

滝口　僕は82年生まれで、伊波さんが84年の早生まれなので、学年はひとつちがいですね。小説を書き始めたのは伊波さんほどきっかけがはっきりしませんが、24歳で大学に行って中退して2011年に「新潮」でデビューしました。

郊外への愛憎

滝口　僕は埼玉の西南部出身、西武線の沿線育ちです。

伊波　僕も生まれは群馬の高崎ですが、埼玉で育ちました。

滝口　埼玉県民歴が長いという共通点がありますが、埼玉といってもいろいろですよね。群馬寄りの北部は農耕地が多いし、秩父の方に行くと山だし。僕が育った南西部は典型的なベッドタウンですが、同じ県のなかでも地域によって異なっている。『ナイトフライト』にも埼玉のムードがまさに反映されていると思います。埼玉のどこ出身ですか。

伊波　与野です。

滝口　与野なんてほとんど東京ですよ

左から伊波真人氏、滝口悠生氏

ね。

伊波　文化圏としては東京ですね。埼京線と京浜東北線が両方通っていて、都心へのアクセスがすごくいい。

滝口　その土地の感じは色濃く歌集に出ているのでしょうか。

伊波　東京へのアクセスがいいので便利なのですが、逆に言うと東京のベッドタウンとしての性質しかない。だけど自分の育った故郷にはちがいないと思うんです。作家は最終的に自分のルーツが大きなテーマになると思うんですけど、僕もご多分に漏れずで、埼玉の郊外に愛着があります。そこで生きてきた自分の歴史を歌にしたいという思いがあり、第一歌集なので全部ぶつけてみました。

滝口　僕はそんなに地元に愛着はないんですよね。西武線のことばかり書いているのに何を言っているのかとなるかもしれないけど、僕の場合は愛憎相半ばで。肯定的ではない気持ちが先にあって、でも憎めない、みたいな。伊波さんに聞いてみたいのは、郊外感というけれど、歌集のなかでは土地の固有性は脱色されていて地名がまったく出てこない。埼玉と分かるような固有名詞がない。イオンモールはあったけど、それも記号的ですよね。自分の育った風景を歌にしたいということと、土着的な感じの脱色は、どう折りあっているのでしょうか。

伊波　普遍化したいという思いですね。日本中が郊外化していて、景観がどこも同じになっている。国道があって、バイパスがあって、洋服の青山があり、ファミレスがある。みなさんが住んでいるところも僕のところも同じ郊外かもしれないけれど、それも故郷だと肯定したい。

滝口　僕はむしろ逆のことをやっていて、べたべたに地名を付けていくんです。それも散文と短歌の作り方の違いにかかわるのかもしれません。伊波さんが短歌を作るときのマインドやモードはどういうものなんですか。たとえば、もっと地名を書けばいいのにと思うわけですよ。そういう方法は何でないのかと。

伊波　創作の起点は生きてきた埼玉の郊外風景に対する愛着ですが、そのまま出しているわけではなく、自分のなかで一度再構成してフィクション化している。描いているのは埼玉の与野ではなく、「伊波ニュータウン」。僕の中にある架空の街なんです。

滝口　といっても、そこになにか独特なモニュメントやお店を作るのではなく、引いて、その土地の遠景を眺める感じなんですね。

伊波　ごちゃごちゃした街がもともとあまり好きではなく、整理された郊外の街が好きなんです。伊波ニュータウンは理想の郊外の街なんですよ。

滝口　その感じはこの歌集からすごい伝わってきますね。でも、自分の理想のニュータウンを作り出したってわけでもないですよね。そこに住んでみたいですか。

伊波　住みたいですね。でも結構つまらないと思う。やっぱりちかくに東京は欲しい。

滝口　勝手だなあ。でもそこが非常に埼玉っぽいという気がする。西武線の人間から見ると、与野に住んでいるやつが言いそうなことです（笑）。

伊波　東京へのあこがれはあるんだけど、肌に合う埼玉は離れたくない。

滝口　僕はそんなこと言えなくて、もうちょっと謙虚で鬱屈があります。基本的に、満たされない感じとともに暮

滝口悠生氏

らさなければならないと考えていて、でもそれが良いんだという気持ちだった。不便でいいのだと。

伊波　滝口さんと僕ってルーツが近いけれど、アウトプットがここまでちがうのがおもしろいですね。

世界観のコントロール

伊波　『ナイトフライト』から好きな歌を選んできてくださったんですよね。

滝口　選んできました！　まずこれ。

ちり紙は二枚でひとつ　左手と右手を合わせふたりは眠る

引いた感じの風景を切り取った静かな感じが多い歌集のなかで、生々しさがある歌。これはどういう作品ですか。

伊波　恋人と寝るときにベッドのなかで手をつなぐ場面がまず映像としてありました。生活のなかでちり紙を使うときに二枚重なっていることを発見して結びつけてみた。

滝口　ちょっとエロくていいです。

どこへでもつながってると知ってから線路を星を見るように見る

これはいいですね。

伊波　線路が日本中つながっていると意識しながら電車には乗らないですよね。それに気づいた瞬間の感動。

滝口　僕は実は電車に乗るとそればっかり考えているんですよ。このままどこまでも行けるなーと。でも僕もどこかでそれに気づいた瞬間が絶対にあった。

電線がひかりを弾き朝はきて天才たちはいつも早死に

これもいいですね。

伊波　人間はいつか死ぬじゃないですか。僕は日常生活のディティールに愛着があるのですが、どういう風景を死ぬ間際に一番愛おしく感じるか考えたんです。そうすると、電線や信号、何気ない風景だと思った。

滝口　なんかちゃんと説明ができてえらいよね。歌人はみなさんそうなんですか。

伊波　作るときに意図が明確なほうなんです。歌人のなかにも分かっていない人はいっぱいいると思う。

滝口　小説家もそれぞれだと思うんですけど、僕は自分の小説の意図をそんな明確に説明できない。自分の作品についていつまで経ってもうまくしゃべれないし、しゃべれたらしゃべれたで違う気がする。どの作品も自分では意図がはっきりしているんですか。

伊波　歌人のなかでも感覚派とロジカル派がいます。僕はロジカル派ですね。

滝口　でも、ロジカルで短歌を作るというのも変な話ですよね。

伊波　（コップを指差して）例えばここに泡がついているじゃないですか。これが海中にいるダイバーの息だったら面白いなと。ちょっと遠いものと結びつける。そうすると、机の上と海の中を繋げられる。遠いもの同士を描くことで間にある空間のひろがりも描ける。そうするとそこに詩が発生するんですよ。そういう作り方です。

滝口　なるほど。では好きな歌の続きいきますね。

昼間には人影のない町のこと電柱だけが見つづけてきた

こうしてみると、僕は電線とか電柱が好きなんですね。これは時間が可視化されるような作品だと思いました。もう一首あります。

雨降りの住宅街の悲しみはおもちゃの奏でるむすんでひらいて

ちょっと遠くから聞こえる音がいいですね。それに集中して聞くんじゃなくて、音が聞こえてくる感じ。

あの人の腕のかたちは美しいラジオ体操第一のなか

これはちょっとエロい。数少ないエロい歌を逃しません。いかがでしょうか。

伊波　傾向がはっきりしていますね。滝口さんの作家性が選歌にも出ている。

滝口　おもしろくは読みつつも何か選べと言われたら、郊外感よりも生々しくてウエットな歌をわざわざ拾ってきていますね。『ナイトフライト』はAOR感が漂っていて埼玉なのにウォーターフロント、みたいな。80年代から90年代のはじめにかけての感じがおそらく意図的に演出されている。その雰囲気を強く感じるし、好きなのはもちろん分かるんだけど、どういう嗜好性がそうさせているんでしょうか。

伊波　もともとシティーポップスとかAOR、80年代の音楽が好きで、最近は作詞の仕事もさせていただいています。でもAOR感は本質ではなくて装飾の部分だと思うんです。本質は郊外ですが、装飾の部分でどうしても自分の好きな要素が出てしまう。

滝口　郊外とエイティーズの感じの相性は、文化的に接続していたりとか何か根拠はあるんですか。

伊波　僕の中でたまたま好きなもの同士を結びつけたかたちですね。親和性も高いと思っています。郊外はよくもわるくも人工的で洗練された空間。シティーポップスやAORも泥臭さのない洗練された音楽なので、そこが実は相性がいい。

滝口　非常に人工的でコントロールされている清潔さ、美しさ。それは作り手として勇気のあることだと思う。ちがうタイプの作品を書かれたことはないんですか。

伊波　ありますが、歌集を出すにあたって異質に見えるので外しました。

滝口　この歌集としては同じトーンでまとめたんですね。今後作るものとしては、ちがう作風はあり得るんですか。

伊波　パッケージとして本の世界観を構築したくて、こうなりました。今後はそういうこともありえますね。

滝口　『ナイトフライト』は非常に好評のようなので、その演出も奏功しているのかもしれませんね。

滝口悠生、短歌に挑戦！

滝口　今日は短歌を作ってこいと無茶振りされたので、作ってきました。でも、どうしても納得いく感じにならなかったので、伊波さんに添削してもらおうと思っています。

透明な芋焼酎がその人の喉を通って桜島噴く

「透明な芋焼酎がその人の喉を通って」まではいいと思うんですが、「桜島噴く」がどうも収まりがわるい。

伊波　どこが納得いかないんですか。

滝口　そもそも芋焼酎が透明なのが納

得いってなくて、それを歌にしたかったんですね。原料が芋なのに、お酒になったら透明になる。中学校の理科の授業で蒸留を習うはずの日に多分休んでしまって、いまだに直感的に蒸留が理解できない。だから「透明な芋焼酎」で言いたいことが全部出てしまっているんですよね。

伊波　俳句のほうが合っていますね。俳句向けと短歌向けの題材があると思います。

滝口　俳句向けの題材を見つけてしまったらどうすればいいのだろう。この歌を仕上げてもらっていいですか。

伊波　下句だけ変えてみましょうか。

滝口　芋焼酎が透明であることが入っていればもうあとはなんでもいいです。下句に持ってきてもらってもまったく問題ない。

伊波　桜島に透明な感じはない。

滝口　そうそう。「透明な」って言ったのに完全に芋側に引っ張られて鹿児島に行っちゃった。

伊波　芋からの連想なんですね。それでは透明なものを探しましょうか。芋焼酎は小さいけれど、透明で大きいものは何かないですかね。水槽かな。

透明な芋焼酎がその人の喉をとおって水槽満たす

こんなのはどうでしょう。増えるという。ドラえもんのひみつ道具みたいに。

滝口　おお！　作っていて疑問だったのは「透明な芋焼酎が」は「透明の」でもいいじゃないですか。助詞の選択で微妙なニュアンスが変わってきますよね。その選択はもちろん散文でもやっているんですが、決め方が全然違ってくる。散文の場合は選択がそのあとに影響を及ぼしていくから、迷うというより決めるだけという感じ。

伊波　引っ張られるということですか。

滝口　そうですね。短歌の場合だとひとつの決定の意味が散文の場合とちがう。どちらでもありだし、でもどちらかにしないといけない。難しいなと思ったんです。

伊波　すごくいい視点だと思います。アイデア自体がおもしろかったら、歌としては成立しますが助詞を変えると歌に変化がつく。ファッションのコーディネートにちかい。

滝口　その感じはすごい分かるんですけど、散文でそれをやってしまうと文が緩む気がするんですね。なんでだろう。ファッション的に差し色でピリッとするというのは感覚としてはわかるんだけど、散文はやっぱり前から後ろだから、一回性がより強い。だから散文的に言えば「透明な」と「透明の」はどっちでもいいと思うんですよね。芋焼酎が透明だということしかないから「透明の」でもいいと思った。

伊波　僕は「透明の」だと説明的だから、「透明な」のほうがイメージが膨らんでいいと思う。

滝口　では「桜島噴く」を活かすとしたらどうなりますか。

伊波　透明と言っているから合わないんですよね。言わなければいいのかもしれない。芋焼酎を熱燗にすればいいんです。

熱燗の芋焼酎がその人の喉をとおって桜島噴く

滝口　熱燗じゃなくてお湯割りだよね。でも、やっぱり噴くぐらいだから、割らないほうがいいか。ロックかストレートがいいんだけど、そうすると字が合わない。

量感を出したい

滝口　もう一首いいですか。

天井で寝返りを打つ硬い毛の包む体の大きさを知る

これはさっきのよりできてなくて、言いたいことは割とはっきりしているんだけど、書きたいことがどうしても収まらなくて、いろいろ直してるうちによくわかんなくなってしまったんです。というのは、最近引っ越したのが改築した古い建物なんですけど、住み始めてしばらくすると明らかに天井裏に何かがいて、ネズミかと思ったら、もうちょっと大きい。姿は見ていないんだけど、存在はしっかりと感じる。大きなネズミかハクビシンか。このあいだ夜にまたのそのそ歩いていて、明らかにゴロンと寝そべったんですよ。そのときに、硬そうな毛の音がジャラっとして、なんとも言えない体重のある体が木造の床板にぐっと乗った。姿を見たこともないけれど体のボリューム、量感が分かった。これを短歌にできたらいいなと思ったんです。ただ、いまこうして話したことを全部入れたい！

伊波真人氏

伊波　小説にしましょうか（笑）。

滝口　さっきの芋焼酎の歌もそうなんですけど、やっぱり散文にしたくなってしまうんですね。「中学校のときの蒸留の授業を」みたいな話をしたくなる。そういう人に短歌はできないんですかね。

伊波　一首に入りきるサイズが決まっているんですよ。こういう場合は二首に分けるか、もしくは視点を絞る。どの要素をより伝えたいか。寝返りをうったことなのか、毛が硬いことなのか。

滝口　体の量感ですね。

伊波　それだと、「体の大きさを知る」ですよね。これは残す。

滝口　「硬い毛」「こすれる」「木の板」いろいろ言いたいことはあるんだけれど、全然入らない。なんとか完成させてくださいよ。

伊波　えっ、いまですか。うーん、これでどうでしょう。

天井で寝返りを打つその音で潜むなにかの大きさを知る

天井で寝返りを打つ「音を聞き」でもいいです。でも滝口さんは「その何か」に感動したわけですもんね。だから「その」は残したい。「その音に」でも面白いですね。

滝口　できましたね！　伊波さんが作るとなんとなく郊外感がでますね。僕は「硬い毛」とか言うからだめなんだね。

伊波　音が聞こえると背後に想像させる余地が生まれますよね。滝口さんの短歌が二首もできましたね。

滝口　これは©はどっちになるんですかね。ありがとうございました。

プログラム、プログラム、プログラム！

寺井龍哉

歌人たちの意識がいま、大きな過渡期にあるという感覚を拭い去ることができない。

時として思考や認識における断絶があらわになるのも、そのゆえだろう。価値観や世代の差という言葉では説明しきれない事態が到来しつつある。風雲、急を告げている、と大見得を切ってもみたくなる。

考える手がかりにしたいのは、今年六月に名古屋で行われたシンポジウム「ニューウェーブ三十年」での穂村弘の発言だ。穂村は加藤治郎の著書『ＴＫＯ』（五柳書院、一九九五年）に収められた「現代短歌であるために」という文章の次の部分に言及し、その矛盾を指摘した。

前衛短歌が、喩法・主題制作・私性の超克など様々な方法上の問題を明確にしながら、作品として提示していったことは史的事実である。が、唯一、口語体だけは、作品として結実しなかった。口語体というのは、前衛短歌の最後のプログラムだった。なぜ口語の問題が残されたか。それは、文体が作家の精神と一体であるならば、会話体を含めた口語体が前衛短歌の精神性と一致しなかったというところに行き着くだろう。

一定の展開を実行することが予定的に規定されていることを指して「プログラム」という物言いがなされたのであれば、そのことと「口語体が前衛短歌の精神性と一致しなかった」という見立ては矛盾する。それが穂村の言い分であり、正鵠を射ているだろう。「精神性」において「一致」を見ないものが「プログラム」されるはずはないからである。

しかしこの、疑いなく存在しているかに見える矛盾を矛盾として感取しなかったであろう、執筆時の加藤の立場に接近することも必要だ。なぜこの矛盾は、論理の制約をくぐり抜けてしまったのか。

おそらく、この一節では「前衛短歌」の意味するところが一定でない。一方では、この直後にも作品が引用されている塚本邦雄や寺山修司をその代表とする固有名詞的な「前衛短歌」がある。他方、芸術上の最も先駆的な集団という「前衛」の語義にそくした意味での、「前衛」の「短歌」を指す「前衛短歌」も想定される。狭義と広義の「前衛短歌」と言ってもいい。「史的事実」を構成するのは前者であって、「口語体」を「最後のプログラム」として持つのは後者の意味での「前衛短歌」だった、と仮に整理できるのではないか。

　つまり、このときの加藤にとって「前衛」の「短歌」とは、戦前から受け継がれてきた既存の短歌の状況をことごとく塗り替えるようなものとしてあった。そこに塗り残しはないはずなのに、どうしてか「口語体」だけがその更新をまぬがれてしまった。加藤の実際の意図は措いても、すくなくともそうした意識が文章に忍び込んだのだと思われる。語義の混乱を超えた、「前衛短歌」なるものへの信頼や讃仰があったのだろう。しかし「前衛短歌」をひとつの思潮のようなものとして相対化し、矛盾を指摘するのが穂村の史的方法であり、誤解を恐れずに言うならこの歌人の器用さでもあるのだと思う。

　前衛短歌から六十年、ニューウェーブから三十年、今のおおよその地点である。現状、ニューウェーブが短歌の言葉のすべてを例外なく塗り替えてしまうようなものだったとは信じられないし、今後それに比肩する大きな変革を待望することも困難に思える。だから私は、短歌のニューウェーブに「最後のプログラム」が残されているという見方を採用できない。先行する世代集団に真正面から対峙することも無条件に憧憬を抱くこともできない場所に立ちつくす歌人たちがいる。それは仮想敵とすべき標的が定まらないという点で戦略上の不幸であり、かつ種々の制約とは縁遠いという点で表現上の幸運である。ただ、徹底した自由がもたらす不安と恍惚と混迷を、歌人たちは目撃し体験しているのである。

　この傾向はたぶん、下降史観には逆行する。それ自体は喜ぶべきでもあろうが、やはり閉塞と呼びうる状況にはある。背後には、言葉は時代状況を支配的に更新するようなものではなく、個人個人の間で断絶的に所有されるものであるという発想があるのかもしれない。たとえば、服部真里子はこう書いていた。「ひとりの人間の言葉は、その人の身体がさらされてきた言葉の歴史である。そして、すべての人間は別の身体に住んでいる。よって私たち――作者と読者は、そもそも言葉を共有することができないのだ」（「歌壇」二〇一五年六月号、傍点は原文のママ）。

　それぞれの作品の背後には固有の必然性があり、評者の後追いのさかしらでは推しはかりきれないのものなのではないか、というのは、穂村が前出のシンポジウムで私との対話をもとに提示した「基本的歌権の尊重」なる新語の指す事態である。これもこの感覚の延長、ほど近いところにある。

　しかし言葉は、誰のものでもない。いや、言葉は誰かのものであるということ自体が、そもそもはない。そうでありながら個人の固有の内面を託せるかのように思えてしまう言葉の厄介な生態を剔抉して、いよいよ風雲は、急を告げている。

春睡綺譚

佐々木朔

はるのゆめはきみのさめないゆめだからかなうまでぼくもとなりでねむる
花の名を教えるひとと聞くひとのそれぞれにそれぞれの花園
香水にふれた指からにおいたつ記憶の煉瓦造りの街区
ぶかっこうな詩人の像に街でそだったすべての夢をかさねて笑う
傷口に塩を塗り込む？　奇術師に嘘を吹き込む？　ためらいもなく
はずかしいから見せなくってもよいかしら夕星とあなたを描いた絵は

あけがたのベッドの上から生活をよこぎってゆく蜘蛛をながめる

死なくてよかった登場人物がしぬとき映画にふる小糠雨

小説の終わりに咲いている花の香りをいつまでもかいでいた

強いひかりがあたると森はあっけなくあっけなく、手をつないで逃げた

まぼろしのひとであるあなたがまぼろしのようにしずかに下界へ消える

感情がきみにこぼれてしまってもきみは笑って菫をくれた

忘却というと出水にさらわれる渡船のようで目を瞑りたい

こころにさかえた遺跡を湖(うみ)にしずませてだれもが去ってから会いに来た

わたしたちの世界をおおう天蓋になにが降ってもおぼえているわ

真鶴

岡崎裕美子

このごろは言い訳などもしなくなりただ「海に行く」と書いて出てくる
はつなつの風の吹きくる真鶴の海に手を挿し光を摑む
踏む石を選んであなたは海へ出る選ばれる石のただ羨しかり
わたくしが写らぬ角度に構えたるレンズのなかに海はあるべし
はつなつの海辺にあなたを立たせたり　カメラに撮ればわれのものとなる
サンダルであなたが踏んだ海岸の小石をしずかに拾いておりぬ

夫（つま）のことあなたは聞かないままにして真鶴の猫をただ撫でるだけ

けだもののごとき生とはいかなるや「ちゅ〜る」はなさぬ猫の眼（まなこ）よ

午後六時スピーカーから流れくる「アヴェ・マリア」君は口ずさみいる

囚われしごとくにわれら客室を出ず黒くなる海を見ている

我を待つ一人の夜にモノクロの映画を見ていん東京の夫（つま）は

深き夜をあなたは猫と眠りたり我を抱くより優しい顔で

君の子を撫でたるごとき心地してあたたかし猫の腹も背中も

逃れきてここの二階に住まうこと話さぬままに目を閉じており

幾たびもあなたの背中を追いかけて森を抜けたい　あれば来世も

文字もあなたも

原田彩加

溺れている人同士では助け合えなくてクジラの幻影を見る
元気で、と祈りを口にしてしまい会話としてはおかしかったな
紙粘土みたいな脚をうすやみに伸ばして眠るいつの時代も
少しずつ見えなくなってゆくのなら大丈夫です文字もあなたも
歪んでる夜の公園くぐり抜けわたしはいつもひとりだったか
何をしたわけでもないがベランダで洗濯バサミが砕け散ってた

紫陽花のかげから少女あらわれて「何しよん？」と問いかけられる

偶然に目にしたものは青空へちぎれてとんでゆく蜘蛛の糸

泡のように　エレベーターは上昇しその間だけ話ができた

紫陽花が色を失うこの先はあなたの気配さえあればいい

右往左往している人を目で追えばピースサインが送られてくる

仔羊のトマト煮込みはやわらかく眼底検査のあとの眩しさ

行き先の違うあなたを見送って場面転換するような雨

水たまり回避している夏の朝　わたしのラッキーナンバーは0

このところ毎日思うこの駅の取り柄は空が広いことだけ

大きな過去が左へ進む

岡野大嗣

はじまった気がするまでが長かった映画で外は雨すごかった

黒板に図示されて過去完了の大きな過去が左へ進む

実際よりだいぶ近くに見えてる気しない？　ニトリの文字でかくない？

高架下のモデルルームのベランダの壁をはさんでこちらがわに世界

エディオンをイオンの韻を踏む位置に眺めながらお料理ができますよ

ゴルフ打ちっぱなしの網に絡まってなかなか沈んでかない夕日

地下街の噴水だったのを今も地上のことのように思い出す

建ってない区画に茂ってた夏の黄色はジャスコからもよく見えた

視聴覚室で映画を観たのかも　渡り廊下に風ひどくって

屋上にあった小さな観覧車を記憶をたよりにしてうれしがる

成約のあかつきに貼る薔薇ですが　よかったらぼくちゃんやってみる？

おもちゃ売り場の階までの階のこと記憶のどこをあたってもこわい

飼ってもらえなかった犬に似てるのに飼いたがった気持ちを再現できない

着いて見上げても離れて見てたのと同じでかさでニトリの文字だ

静止画のスライドショーに観たのかも　体育館のとびら重くて

歌会潜入！

東直子のガルマン歌会

「面白い」をキーワードとして

《歌会は面白い　それがマナー》。このリード文がついた歌会案内がメールで送られてきたとき、はっとした。マナーとしての「面白い」には、参加者全員に面白がってもらえることと、自分自身が面白いと楽しむ気持ちがあるということの二つが必要であることを示唆している。

現在、ツイッターで「歌会」と検索すると、全国のいろいろな歌会が引っかかってくるのだが、「ガルマン歌会」が初めて行われた二〇〇五年には、ウェブの連絡ツールを利用した自由参加型の歌会はほとんど存在していなかった気がする。ガルマン歌会は、誰でも参加できる歌会の草分けであり、ノーヒエラルキーの歌会の基本的なモデルとなったのは間違いない。ガルマン歌会は、谷川由里子さんと五島諭さんで立ち上げ、後に堂園昌彦さんが運営にかかわり、永井祐さんなど元早稲田短歌会のメンバーが中心となって、ほぼ月に一回のペースで続いている。

二〇一八年四月二十一日（土）十七時三十分、元祖フリーダム歌会を取材すべく、渋谷ルノアール公園通り店で開催された第一九〇回に参加した。前の歌会で一番票を集めた人が「ガルマン」と呼ばれ、次の開催場所や方法を決め、詠草の取りまとめと司会を行う。歌会の詳細はツイッターとメールで発表され、参加希望者は、詠草をガルマンに送る。当日誰が来るのか、ガルマン以外は知らない。「サンカク」（短歌同人誌）のガルマン歌会特集のインタビューで谷川さんが「歌会って、ロックでいうとライヴなんだよね」と述べている。毎回世話人もメンバーも異なる一期一会の集まり。音楽への熱い思いを抱いてライヴに集まるように、言葉への愛を携えて誰に会うとも分からない場所へ向かうその心は、確かに似ているかも。

さて、第一八九代目ガルマンの堂園昌彦さんによるこの日の歌会は、自由詠十四首から一人で三首を選ぶ互選方式。話題になった歌の評を一部ピックアップする。

何もない空き地に向ってきみは笑う春から力を引き出すように　堂園昌彦

泉「藤原定家の〝見わたせば花も紅葉なかりけり浦の苫屋の秋のゆふぐれ〟の春版のよう」。石井「〝春から力を引きだす〟に説得された。これだけ君についてうるさく言っているのに、歌がうるさくない」。谷川「君が力を引き出しても春はしぼまず、逆に春がふくれあがってくる。わざわざ空き地に何もないと描き、何もないことの対極として春がある。〝君〟が女神化されずちゃんと生きている」。

春にしてショートカットキーを覚える　このドアからは屋上に出る　左沢森

山階「〝春にして～〟という決まり文句的な言い回しに〝ショートカットキー〟という専門性があるものを充て、ずらしを入れておもしろさが生まれた。ショートカットキーを覚えてパソコンが楽になることと、屋上に出れば視界がぱっと開ける感覚とが無造作に並べられ、なにかしら開けている感覚でつながっていて気持ちがいい」。石井「近道のわくわく感。ロジックでは読めないはみ

第一九〇回ガルマン歌会　詠草一覧

春にしてショートカットキーを覚える　このドアからは屋上に出る　左沢森

シーラントだらけの奥歯、嫌いなの？　でも歌ってる君は本物　雪吉千春

雪空をちぎったようなマニキュアの爪に触れたらおびえる舌よ　山階基

ビスケットを叩いて割って二個にするようなもんだよ解釈なんて　石井僚一

放し飼いにされた嘘をうかばせて夕暮れになる　卓上に火を　東直子

カタツムリ午睡にさそふうずまきのしだいにおそく思ひ出す夏　こうさき初夏

世界中の緑のあたまをなでながら走り去るすべをよくみておくね　谷川由里子

ホログラムの猫が見ている夕方の道に落ちてるコロコロコミック　永井祐

十字路よりT字路が好きいつのまにか紛らすことだけ上手になって　泉茫人

磔刑の絵を観た帰り紙屑を丸めたように散らばるツツジ　ユキノ進

何もない空き地に向ってきみは笑う春から力を引き出すように　堂園昌彦

かつて馬だった速度はそこにあり曲線的に埋葬された　左久間瑠音

七色の滝を見たのは夢じゃなく高田馬場だったように思う　藤井夏子

菫を青いと思ったことのない心かかげて渡るあかときの橋　服部真里子

出しが楽しい」。

雪空をちぎったようなマニキュアの爪に触れたらおびえる舌よ
山階基

石井「マニキュアの爪に舌でふれる独特の体感。二人の人間の間で行われたことだろう。上の句の比喩はそれほど成功しているようには思わない」。雪吉「キスをしている最中の舌がおびえている、と取った」。服部「〝ちぎる〟は、痛みを伴う語。繊細な傷つきを捉えているのでは。ただし雪空との組み合わせによってメルヘン感が出てしまうのはよくない」。堂園「この舌は誰なのか？」。

七色の滝を見たのは夢じゃなく高田馬場だったように思う
藤井夏子

永井「〝高田馬場〟という固有名詞で小気味よく決まる。上の句はくっきりしているのに、下の句でぼんやりと詠みくずしているところが面白い」。山階「意識がいったりきたりしていて、断定もしない。高田馬場を知らない人がどう感じるのか、謎の鍵を開けそうな可能性がある」。

などなど、予定時間の二十時三十分まで、真剣な評の応酬は続いた。鋭い読みによって歌が新鮮な輝きを増してくる様を目の当たりにして脳があたたかく興奮していく。最高得点歌は堂園さんの歌。常に穏やかかつ冷静に司会進行をしつつ、ガルマンの座をキープ！　静かな炎をたたえる微笑がまぶしい。二次会のエスニック料理店での、えもいわれぬじゃがいも料理がとても美味だったことを最後に報告してレポートを終える。

学生短歌会からはじまった①

春の背表紙

土岐友浩

大学のメディアセンターで「京都」「短歌」と検索したら、「京大短歌」というのがヒットして、自分の大学に短歌会があることをはじめて知った。——というのが、なんだかあっさりしているけれど、僕の学生短歌会との出会いである。

二〇〇四年の春、僕は大学二年生だった。鴨川にほど近い会館の一室を借りて行われているという歌会に、飛び入りで参加した。当時の詠草集を見直すと、その日の参加者は、僕を含めて十一人。

僕は穂村弘の歌集を一冊読んだくらいで、しかも読んだと言っても、ほとんどちんぷんかんぷんだった。それでも、わからないなりに惹かれるものがあって、短歌会に行けば、短歌がわかるかもしれないと、足を運んだのだ。当然、歌会とはどういうものかも、よく知らなかった。

限りなき無音の境地　桜樹の言葉のごとく花の散る森

僕がはじめて参加した歌会の、最初の一首。無記名なので、誰が詠んだ作品かはわからない。その状態で、司会に指名された人が、発言をする。もうひとり発言。いくつかの議論が活発に交わされた。

なんというか、それは僕が漠然と抱いていた「短歌」のイメージと、かけ離れたものだった。国語の教科書や便覧に載っている短歌を一人で読むときとは、まったく違う。いま、目の前にいる人たちがつくった、つくってきた短歌がここに持ち寄られ、そして視線を上げれば、この歌の作者たちが、そこに並んでいるのだ。とても不思議な感じがした。

「よろしいでしょうか。では、一首目の作者は北辻千展（ちひろ）さんでした」と、司会によって最後に作者が明かされると、歌会の空気が切り替わる。僕を含めて初参加者が三人いたので、自己紹介。北辻さんは蛋白質の研究をしている大学院生だという。

——と、はるか昔の思い出話を始めてしまったのは、学生短歌会といえば、なによりもまず、歌会だからだ。

会誌の発行や、吟行、合宿など、学生短歌会の活動にはいろいろあるけれど、定期的に行われる歌会が、その中心なのは間違いない。

僕は結社には入らず、まだSNSもなかったから、歌会だけが自分の短歌を「見てもらえる」場所だった。

作曲家の團伊玖磨（だんいくま）は「作品は演奏されなければ完成しない」と言って、みずから指揮棒をふるった。短歌も、テキストを57577のリズムに乗せた「歌」にして読んでくれる人たち——読者がいて、はじめて作品として成立する。

僕の実感では、現代短歌の人気というか、知名度は十年前と比べても桁違いに上がっていて、きっと短歌創作に興味がある方も多いのではないかと思う。

実作のノウハウはひとまず措いて、ひとつ言えるのは、短歌では「誰かに見てもらう」ことが、とても重要だ。結社や、新聞歌壇などの公募の場には「選」がある。SNSの「いいね」も、一種の「選」のようなものかもしれない。

僕自身は、ほとんど「選」を受ける機会がなく、月に二回の歌会で、短歌を学んだ。

歌会では、その歌の疑問点や、その場に飛び出した名言（？）など、なにかとメモをとるものだけれど、当時の詠草集を見ても、北辻さんの歌については、何も書かれていない。そのときの僕は、何をメモしたらいいのかも、わかっていなかったのだろう。

いま読むと、モチーフは笹井宏之さんの「ねむらないただ一本の樹となってあなたのワンピースに実を落とす」と似ているようだ。樹が降りこぼす「花」や「実」は、しずかに手渡されたメッセージなのだ。ただ、やはり北辻さんの歌は全体的に硬いというか、「限りなき無音の境地」は言葉がこなれないし、下の句の「桜樹」と「花の散る森」も、語が重複している。

それでも、ちょうど本棚の本の背表紙に手をかけたように、この歌を読むと、僕は自分が短歌を始めたその日の記憶をすぐに引き出すことができる。鴨川に残っていた桜。歌会のあとに移動した喫茶店のコーヒー。短歌は一行の索引として、いま、僕の心に残っている。

きっと歌会に行っていなければ、僕はその春の手ざわりを、忘れてしまっていただろう。歌会ができる場は全国にたくさんあって、いまの時代はアクセスもしやすい。僕自身も学生短歌会にかぎらず、いろいろな歌会に参加した。ウェブ上の掲示板で歌会をしたことも何度かある。短歌の勉強になるという以上に、歌に出会うこと、そういう経験自体が、ふり返ればかけがえのない記憶になっていくのだ。

学生短歌会とは、なんだろうか。もちろん「学生短歌会」という大きな組織が存在するわけではない。部活やサークルと同じように、それぞれの大学に短歌会があるというだけだ。卒業して会を離れた人、途中でやめてしまった人、そこに在籍していた人の記憶の数だけ、学生短歌会はあるだろう。

そんな学生短歌会で出会ったいくつかの歌を手がかりに、僕は自分の記憶をたどってみたい。

染野太朗とゆく!!

文学館めぐり 北原白秋記念館（福岡県柳川市）

今回の同行人／石井大成　黒川鮪

「ねむらない樹」発刊にあたって打合せをするなかで「短歌とは必ずしも関係のない、肩の力を抜いて楽しめるようなコーナーもあったら、緩急がついていいですね」「じゃあたとえば、編集委員の誰かが全国の文学館をめぐる、とかどう」「文学館だけじゃなくて、その周辺情報も紹介するようなページ」という話が出たとき、僕は真っ先に「それやります」と手を挙げた。千葉聡さんが「それ自分もやりたい」とおっしゃるのを「いや、僕ひとりでやりますんで」と失礼かつ変な独占欲を丸出しにして遮り「全国各地の大学短歌会のみなさんとめぐれたら嬉しいです。大学短歌会はどこも今とても盛り上がっているし、若い人たちとも協力して誌面をつくれたら、新雑誌のコンセプトにも合うと思うんです」とさらなる要求までして実現したのがこの企画だ。

第一回は、僕自身の住む福岡から。詩人であり歌人の、北原白秋（一八八五〜一九四二）の生家と記念館を訪れる。まずは、白秋の第二詩集『思ひ出』（一九一一年）から、一篇の詩を紹介したい。

水路

ほうつほうつと螢が飛ぶ………
しとやかな柳河の水路（すゐろ）を、
定紋（ぢやうもん）つけた古い提灯が、ぼんやりと、
その舟の芝居もどりの家族（かぞく）を眠らす。

ほうつほうつと螢が飛ぶ………
あるかない月の夜に鳴く蟲のこゑ、
向ひあつた白壁の薄あかりに、
何かしら燐のやうなおそれがむせぶ。

ほうつほうつ螢が飛ぶ………
草のにほひする低い土橋（どばし）を、
いくつか棹をかがめて通りすぎ、
ひそひそと話してる町の方へ。

ほうつほうつと螢が飛ぶ………
とある家のひたひたと光る汲水場（クミツ）に
ほんのり立つた女の素肌
何を見てゐるのか、ふけた夜のこころに。

抒情小曲集『思ひ出』（柳河版）

四月二十一日（土）八時四十五分、西鉄福岡（天神）駅に集合。九大短歌会代表の石井大成くん、福岡女学院大学短歌会代表の黒川鮪さんと待ち合わせて、九時ちょうど発の西鉄天神大牟田線特急に乗り、柳川へ向かう。

西鉄柳川駅には五十分ほどで到着した。柳川市は福岡県南部に位置し、有明海に面する。柳川といえば、現在特に有名なのは「川下り」と「鰻のせいろ蒸し」だろうか。駅を出ると、川下りどうですか、と呼び込みをやっている。そこでさっそくチケットを購入し、乗舟客専用のマイクロバスに乗り、川下り乗舟場へ向かった。

「柳川」という地名（柳川は戦後からの表記で、かつては柳河と記した）だから、川下りの「川」は河川だと思われがちだが、そうではなく、今から四百年以上前に築城された柳河城のお堀の名残りである。このお堀の一部を「どんこ舟」と呼ばれる小さな舟に乗ってめぐる。水路は柳川の町を縦横に走っている。何艘ものどんこ舟がそこを行き交う。

取材した日は初夏の好天に恵まれ、また週末だったということもあり、定員が二十名ほどのどんこ舟はほぼ満員だった。舟頭さんが棹をさし、舟はゆったりと進む。

舟頭さんは終始たのしく話をしてくれる。それはもう「話芸」と呼べる域に達していて、ここにうまく再現できないのが悔しい。水郷柳川の歴史や、お堀とともにあった人々の暮らし（かつてはお堀の水を生活用水としても使っていたそうだ）、お堀に沿っていきいきとした緑を育む樹木、色鮮やかな花（この時期は赤や白のつつじが見事だった）、舟でくぐる橋の名前、見えてくる小学校が妻夫木聡の母校であること等々を、ときに白秋作詞の唱歌も交えながら、機嫌よく紹介する。

一時間ほどのコースだったが、周囲の景色をのんびりと眺めながら水の上を行くのは、最高に気持ちがよかった。石井くんと黒川さんも楽しそうにしていた。

そしていよいよ〈北原白秋生家・記念館〉である。白秋と言えば、もちろん短歌だけでなく、詩や、校歌・唱歌の作詞等でも有名だが、それらがその人生の軌跡とともに、白秋初心者にもわかりやすく展示されている。柳川の歴史や民俗もわかる。白秋の関連本も購入できる。特に僕がおすすめしたいのはビデオの上映コーナー。白秋の人生が、柳川の美しい風景や白秋自身のさまざまな写真を交えて、詳細に、かつ簡潔に、二十分ほどで紹介されている。

ところで僕は、記念館に入ってすぐ、石井くんと黒川さんにちょっとよいところを見せようと、記念館のことや白秋のことを解説しはじめたのだが、ふたりの相槌はどうにも素っ気ない。しかも、得意げに話す僕に気を使って微妙な表情になっている。申し訳ない。ふたりは完璧な下調べをしてきたのだった。ということで、このへんで文章をふたりに預けようと思う。記念館を出てから訪れた〈やながわ有明海水族館〉、〈喜よし食堂〉のちゃんぽん、〈椛島氷菓〉のアイスキャンデー、どれもが印象深い。「文学館めぐり」、幸先のよいスタートを切ることができた。

北原白秋と柳川

北原白秋は一八八五年、山門(やまと)郡沖端(おきのはた)村（現・柳川市沖端町）の商家の長男として生を受けた。詩歌を志し、一九〇四年に早稲田大学英文科予科に進学するまでの十九年間を柳川で過ごしたこととなる。ちょうどこの原稿を書いている自分が十九歳であることを考えると、その文学への情熱や行動力には遠くにいながら脱帽する。歌人としての北原白秋は伝習館中学時代に雑誌「文庫」に短歌を投稿することからはじまる。

東京に進学してしばらく若山牧水らとともに創作を続けた白秋がつぎに柳川に戻るのは、与謝野鉄幹らとともにめぐった「五足の靴」でのことだ。鉄幹、白秋の他にも太田正雄、平野万里、吉井勇も参加したこの紀行では、柳川を訪れた際、白秋の生家に連泊し、実家の酒蔵を見学したという。九州をめぐったこの旅によって得たキリスト教的感覚は、白秋の創作にも大きな影響を与えた。

いずれにせよ白秋の感性の基礎は柳川という地域が成したといっても過言ではない。実は今回初めて白秋の歌集をじっくり読んだのだが、印象的だったのはその鮮烈な色彩感覚だ。第二歌集『雲母集』（一九一五）にこんな歌がある。

恋しけど今は思はず蓴菜の銀の水泥を掌に掬ひ居つ

言われてみれば確かに、蓴菜や蓮根の生える池の泥はどちらかといえば灰色に近いものがある。だが少なくとも自分にとって、それは銀ではない。「事物を何色として見るか」という感覚は幼いうちに培われた感受性と非常に近い部分があると思う。今回柳川に取材に訪れた印象は、柳川という町全体が明るい（雰囲気的なものではなく物理的に）ことだ。家々を縫うように水が流れているからだろうか。取材の日は快晴だったが、おそらくは天候によって様々な光の形を見せてくれるのだろうと思った。光溢れるこの地で育った白秋は、蓴菜の泥にもまた光を見いだしたのだろう。

ある意味故郷柳川と決別する形で文学の道へ進んだ白秋は第二詩集『思ひ出』において柳川を「廃市」「水に浮いた柩」などとも称した。白秋にとって柳川は、故郷でありながらどこか受け入れがたい場所であったのかもしれない。しかし例えば同じ『雲母集』の端々に見られる、

石崖に子ども七人腰掛けて河豚を釣り居り夕焼小焼

一心に遊ぶ子どもの聲すなり赤きとまやの秋の夕ぐれ

のような子どもの姿に対する叙情の歌に伴うのは、色彩豊かな赤々とした夕暮れだ。白秋がふと童心に返るその瞬間、脳裏に浮かぶのはやはり故郷柳川の色彩であったのだろう。

その晩年病に冒された白秋が家族とともに故郷に帰ってきたのも、幼い頃に見た風景にもう一度出会うためだったのかもしれない。

（石井）

北原白秋生家・記念館

どんこ舟を降りるとそこがもう沖端町で、北原白秋生家まで歩いて五分だった。白秋の実家はもともと海産問屋を営んでいたが、白秋の父親の代からは酒造業を主としていた——知らない人にそれを言えば即「だろうな!」と返ってきても納得できるくらい、いかにも造り酒屋といった外観である。

中に入るとまず、北原白秋の生家。入ってすぐのスペースは土間作りで、壁沿いに出版物等の展示のガラスケースが設置されている。奥のスペースには白秋の全身写真がパネルとして置かれ、スピーカーからは肉声が聞こえる。

展示のほかにも、畳敷きの部屋に上がって、実際の生活空間を眺めることができる。

生家を抜けた先には水路が見え、それを抜けると記念館がある。水路には洗い場もあって、そこに案内板が設置され、かつて白秋が罰ゲームで川に落とされた、というエピソードが紹介されている。

ガラス張りの入口にまた白秋の全身写真が描かれていて、白秋が立体的に浮かび上がる。ガラスにモノクロで描かれているから、光の加減によっては見えにくく、油断して近づくとぎょっとするかもしれない。

一階は柳川を軸にした展示。「水郷柳川」「柳川の歴史」「柳川の民俗」と三つにテーマ分けされている。有明海の生き物や干潟にも触れられていて、かの有名なムツゴロウとワラスボの漁法なども紹介されている。

二階は北原白秋について、年表や出版物とともに、白秋愛用の帽子や時計なども展示されている。展示室の手前に解説ビデオの上映コーナーがあり、先にビデオを観てから展示をめぐる、のコースもきっと楽しい。

生家と記念館を見学しながら、三人で特に盛り上がったのは、白秋が「ブリヂストンタイヤ行進曲」や「初恋小唄(カルピス製造会社)」、「白洋舎社歌」「ラヂオ賛歌」など、さまざまな社歌や校歌、民謡などを作詞していることと、近現代歌人の系譜について。系譜に至っては、あらゆる有名歌人の子弟関係や結社などの所属が、一枚の大きなパネルに、樹形図として詳細に記されている。

見回っても疲れない、ちょうどいい広さに柳川と白秋の展示がぎっちり詰まっている。一~二時間で十分に堪能できる。(黒川)

開館時間　九時~十七時
入館料　おとな　五〇〇円
　　　　こども　二五〇円

やながわ有明海水族館

白秋生家からほど近くにある民営の水族館。ムツゴロウなど、柳川や有明海の生物が数多く見られる。運営を学生団体が行っており、その独特な生態系で知られる有明海の干潟を再現した展示も興味深い。地域密着型の水族館だ、などと思いつつ奥のブースに足を運ぶと、古代魚をはじめとする大型の魚類が一堂に会した大型の水槽があり圧倒される（しかも餌やり可）。密度の濃い魅力ある水族館だ。平日は十二時〜十六時三十分、土日・祝日は十時〜十七時に営業。入場料は二〇〇円（高校生以下は無料）で、定休日は火曜日。

（石井）

喜よし食堂

柳川のほとりに佇む食堂。創業から六十年以上たつ店であり、北原白秋にならぶ柳川ゆかりの文人、檀一雄も通ったという（店内にはサインも飾られている）。メニューは基本的にちゃんぽん・うどん類とシンプルだが、このちゃんぽん、ボリューミーであるにもかかわらずするすると完食してしまうくらい美味しい。値段もちゃんぽんの普通盛りが七三〇円とお手頃。どこか懐かしいお店の雰囲気も魅力のひとつだ。営業は十一時〜十四時で、定休日は木曜日。日曜・祝日も営業している。

（石井）

椛島氷菓

白州記念館から徒歩で十分ほどの場所にあるアイスキャンデー屋さん。マンゴー、あまおう、ブラッドオレンジ等のフルーツや、小豆、塩あずき、抹茶、ソーダ、ミルク、他、いろんな味がある。染野さんは期間限定のさくら味、石井くんは宮崎出身ということでマンゴー。私はあまおうを食べた。店内に庭を見渡せる休憩スペースがあるので、のんびりアイスキャンデーを味わえる。インスタ映え必至。営業は十一時〜十六時で、水曜定休。

（黒川）

文学館めぐりを終えて

「北原白秋といえば？」と聞かれれば「合唱」と答える自信がある。高校大学と合唱に携わるなかで、何度も白秋詞の曲を歌った。白秋の詩と男声合唱の親和性にはいつも心躍らされる（そういえば初めて歌った男声合唱曲は組曲「柳河風俗詩」の「柳河」だった）。柳川には一度家族旅行で訪れているし、実は白秋、そして柳川には二十年弱の人生にしては意外なほど縁がある。取材中はというと柳川という町のすべてが新鮮に映り、始終きょろきょろしていた。船頭さんの歌声ののびやかさや、立ち寄った喫茶店で僕が注文したハニーラテにハートのラテアートが施されていたことなど。原稿には生かせないものまでたくさんのことがほわほわとして残っている。

さて、せっかくなのでまとめらしきことも。柳川という水流は現代にあって人の生活の中心となっていると思う。堤防も何もなく街の中に堀が巡り、家々の間を舟が行き交う。そこに食が、仕事が生まれ、街全体の生活が宿っているようだった。そして白秋という文人の感性もそういった生活の中で養われたのだろう。白秋生家の内にも水流の一部が流れ込んでおり、幼き頃、罰として父親にそのなかに放り投げられたという。子育ても生活。水によって人の生きる、ひとつの地域としての「柳川」には、白秋も送ったであろう生活を確かに感じられた。

日だまりのようなつつじの木に町の誰かが干す誰かの半ズボン

九大短歌会　石井大成

三月の半ばに、染野さんからTwitterのメッセージで連絡をいただきました。私はそのとき、（もしかして、私は何かとんでもなく悪いことをやったのではないか、染野さんに叱られるのでは）と内心震え上がりました。まあ、この企画のお誘いだったわけですが。

連絡を取りながら、一度福岡の天神で顔合わせ。入念に打ち合わせをしました。

柳川を訪れたのは今回が初めて。さすがに水郷だけあって、川下りと水族館の印象が強いです。川下りの終盤、亀が死んでいた。あ、亀も死ぬんだよな。と思いました。それに、水族館の大水槽。「必要とあらばお前ら取って食う」とか言いそうな巨大魚たちが、ぞろぞろ群れていて少し怖かったです。

白秋について、事前にある程度の下調べはしたつもりでいたのですが、記念館で知った女性関係は思っていたよりも生々しくて、とても良かったです。白秋役を浅野忠信で映画化してほしい。

白秋の母の実家は熊本県玉名郡南関町だそうです。私も熊本出身。熊本では「南関揚げ」という油揚げが有名なのですが、福岡に出てきてから見かけないので急に思い出しました。

北の原の白い秋って実景が見える名前はずるいと思う

福岡女学院大学短歌会　黒川鮪

編集委員の目

アンソロジーがないと生きていけない

千葉聡

図書館に眠っていた『現代短歌集』

　年に数回は「映画を撮影させてください」などとお願いされる。桜丘高校は、ほどよく古く、時計塔、長い渡り廊下、見晴らしのいいグラウンドがあり、ロケ地として魅力がある。少年少女の交流を描いたドラマの舞台として最適だ。そして実際に、個性的な若者たちと、まぬけな教員ちばさとが、ドラマの主人公よりももっと深く、ここで生きている。

　だが、校内で俺がいちばん好きな場所は図書館だ。多くの学校には図書室があるが、単独で建っている学校図書館は珍しい。短歌の友人が遊びに来ると、必ず図書館へ案内する。百人以上が着席できる閲覧室、個人文学全集が充実している書架（なんと『クローニン全集』や『宮柊二集』まで全巻揃っている！）。半地下の書庫には、大学図書館にもなかった貴重書がある。

「先生、短歌を書いてみたいんですが」

　放課後、図書館で調べものをしていたら、ある少年が声をかけてくれた。

「いいね。一緒に歌人になろう」

　俺が笑うと、少年は驚いた顔になった。

「反対しないんですか？　『文学の道は険しいぞ』と言われるかも、と心配していたんですけど……」

「歌人は職業や肩書じゃない。生き方だ。だから、志のある人は、みんな歌人になってもらいたいんだ。短歌を詠んだり読んだりすると人生が変わるよ。短歌って、心の自由を守ってくれるお守りだから」

　俺は、せっかくのお客さんを逃してはいけないと「短歌屋さん」の店員になる。

「でも、本当にお守りなんですか？」

　少年は書棚から抜き出した一冊を手にしていた。筑摩書房「現代日本文学全集」の『現代短歌集』。落合直文から近藤芳美までの六十一人のアンソロジーだ。

短歌は難しい？

　ちゃんと話がしたくなり、ラウンジへ移動した。ソファーには夕陽が溜まっている。

「古い本だなぁ。一九五七年発行って、まだ俺も生まれていないじゃん」

「ちばさと先生はツイッターで短歌を紹介してますよね。なんか面白そうだと思ったんです。図書館で短歌の本を探したら、この本が見つかって、まず読んでみようと思って……。でも難しすぎて、辞書がないと読めません。短歌って難しいんですね」

彼は、真っすぐな思いから、この本を手にしてくれた。だが、六十年前のアンソロジーを読ませるのは気の毒だ。

「これは確かにいい本だ。でも、もっと新しいアンソロジーがあるから、明日、持ってきてあげるよ」

帰宅してから、寝室の本棚を見てみた。講談社学術文庫の高野公彦編『現代の短歌』、新書館の小高賢編『現代短歌の鑑賞101』、左右社の山田航編『桜前線開架宣言』。アンソロジーなら何冊もある。

今後もさまざまなアンソロジーを

次の日の午後、これらの本を彼に見せた。

「こんなにいろいろあるんですね」

高野公彦と小高賢のアンソロジーは、六十年前の文学全集に入っていた歌人から、現在アラフィフ（五十歳前後）の人までを収録している。一方、山田航の本は、五十歳よりも若い歌人だけを収録している。二人でページをめくり、「この歌、面白いなぁ」「これも面白いなぁ」と語り合う。

「じゃ、先生が心のお守りにしている短歌は、どれですか?」

少年は、手帳を開きながら質問した。俺は答えに詰まった。

「えーと。俺が好きな歌人の作品は、こういう本にはまだ入っていないんだ」

「そういえば先生がツイッターで紹介している面白い短歌が載っていませんよね」

呼吸する色の不思議を見ていたら「火よ」と貴方は教えてくれる　穂村弘

泣きながらあなたを洗うゆめをみた触角のない蝶に追われて　東直子

ふたしかな星座のようにきみがいる団地を抱いてうつくしい街　佐藤弓生

気づくとは傷つくことだ　刺青のごとく言葉を胸に刻んで　枡野浩一

川のない橋をふたつと歩道橋ひとつへだててきみは眠る　北川草子

穂村弘や東直子は、小高の別のアンソロジーには収録されているが、佐藤弓生や枡野浩一はまだ収録されていない。また、若くして世を去った天才歌人や、名歌集を数冊残して作歌をやめてしまった歌人は、なかなかアンソロジーには入らない。北川草子の歌集は、現在流通していない。そういう歌人の名歌を、今こそまとめないといけないのではないか。

自分が大好きな短歌を、生徒たちの心のお守りになるような名歌を、なんとか一冊にまとめたい。新たなアンソロジーが欲しい。そんな思いから『短歌タイムカプセル』は生まれた。東直子、佐藤弓生という尊敬できる歌人と共編できたことも嬉しかった。

アンソロジーがないと生きていけない。有名歌人の個人歌集しか出版されなくなったら、あまりに淋しい。今後も、さまざまなアンソロジーが刊行されることを願っている。現代短歌の豊かさを、多様性を守り続けたい。

あの少年は『短歌タイムカプセル』を読んでくれただろうか。

文鳥は一本脚で夢をみる
梅崎実奈の新刊歌集レビュー

持続しないための持続をめざして

初谷むい『花は泡、そこにいたって会いたいよ』（書肆侃侃房）
山川藍『いらっしゃい』（角川書店）
水原紫苑『えぴすとれー』（本阿弥書店）
岡井隆『鉄の蜜蜂』（角川書店）
穂村弘『水中翼船炎上中』（講談社）
大森静佳『カミーユ』（書肆侃侃房）

二〇一八年六月現在、過去最高発行部数二八〇万部、しかし実際のところ一体どれほどの読者が世に存在しているかは今もって不明のカオス〈歌集〉の世界。二八〇万部の歌集は千円だったが二千円とか三千円なんてざらというまあまあお財布に忍びない格好の、それでもなお手にすること厭わぬべきをぐっと差し出す、それがこの連載の主旨であります。読者不明とはいえここに目を向けている時点でもはやあなたが一介の読者になる可能性はひらかれてあって、そんなあなたのための連載初回、ここ半年間の歌集のなかから六冊をご紹介します。

先日サンリオショップへ行ったらパステルピンク基調のウサギのキャラクターグッズが売られており、絵柄の脇に〈ＴＡＮＯＳＨＩＩＮＡ〉と書かれていることに気づきました。おおこれは……なんという屈託のなさ……一瞬、思考停止に陥れられるローマ字表記の言葉にしずかな感動を覚えながら、その圧倒的幸福感あふれるグッズをがんがんカゴに放り込んでいる自分がおりました。

イルカがとぶイルカがおちる何も言ってないのにきみが「ん？」と振り向く

カーテンがふくらむ二次性徴みたい　あ　願えば春は永遠なのか

どこででも生きてはゆける地域のゴミ袋を買えば愛してるスペシャル

エスカレーター、えすかと略しどこまでも　えすか、あなたの夜をおもうよ

初谷むい『花は泡、そこにいたって会いたいよ』は、愛する存在と瞬間をめいっぱい祝福するための言葉に満ちみちている歌集です。句読点やマス空きや促音を駆使した独特のリズムは、何とはない日々のなかにあって放っておいたらすぐ消えてしまう狂おしく愛しい瞬間を、躍動感あるまま見事にキャッチし真空パックしています。「愛してる」だけじゃ足りない、もっともっと最高の祝福のための〈愛してるスペシャル〉。無機質で孤独なものに名を与え特別に愛でる〈えすか〉。ここには破裂しそうな多幸感と肯定感しかありません。

しかし実際この世は隅々まで幸福にみたされているわけではないし、性善説だけでできてもいないし、見ようによっては独善的にも思えます。〈よい〉〈きれい〉〈げんき〉とか漠然とした表現が頻繁に現れるのもやや不安になる。だけど、サンリオショップへ行く、ただ行くどころかもはや通い詰めてしまう我が事を思い返してみると、なぜこういう世界観や表現になるのか痛いほどよくわかるのです。どんなに忙しくとも向かうその空間には、世に蔓延る悪意や失望は一切なく、ファンシーであたたかく優しく、カラフルで夢のような価値観の世界だけがあることを知っているからです。だから生活で心がぼろぼろになればなるほど行く頻度が劇的に上がる。ここに来れば心を痛めつけられることはないから。『花は泡』にはこの現実社会の圧力が直接的には描かれていませんが、店に通い詰める焦燥感の背後にあるように、それは隠されているのだと思います。つよく印象的な造語、意味に絡み取られすぎない漠然とした表現で覆い被せなければ、積極的に多幸感を身にまとわなければ、たちまちこちらが覆われ壊されてしまうほどのパワーをもった現実の圧力が。だからこそこの儚い、ほかの何にも代えられない幸福な瞬間を、全力で言祝がずにはいられないのでしょう。

社会の一般的な価値観になじめず苦しいからといっていつまでも外部を遮断しているわけにもいかないし、実際問題いったいどうすればいいのか。山川藍『いらっしゃい』はそれに対するひとつの答えをごく自然にかつ不自然に、新鮮なかたちで描いたとても画期的な歌集です。

なんだあのカップル十五分もおる「あーん」じゃないよ　あとで真似しよ

履歴書の写真がどう見ても菩薩いちど手を合わせて封筒へ

「天国に行くよ」と兄が猫に言う　無職は本当に黙ってて

カップルが公衆の面前でいちゃこいている。だけどイライラだけで終わらずあとで真似しようと思いつく。履歴書の写真が菩薩に似すぎてヘン。だけど撮り直さずにとりあえず拝んでみる。天国に行くというあまりに一般的すぎる価値観の「いい話」にそれとは真逆の、だがこれまた一般的な負の価値観をぶつける。ここにあるのはほどけるような「笑い」です。基本くそまじめに生きているせいで世間への違和感を無視することはできないし、むしろそれに過敏に反応し、いちいちツッコミを入れてしまう、そしてそれが癖になって結果的に辛さがスルーされるだけでなく昇華さえされていく。これはすごくリアルな処世術です。

扇子って大人っぽくて恥ずかしい気がしたけれど三十三歳(さんじゅうさん)だ

大浴場のなかで出会って差し出すものがなく腕を出す

気のふれた妻の民話を思い出すピンクのセーターばかり六着

もう好きじゃないなと言えばじゃあ嫌いなのかと聞いてくる人滅べ

わからない君の放った難しい単語をあだ名にしてものにする

この歌集の大きな特徴は年齢や性別への自覚がうすいということです。女性だからとか男性だからとかいう以前に、ジェンダー感覚自体がそもそもうすい。何歳でどんな服をどれだけ着たってかまわない、それが世の価値観とはずれているとしても。だってそれが自分にとっての自然だから。感情は二分化できないし、年齢や性別で心が制限されることもない。これはオリジナルの遊びで笑いつづける永遠の子どものような自由さであり、その印象は切り絵の表紙でも見事に表現されています。現代社会のリアルを象徴しながらひとつの抜け道を指し示す、しかも全ページが面白い。存在自体が切なくも痛快で愛おしく、いつも鞄のなかに入れて持ち歩きたくなります。

水原紫苑『えぴすとれー』は鎖のように巻きつき苦しめてくる常識や、あらたに定められた理不尽なルールに対してつよい怒りをあらわにします。その怒りの表現は「〇〇反対」のようなスローガンやつまらない標語みたいなものではありません。

わがかつて犬神なりしさきはひのこの世に生きて鎖(くさり)をもたず

黄蝶飛ぶ枯野いつしか琴となりわれらは小(ち)さき琴柱(ことぢ)とならむ

さくらさくらに最もとほきいのちとてゴキブリをおもふ飛ぶもかなしき

この作家が元来もっている「存在が入れ替わる」という変身感覚は、世の中につねに在ってしかし自分とは遠い弱者／他者へのつよい思い、それが当事者意識としてあらわれたものです。でもこの歌集の魅力はそれだけじゃない。読み進むと突然ヘンなのが混じっていることに気づく。

天國のコンビニのおでん、三角形が祝福さるるよろこびありや

ハンバーグあらぬ天より子どもらが降り來て赤き地獄へゆけり

ビッグバン以前のにんげんひとりあらばイチローなるべしその黒き杖

気高さのなかにいきなり現れる〈コンビニのおでん〉〈ハンバーグ〉〈イチロー〉。何なんですかねこれ、と笑ってしまいつつ全篇にみなぎる超真剣モードを鑑みるにああそうか、このいわゆる大衆的なものこそが抑えつけてくる社会と闘うための、武器として描かれているんじゃないか。世の中のあり方を間違えるのは「大衆」かもしれないが、それに気がつき光ある別の方向へ動かしていくのもまた「大衆」なのではないか。だからこそ大衆的なものを歌のなかに投入し、なおも遠い他者を思いつづける。その心は気高い文体と交ざりあって異形の表情をもちながら、短歌という文学の道筋をあかるく照らしているように思います。

どうしても避けられない究極の現実に老いと死というものがありますが、**岡井隆『鉄の蜜蜂』**はそれと終始向き合いつづけており異様ですらある歌集です。

覚悟はついてゐるつもりだが覚悟にも何段階かあつて、昇れよ

くれなゐの果実は盲（めしひ）　あたたかくあまねくぞ樹（き）に守られながら

詩はつねに誰かと婚（まぐは）ひながら成る、誰つて、そりやああなたぢやないが。

いやあむしろ忘れるために今がある季節の外に合歓（ねむ）は咲いてて

岡井隆は現在九十歳。短歌という文学の先頭をひたすら走りつづけた過去と、現在と未来を思い、なにやら反省したり、経験や功績なんてまぼろしだとため息をついたり、それでも言葉を夢みたり、達観しているようでかなり右往左往しています。この本のカバーは変形の白と黒の紙が組み合わさってできていてはっきりしているけど、中身はどこまでいってもグレーのまま。特徴的なのは作品ごとの題で〈旧友Kの死の直後に〉〈宗教者に向かって富士山歌話をした〉〈税申告まで一箇月の日々に〉とか、これは「機会詩」といって何事かあるたび反応しその場の感情を表現していく、ツイッターみたいなものです。しかし迫りくる死というものに対してもあえてゆるい口調で呟いていて、「おなかすいた」とか他愛ない呟きと同じレベルの姿勢になっており、もはや別の次元へいっています。このカウントダウンみたいな本を読みながら絶対に目が離せないぞという気持ちを抱くのはとてつもなくグロテスクですが、それでもどうしたって目が離せない。読むごとに動揺と悦びとが同時にやってくるのです。

穂村弘『水中翼船炎上中』は入れ子を思わせる多層的なつくりをしています。ひとりの男性の子ども時代と中年期を描いた歌によって構成されたこの歌集からは、青年期の恋愛や青春という要素がすっぽり抜け落ちています。しかし幾重にも成るこの構造において真のテーマはそれでもなお、「愛」なのではないでしょうか。

白墨を握って外へ　なんとなくチャイムが違うような気がして

三十五歳までならあなたの背は伸びるマイクロフォンが叫ぶ夕映

新訳『星の王子さま』たちの囁きのなかを横切る旧訳のキツネ

ページをめくるごとに時を経てゆくこの歌集は、時の流れによって価値観が変化し、無邪気に信じていたものがどんどん反転し崩壊していきます。物事の価値は持続できない、つまり永遠ではないのです。永遠とは時が一直線に長くつづいてゆくことではありません。切れ切れの瞬間が連続してある、それが永遠の正体です。だからこそきらめく瞬間を繰り返し描くことで永遠性をもった子ども時代、しかし大人になると現実社会の常識に巻き込まれ、次第にそれにも慣れることできらめきのピーク自体が降下していってしまいます。

さらさらさらさらさらさらさらさらさらさら牛が粉ミルクになってゆく

舌の裏に置いたり腋に挟んだり肛門に挿したりのミサイル

キーホルダーからキーホルダーへ鍵たちがぴょんぴょん飛んでゆく夜の旅

スカートをまくって波の中に立ち「ふるいことばでいえばたましい」

海に投げられた指環を呑み込んだイソギンチャクが愛を覚える

時を経て現在を描いた終章に現れるのは「不安定」です。震災や戦争を彷彿とさせる不穏な歌は、章全体の不安定なムードを加速させています。ここで主に描かれる「引っ越し」と「海」というモチーフもまた安定とは逆のベクトルにあるものです。引っ越しは留まらず動くこと、海は危険で不安が常につきまとい心許ない。けれどどちらも特別なきらめきにあふれている。不安定であるということは永遠が瞬間の連続で動的であることとまさに関係があります。瞬間は瞬間であるからこそ輝く、しかし逆説的に輝いているものは一瞬であり安定して持続することはできない。この歌集には一貫して憧れと恐れが描かれていますが、その憧れと恐れの対象とは「不安定」であり、そしてその「不安定」のなかにしか最も輝く、真に求める愛は存在できないのです。安定のなかに愛は存在できない。動きつづける不安定のなかにしか、限りなくきらめく、魂を震わせるほどの愛は存在することはできない。終章は愛し合う者同士だけの閉じた世界ではなく、現実の不穏な圧力も存在する、価値の持続できない社会のなかでいかに永遠の愛が存在できるのか、その可能性を示唆している。イソギンチャクはその象徴でしょう。この歌集は時の流れを背景に、一度きりの生を懸けた永遠の愛の探求が描かれているのです。

大森静佳『カミーユ』は、他者と自分との距離や関係性、そのあいだに存在しながら互いを結び、かつ果てなく別ちつづける「言葉」という存在について、そしてその先にあり得る「愛」はいかなるものかを徹底的に考え抜き、精神も表現も限界まで研ぎ澄ませた鮮烈な歌集です。

遠景、とここを呼ぶたび罅割れる言葉の崖を這うかたつむり

時間っていつも燃えてる　だとしても火をねじ伏せてきみの裸身は

受難に遭遇した歴史上の女性たちをモチーフに魂の燃焼を描いていくこの一冊を貫いているのは「犠牲」の思想です。

わたくしが切り落としたいのは心　葡萄ひと粒ずつの闇噛む

唇（くち）もとのオカリナにゆびを集めつつわたしは誰かの風紋でいい

「犠牲」の思想には否定と肯定の両方の意味があります。受難にのまれた者たちは自ら選び取ってそうなったわけではない。その人以外の誰でもあり得たはず。でもその人になってしまった。これが否定、悲しみです。そして肯定は、誰しもが選ばれる可能性がある、だから自分自身の身を挺す。選ばれた私だからではなく、誰でもいいからこそ私を差し出す。それによって何が起こるか、それは自分ではない「他者が生かされる」ということです。孤独な犠牲によって他者が生かされるのなら自分自身がそうでありたい。これはかなり危うく臨界点ぎりぎりの思考で、単純な救いはありません。その極限は次の歌に最も深く刻印されているように感じます。

ずっと味方でいてよ菜の花咲くなかを味方は愛の言葉ではない

短歌で、詩の言葉でこの思想を書き切ったということに絶望的な気持ちにさせられました。絶望とはかなしみでありながらまた、希望の別称です。この先も短歌を信じていたい、そうつよく感じさせる、脆くも強靭な歌集の誕生をみました。

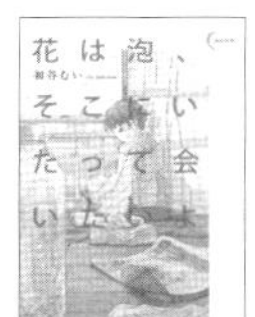

『花は泡、そこにいたって会いたいよ』

『いらっしゃい』

『えぴすとれー』

『鉄の蜜蜂』

『水中翼船炎上中』

『カミーユ』

書評

世界は、あなたが愛を見つけるのを待っている

杉江松恋

雪舟えま
『はーはー姫が彼女の王子たちに出逢うまで』（書肆侃侃房）

誰かを愛することは、とても大事。そして他の誰かを愛する心を持つ誰かがこの世には無数に存在するという事実に気づくのも同じぐらい大事だ。もちろん、その誰かたちの関係を無条件で肯定するということも。つまり恋人たちA+Bだけではなく、A+Bを愛でる私たちXの総和で世界はできている。雪舟えま最新歌集『はーはー姫が彼女の王子たちに出逢うまで』の題名は、それを端的に言い表したものだ。

前半には、若い夫婦の生活を描いた歌が並ぶ。**明日葉はそこいらへんに生えているまた食べられるとあなたは誓う**の歌では道端の野草を摘むつつましい暮らしが浮かんでくる。**詰め替え用を赤子のように抱きとる夜明けの西友よ永遠なれ**は、液体洗剤でも買いに来たものか。そういえば西友は二十四時間営業店舗が多いのである。

そうした夫婦の暮らしを歌った作品群に突如変化が生まれる。**おれたちははーはー姫の脳に降りハートを熱し肚まで落ちた**――雪舟の中に理想の恋人というべき二人の若者が誕生したのである。**キャラクターとして生きることに決めた地球は満員のようだからと**宣言する兼古緑と荻原楯だ。作者は言う、**君たちがどんなに素敵かを語りそのまま成仏しそうになった**と。

雪舟はここ数年、その〈緑と楯〉が登場する小説を続けて発表している。普通の若者として描かれる二人だが、作品の設定は時として変化する。神話のように時空間を超えて活躍する登場人物たちなのだ。無邪気で誰からも愛される楯と、その態度に嫉妬を隠せない緑という人物配置が眩い光を放っており、それに少し触れただけで読者も十万億土に旅立ちそうになる。

百パーセント混じりけなしの愛でできている恋人たちというのは、もちろん物語の中にしか存在しえない。だからこそ尊く有難いのである。『はーはー姫が彼女の王子たちに出逢うまで』は、〈緑と楯〉を発見することで雪舟が自らの人生を物語と同化させ、より純粋なものへと昇華させていく過程を描いた作品配置になっている。愛し合う恋人たちA+Bを見守ることが観察者Xの心を幸せにし、ひいては世界平和さえも実現するかもしれない、ということを、私は雪舟作品から学んだ。もっとみんな、はーはーすべきなのだと。

悲喜劇の不謹慎

大井学

山川藍『いらっしゃい』（角川書店）

　悲劇と隣り合ったドタバタ喜劇の滑稽さを語ったのはチャップリンだった。屠殺場に連れて行かれようとしている羊が必死に逃げ、けれど最後には当然、屠殺されてしまうことを自伝で回想していた。山川藍の第一歌集『いらっしゃい』を読み終え、そのエピソードを思い出す。

骨壺にダイヤのネックレスかける叔母に値段を言われふき出す

火葬場へ向かう猫入りダンボール「糸こんにゃく」とあり声に出す

「骨壺」の歌は、祖母の死に際してのもの。祖母がいつもかけていたものか、あるいはとっておきだったか。ダイヤのネックレスを骨壺にかける。「ふき出」したのは、叔母のいった値段が思いもかけず高かったか、安かったか？後者と思われるが、じゃあ幾ら？　いや。見送りの場でそんなこと…。そう思いつつ、これこそが山川の歌の不謹慎な臨場感だ。

「家族」だった猫を「火葬場」に運んでいく時、猫の棺は糸こんにゃくをいれていたダンボール。ここまでは普通。けれど結句の「声に出す」という破壊力はどうだろう。何を口にしてる？笑いを誘い、同時に現実の手触りを感じさせるのも、こうした一見不似合いな行動を、フラットな感情で描きだしているからだろう。

無職歴ベテランの兄新米のわたしと家の猫を取り合う

父親がおまえたちはと言ってからおまえと言い直していた兄に

　ベテランの「無職」である兄が、随所で渋く光っている。〈わたし〉との絡みは助演男優賞ものだ。付かず離れずの家族との関係は、家族は極楽でも地獄でもないことを知らせる。

わたしではなくてわたしの内臓をおもんぱかって母が泣き出す

大腸よ正職員になれるまで生きろバファリン二錠飲みこむ

家に着く前に正気にかえらないようにパピコは駅で食べない

　山川の〈わたし〉が〈わたし〉を認識するのは、職業や人間関係においてだけではない。わたしの「部品」である肉体を通してでもある。着脱可能であるかのような体を抱えた〈わたし〉は、「パピコ」の歌のように、社会的なペルソナを意識的に統御しもする。

生きていくことはしぬこと生長の塊として幼児が光る

　山川藍には、つまり人間の命のドタバタの悲喜劇を直観的に剔出する力があるのだ。真正の哲学者として。

テレパシーのような言葉

吉岡太朗

初谷むい
『花は泡、そこにいたって会いたいよ』（書肆侃侃房）

感じたことを、何も介さずに、そのまま誰かに伝えられたらどんなにすごいだろう。テレパシーみたいに。

ジュンク堂あげたいきみに　ジュンク堂わたしよりずっと役に立つから

この歌を読んだ時、初めは〝きみにあげたい〟の方が、リズムの通りがよいのではないかと思った。けれど思うに、この人物は仮にジュンク堂（書店）をきみにプレゼントする力を持っていたとしても、百パーセントの気持ちでそれをあげたいわけではないのだ。ジュンク堂をあげてしまえば、きみをジュンク堂に取られてしまうだろう。でも、たとえそうなろうとその方が君のためになるから、あげたいと思うのだ。あげたい五一パーセント、あげたくない四九パーセントくらいのところで迷ったぎりぎりの選択。そのぎりぎりの選択の結果を隠したいと同時に読み取ってもらいたいと思っている。そんな複雑な気持ちを読者に読ませてくる。

とおいところに赤いちかちか見えている夜しか見えないけどそこにある

そのひかりが確かに見えている、という実感が伝わってくる歌だ。普通に考えると〝夜しか見えない〟なんていう風に言ったら、見えているものの確かさは弱まるはずだし、夜の場面なのに昼の場面を想像して時間の焦点もブレるはずなのだが、不思議とそうなっていない。むしろ末尾に置かれた〝ある〟という言葉の全肯定的なパワーを引き立てる結果となっている。

電話中に爪を切ってる　届くかな　届け　わたしのつめを切る音

この歌も同様に〝届くかな〟に対する〝届け〟の弾むような力強さが伝わってくる。上の句と下の句の切れ目にこの二つの言葉が置かれていることが、どうもこのような効果を発揮しているようだ。

現在、この世にテレパシーはおそらく存在しない。けれど初谷は短歌という言語空間の中で、言葉の配列を工夫し、言葉の力を引き出すことによって、テレパシーのように気持ちを伝える言葉を産み出そうとしている。

あたらしい言葉を産もうわん♡にゃん♡からでいいわたしたちの言葉を

無力の中で

吉川宏志

ユキノ進

『冒険者たち』（書肆侃侃房）

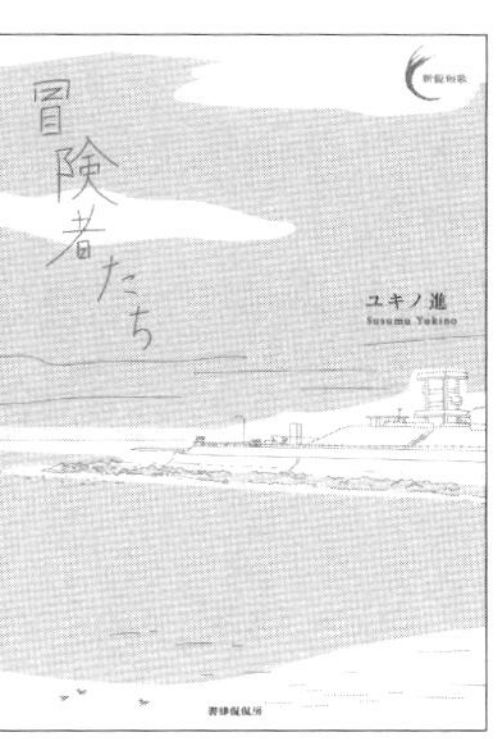

現代の企業の中で、抑圧されながら生きる男性の姿を描いた第一歌集。

往来で携帯越しに詫びているおれを誰かがビルから見ている

忠義とはこういうことか枕元に会社支給の携帯を置く

携帯電話で束縛されたサラリーマンの生活をリアルに歌う。悲惨だが、ほのかなユーモアに読者は救われる。

次はいつ帰ってくるのと聞く姉とだまって袖を握るおとうと

単身赴任を詠んだ歌もある。ドラマのようで、やや典型的かもしれないが、哀切で忘れられない一場面である。

商談の成否とかかわりなく雪は時間の分だけクルマに積もり

仕事の一シーンを切り取る力が優れていて、歌には何も書かれていないが、苛立ちや脱力感が伝わってくる。

ただ、それだけなら従来の短歌も歌ってきた内容だろう。この歌集の新しさを二つ指摘しておきたい。

農園に静々と降る長雨に先物価格はたちまち騰る

損益計算書がすこし傷んで躊躇なくコストと人を会社は削る

連作で並べられた二首。遠く離れた国の自然が、目の前の経済に影響を及ぼすさまを描く。グローバリズムと日常の生との関係を捉えようとする意欲が、歌集のスケールを大きくしている。

男より働きます、と新人の池田が髪をうしろに結ぶ

昼休み社員と派遣は別々に単価の違う昼食を摂る

五十円時給を上げる申請を手紙のように丁寧に書く

これ明日の朝イチまで、と言いかけて午前中にと指示をし直す

もう一つは、男性／女性、正社員／派遣の間の格差の問題を歌おうとしている点である。それに気づいても、組織の中ではほとんど何もできない。できるのは、わずかに時給を上げたり、仕事の納期を遅くしたりするくらいだ。しかし何かをしないではいられない。無力な中で、ささやかでも現状を変えようとする思いが、言葉にほのかな明るさを与えている。

船乗りになりたかったな。コピー機が灯台のようにひかりを送る

別の世界に行くことに憧れつつも、自分のいる現場を捨てることはできない。自分に何ができるのか、そして何ができないのか。現代の自由と不自由を、誠実に問う一冊である。

恋する人間

江戸雪

千原こはぎ
『ちるとしふと』（書肆侃侃房）

おかえりと言う人のない毎日にまたひとつ増えてしまうぺんぎん

　上の句は、「おかえり」と言うひとも言ってくれるひともいない生活ということだろうか。つまり一人ぼっち。その空間をおもう。「またひとつ増えてしまうぺんぎん」からズラリと玄関に並んだペンギングッズを想像した。ひっそりとした空間を埋める夥しいペンギンの形をしたモノ。そのとぼけた風貌の可愛さと、それらの裏にある憂鬱がこの歌には同居している。

殴られた方が笑っていなければいけないらしい沁みろサイダー

「沁みろサイダー」とは、緊迫した情況に笑っていることしかできない怒りや苛立ちや情けなさからの救済を希求する声なのだが、同時にその絶望を受け入れているようにも感じる。

　あげた二首。どちらも二面性があるようにおもう。可愛らしさと憂鬱、救済と絶望。この独創的な歌集のひとつの特徴だ。それは、現実のシーンと、タイトルにもなったチルトシフトというカメラの交換レンズによって加工されたシーンという二面性にもつながる。

なにひとつ揺れないキスをするような
大人になると思わなかった

見えていることだけ見えていればいい
忘れるために踏みつける雪

もうきみのものではないということを
始める知らない名前の駅で

　恋愛の歌は、その真っ只中にいるときにひとがよく抱くだろう感情を表現しているものが多くあった。スタンダード。恋愛の歌においてそれは決してマイナスではなく、優しさにつながっていくようにおもう。共感できることの喜びを感じるから。

　とはいっても、あげた三首のように一筋縄では読めない恋の歌もある。渇いたキス、甘い記憶を消すために踏む雪、恋人の腕から離れて立つ見知らぬ駅。このような現実はつねに、内面に抱える感情や思い描く幸福と乖離している。そのやりきれなさに胸がしめつけられる。

　この歌集の恋愛場面の多さで読者は自らの恋の経験に重ね合わせてばかりで読み終わるかもしれない。けれどそれはやめてほしい。ときどき垣間見える相反する二つの感情に私は注目する。これは、ひとりの人間が人間らしく、まさに矛盾にみちた人間の存在を描こうとした一冊ではないだろうか。

口語短歌の最後のプログラム？

山田亮太

加藤治郎

『Confusion』（書肆侃侃房）

途方もなくにぎやかな書物だ。これはたして歌集なのだろうか？

騒々しさは、収められた歌群において展開される主題の幅広さや、縦横無尽に駆使される技巧のバリエーションによってのみもたらされるのではない。短歌と政治の関係を議論するとあるシンポジウムに際した雑感、詩人・野村喜和夫との吉岡実をめぐる対談、詩型融合の代表的な作品集を記載した年表……といった短歌外のテキストが付録のレベルを超えたボリュームで収録されている。さらには、気鋭の文芸・デザイン集団「いぬのせなか座」の手によって全頁にわたってほどこされた常軌を逸したレイアウトは、歌と詞書、短歌と短歌でないものとの安定した従属関係を失効させ、散乱する言葉に対して読者が微視的に探査することを要求するだろう。

エッセイ「夏の光の中へ」が印象的だ。若かりし日のエピソードを綴ったこの文章の中で唯一出現する歌は、一九八七年に発刊された歌人の第一歌集から召喚されたものである。すべての言葉が等しい重みづけで存在する権利をもつ本書の中では、三〇年前の歌と現在の歌とが等価に並び立つこともまた許されているかのようだ。

無論この驚くべき書物が歌集であろうがほかの何かであろうが一向にかまわないのだが、歌集というものを、ひとりの人間が生きた時間の中でありえた複数の「私」の思考と観察とを微細に重層化させる書物の形式であると理解するならば、その意味で本書は極めて正統な、そして広い射程を持った歌集であると言ってかまわないと私は思う。

このような異例の歌集の作り手がほかならぬ加藤治郎であることは興味深い。かつて加藤は「口語は前衛短歌の最後のプログラム」と宣言した。口語短歌を前衛の一種ととらえる短歌史観に立脚する限り、口語で作歌する者は自らの歌を成り立たせる規則を絶えず更新し続けなければならない。本書によって強く打ち出される「レイアウト詩歌」や「詩型融合」といった概念は、プログラムの継続を可能にする装置であるだろう。それが単なる延命措置に過ぎないのか、それともプログラムの拡張に寄与するのかは、本書の読者、すなわち短歌コミュニティの既存の構成員と新規参入者たちに委ねられている。

燃える言葉の背すじに触れる

谷崎由依

大森静佳
『カミーユ』（書肆侃侃房）

短歌は小説に似ている。情も景色も手触りも、小説を構成する要素がすべて入っている。高校生のころ、作歌を試みた時期がある。拙いものしかできなかったし、小説を書きはじめてやめてしまったけれど、その経験と大学で出会った永田紅さんの歌が、わたしの好みを決めてしまった。だから知らない歌集をひらくのは、少し怖かった。それでも杞憂だった。それどころか本書に収められた歌は、これが探していた歌だ、言葉だ、と感じるものばかりだ。

カミーユ・クローデルは彫刻家ロダンの弟子で、愛人だったとされている。カミーユ、という音は、嘆きのようでも叫びのようでもある。性愛ののっぴきならなさ、向きあったそのときに知る自身の輪郭と内側と。溢れそうになる感覚を言いあてる言葉たちの、背すじがきれいで精確だから、そこからたゆたっても荒ぶっても、鮮やかなフォルムをかたちづくる。

手を詠んだ歌が印象に深い。それは彫刻を施すカミーユの手であり――**彫ることは感情に手を濡らすこと濡れたまま瞳を四角く切りぬ**、祈りを捧げるゾフィー・ショルの手でもあって――**祈り終えすこしふっくらしたような両手を薄いひかりにさらす**、そしてひとに、世界に、触れようとする〝わたし〟の手でもある――**青い傘ひたと巻くとき感情を越えてやわらかな手首となりぬ**。または誰かの性質を垣間見せることもある――**ひとことでわたしを斬り捨てたるひとの指の肉づき見てしまいたり**。

手によって媒介される世界との距離は、近いようで遠い。**海鳴りはあなたでしたか追いつめて衿をひらけば消えるでもなく**――予兆のように響くものとの距離を詰め、体を重ねたとしても、遠さを埋められるものでもない。また「曽根崎心中」を詠題とした一連の歌――**頭蓋骨にうつくしき罅うまれよと胸にあなたを抱いていたり**。端正さをみずから切り裂いていく獰猛な言葉だ。けれど「あなたを抱いていたり」に、幾度目かに読み返したとき、おおどかさを感じた。それは個人の感情を離れて彼岸へ立つ視点でもある。**かわるがわる松ぼっくりを蹴りながらきみとこの世を横切っていく**――日々をいとおしむ、あどけない仕草に、すべてを引いて眺める視点が同居する。

最後に、もっとも好きな歌を。**心底と言うとき急に深くなるこころに沈めたし観覧車**――言葉への、このうえなく鋭敏な感覚がここにある。

燃える水中翼船、その先の未来へ

睦月都

穂村弘『**水中翼船炎上中**』（講談社）

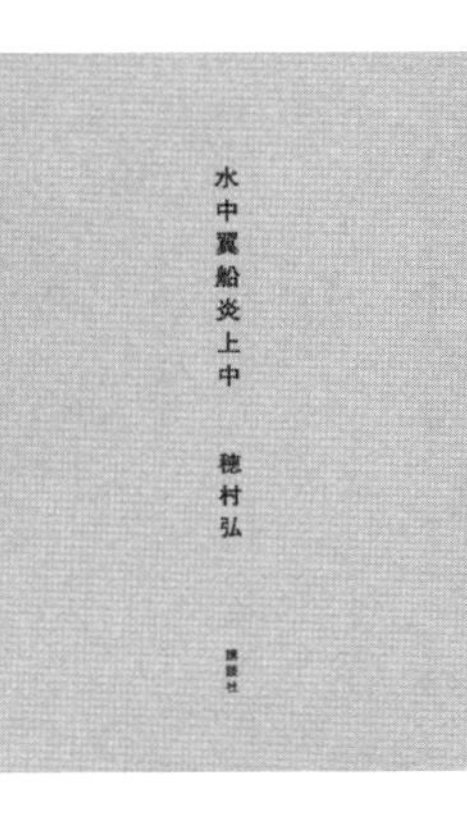

穂村弘第四歌集『水中翼船炎上中』が十七年の時を経てついに刊行された。「私の言葉はまっすぐな時の流れに抗おうとする。」とあとがきで述べるように、一冊は〈時間〉を大きなテーマとして、現代から子ども時代へ、昭和から平成へと行き来する。

本歌集には十一の連作が収められており、冒頭の「出発」以外は、主に二〇一〇年頃までに総合誌で発表されたタイトルが連なる。「出発」は唯一、本歌集初出のタイトルである。三月に発表されたリリースではラインナップになかったから、作品内の時間の流れを意識して、後からここに加えられたのだろうか。

他の各連作は基本的には初出に近い形を留めて再編が行われているが、例外的に、表題作「水中翼船炎上中」は初出とは全くの別物である。もとは「短歌研究」二〇〇六年一月号に掲載された三十首連作だった。よく知られた〈電車のなかでもセックスをせよ戦争へゆくのはきっときみたちだから〉といった歌が並び、どことなく露悪的、風刺的な雰囲気が漂う一連である。一方、歌集版には初出「水中翼船炎上中」の歌は一首も含まれていない。舞台もテーマも、何一つ共通するところがない。歌集版「水中翼船炎上中」で描かれるのは、壊れてしまった永遠のあとの、むしろ明るい〝今〟だ。

なにひとつ変わっていない別世界　あなたにもチェルシーあげたい

海からの風きらめけば逆立ちのケチャップ逆立ちのマスタード

現在から「出発」した子ども時代への旅は、昭和から平成に折り返し、母の死を経て、最後は「水中翼船炎上中」で再び現在に戻ってくる。あとがきによれば、水中翼船は少年期の穂村にとって、未来への憧れの象徴だったという。中身をすべて入れ替えてまで「水中翼船炎上中」を最後に据えたのは、水中翼船が過去と現在、未来を繋ぐ重要なシンボルだからだろう。

これまで私は穂村弘の近作について、心の底では否定的に思っていた。歪んだ子どもの顔で詠まれる奇妙な昭和ノスタルジーはあまり趣味がいいとは思えなかったし、そこにノスタルジー以上のポエジーを見いだせなかった。けれどきっと、作者がこれから切り拓こうとしている新たなポエジーの地平は、生まれ変わった「水中翼船炎上中」の方向にあるのだろう。らせん状に渦巻く時間軸のその先端は今、未来に向かって伸びているようだ。

笹井宏之への旅①

私の一首

ねむらないただ一本の樹となってあなたのワンピースに実を落とす　『ひとさらい』

加藤治郎

ねむらない樹とは、子供に読んで聞かせてやる物語のようだ。樹は眠るのかもしれない。昼間は起きていて、鳥や虫や子供たちが自分の周りにいる。樹は声を出せないけれども、じっとみんなの動きを感じている。夜になってみな寝静まると、自分も眠るのだ。

でも、わたしは眠らない。それは自分一人のことで、やはり周りの樹々は眠る。わたしは、ねむらない樹となる。あなたのことをずっと思っているからである。あなたの存在をずっと感じていたいからなのだ。樹となったわたしは、もう見ることはできない。あなたの気配を感じるだけだ。

するとどうだろう。あなたはわたしの根もとにいる。かすかにワンピースが触れる。あのワンピースだ。あなたはここにいる。もうみな眠っている夜にあなたは家を脱け出してきたのだ。わたしは言葉を喪っている。あなたの姿も見えない。でも、あなたが来てくれた喜びを伝えたい。少し体を揺さぶって実を落とす。きっとあなたは、ワンピースを少し上にあげて、わたしの実を受け止めてくれるだろう。

ずっとあなたのことを思っていたい。今もそしてこれからも。わたしの寿命は千年になったのだ。あなたがこの世から去ったあとも、あなたの気配が感じられるだろう。あのワンピースだ。

○

歌から感じられた風景を書いてみた。ねむらない樹が実に豊かな想念をもたらす。ワンピースだから、どちらかというと幼い女の子が思い浮かぶ。それは誰の心のなかにもいる子供なのだ。

千年、あなたの傍にいるために、わたしは言葉を喪い、見ることもできなくなった。それでよい。大きな愛である。あなたを包み込むようだ。かけがえのないあなたである。普遍的な愛を語っている。それは、やさしいだけの愛ではない。気の遠くなるような歳月をあなたに求めているように思われる。浮遊するような幸せではなく、全存在をかけた幸せを希求しているのだ。

宏之、短歌との出会いと終焉

筒井孝司

笹井（筒井）宏之は、1982（昭和57）年8月1日、佐賀県西松浦郡有田町泉山に生まれました。

そんな宏之が短歌を作り始めたのは2004（平成16）年21歳の頃からです。地元の佐賀新聞読者文芸欄に投稿を始めたのもこの頃からのようです。

翌2005年に「数えてゆけば会えます」（30首）という作品で第4回歌葉（うたのは）新人賞を受賞しています。佐賀新聞の読者文芸には本名の「筒井宏之」で投稿していましたが、それ以外は「笹井宏之」の名前を使って投稿していました。この賞がきっかけで第一歌集『ひとさらい』も出版させていただきました。

実はこの年2005年の10月6日、佐賀新聞読者文芸欄の短歌で、塘健先生が一席に選んでくださった歌が

すずむしの鈴盗まれし十六夜に甍鳴（いらか）らせる足袋の四、五足

です。この日の読者文芸の詩の一席には、堤盛恒先生に弟孝徳の「黄色いノート」を選んでいただき、奇（く）しくも、翌年2006年6月の「第37回佐賀新聞読者文芸短歌部門年間賞」には、短歌で塘先生が宏之のこの歌を最優秀賞に、詩の部門では孝徳の「黄色いノート」が天賞に選ばれました。孝徳は宏之と兄弟だと思われたくなくて、別の住所から投稿し、授賞式では、宏之と一緒の車には乗らず、この会場に入るのも別々で、あくまでも「武雄市の筒井孝徳」で通しました。もちろん親子4人有田に住んでおりましたが、宏之が亡くなるまでずっと武雄市の筒井孝徳で投稿していました。「有田町筒井孝徳」で投稿し始めたのは兄宏之が亡くなってから半年ほど経ってからのことです。その後は有田町の住所で投稿しています。兄弟の葛藤があったのだと思います。

授賞式の記事には、宏之が賞状を受け取っている写真が掲載され、よく見ると会場にいる弟孝徳も写っており、会場の最後部には妻の和子と私の頭が写っています。もちろん、私たち親子にしか解りませんが、親子4人が新聞に掲載されている貴重

な写真です。

翌年の第38回読者文芸年間賞には、園田先生が、最優秀賞に

冬ばってん『浜辺の唄』ば吹くけんね　ばあちゃんいつもうたひよつたろ

の歌を選んでくださいました。

これは8年前に亡くなった和子の母の墓参りに武雄市に行った時、墓前でフルート（いつも持ち歩いていました）で「浜辺の歌」を吹いてくれ、その時のことを詠んだ歌です。

武雄の母（宏之の祖母）は、ソプラノの澄んだ声で、台所仕事をしながら、よく唱歌を歌っていました。和子もよくこの歌を歌っています。

宏之は家族のことをよく歌にしていました。やさしい子でした。佐賀新聞の読者文芸は毎週投稿していましたが、体調が悪い日が続くこともたびたびで、本人にとってもかなり負担になっていたことも確かですが、毎週木曜日の新聞を見るのを、武雄の和子の父（祖父）や有田の私の母（祖母）が楽しみにしていました。もちろん私たち家族も楽しみにしていましたが、特に祖父母に対してはやさしい子でしたので「じいちゃん、ばあちゃんが喜んでくれるから」と、毎週殆ど欠かさず亡くなるまでの4年と数カ月間、投稿してくれました。

有田の祖母も武雄の祖父も、二人とも宏之のことをとても可愛がってくれました。

佐賀新聞以外では、２００５年1月31日の朝日歌壇に高野公彦先生が、

左手に携帯電話ひらく朝　誰より早い君のおはよう（佐賀県筒井宏之）

の歌を選んでくださいました。宏之はとても喜んでいました。

ＮＨＫの「ケータイ短歌」という番組によく投稿していたらしく、この歌が番組担当者の目にとまり、「ＮＨＫスペシャル」のテレビの取材を受けました。２００５年3月19日放送のＮＨＫスペシャル「ケータイ短歌　空を飛ぶコトバたち……」という1時間番組の中で、4名の若者が紹介されましたが、最後の20分ぐらい一番長く取り上げていただきました（津川雅彦さんがナレーションをしておられて、一番好きな短歌だと紹介してくださいました）。その時の映像が残っていましたので、その後何回も全国放送やハイビジョン衛星放送、海外放送でも再放送を流していただいた「あなたの歌に励まされ～歌人・筒井宏之こころの交流」という45分番組の中で、生前の宏之の映像が使われています。和子は、まだその番組を見ることができません。やはり、生前の映像はつらくて見ることができないようです。やっと最近、仏壇に飾ってある遺影に語りかけるようになりま

したが、写真を見るのも辛いようで、今でもお茶と水をあげるのは私の日課です。

２００７年、宏之は未来短歌会に入会し、加藤治郎先生に師事し、その年に「ゆらぎ」という20首で２００７年度の「未来賞」を受賞いたしました。この頃から、いろいろな歌人の方々との交流が始まり、またいろいろなジャンルの方とも親しくお付き合いさせていただくようになりました。

亡くなるまでの10年間は、殆ど外出することはありませんでしたので、メールやブログでのやり取りで全国の方々とお付き合いさせていただいていたようです。宏之は遠出することができませんでしたので、遠くから有田の我が家にお越しいただいた方もありました。

「ひとさらい」の「さらい」とは「（川底や井戸などを）さらう（浚う）」「掃除する、きれいにする、浄化する」という意味で、ひとの心を浚える、さらう、浄化する」という意を含ませていたようです。

２００８年「第1回石川啄木賞」で佳作受賞。この賞は、50歳未満の作家を対象に詩・短歌・俳句作品を公募。清貧にして早逝した天才作家石川啄木にちなみ、真摯に文芸に取り組んでいる若い作家にスポットをあてているということで、短歌・俳句・詩の各部門に応募したようです。

２００９年1月15日、亡くなる10日前の佐賀新聞読者文芸欄で、

初春のよろこびなしと言うひとへ迎へらるるがよろこびと説く

の歌を、塘先生が1席に選んでくださいました。

そして、２００９（平成21）年1月24日雪の日の早朝、26歳の若さで旅立ちました。

第一歌集『ひとさらい』を上梓して、ちょうど一年後でした。

２００９年3月20日には、東京の日本出版クラブ会館で、「宏之を偲ぶ会」を開催していただき、多くの方々にお集まりいただきました。私も、次男の孝徳を連れて東京での偲ぶ会に出席し、お礼を申し上げてきました。ご出席いただいた何名かの方々とは、今でも、家族ぐるみでお付き合いさせていただいております。

宏之は、桜が好きでしたし、また母和子の歌もよく詠んでいました。

15歳の時に心身の病が重くなり、それからの10年間は24時間、母親と接する時間が殆どでした。特に最初の5年間は殆ど寝たきりで寝返りも打てないような状況でしたので、苦しさのあまり粗暴な振る舞いをしたり、リストカットに及ぶこともたびたびでした。部屋は目張りをして光を遮り、また家族は音をたてないようにテレビや音楽はイヤホン・ヘッドホンで聴くように

して、できるだけ宏之を休ませるように生活していました。

それでも、やさしく丁寧に26歳まで生きてくれたのは、母親の愛情のおかげだと思っています。本人も母に対しては、自分の感情をすべてストレートにぶつけられる存在として、いつくしんでいたと思います。その思いが、歌に表れています。

葉桜を愛でゆく母がほんのりと少女を生きるひとときがある

桃色の花弁一枚拾い来て母の少女はふふと笑えり

我が家には私の父が生前に植えた桜の木が7、8本あり、毎年きれいな花を咲かせてくれます。満開の桜を見て家に帰ってきた和子が、自分の髪に桜の花びらがついているのを見て「ふふ」っと笑った仕草が少女のようだったので、この歌を詠んだようです。ともに佐賀新聞読者文芸欄に取り上げていただいた歌です。

また、『ひとさらい』の中にありますが、歌葉新人賞をいただいた「数えてゆけば会えます」の最初の歌は、

「**はなびら」と点字をなぞる　ああ、これは桜の可能性が大きい**

です。はらはらと散りゆく桜の花のうつくしさ、はかなさ、潔さに自分の生き様を重ね合わせていたのかも知れません。桜は宏之にとって特別の花だったようです。

おとなしく、あまり積極的な子ではないと思っていたのですが、意外と物おじせず、どんなに偉い方であっても、人懐っこく、すっとその人の懐に飛び込み、可愛がっていただいたようです。

また、芯が強く、正義感の強い子でした。相手が誰であろうと、真正面から自分の考えを堂々と主張していました。伊津野重美さんが、２０１０年11月に編集・発行してくださいました「生命の回廊」の中でそのことを紹介してくださっています。この本のタイトル「生命の回廊」は、宏之が「私の魂のすべて」と語った楽曲のタイトルから名づけられました。歌人であり、詩の朗読をなさる伊津野重美さんは、宏之の歌を、笹井宏之という人間をご自分のライブで読み続けてくださっています。

２０１０年5月23日、一月ほど前に宏之と交流のあった横浜にお住まいの歌人日野やや子さんが「世界がやさしくあるためのメモ」という本を出してくださいました。

亡くなる6日前の1月18日に日野さんに送った15作品のメールに、「要改作」と付した歌も6首ほどあり、そのまま出すのはどうかなとも思いましたが、亡くなる直前に詠んだ歌でもあり、それも宏之の一部であるからということで、了解しました。

宏之の歌は音楽と深く結びついていますが、そのことは次回にまわしたいと思います。

本稿は、佐賀新聞読者文芸大会（２０１０年6月27日）講演要旨を元に書き下ろしたものです。

笹井宏之　最後の歌

大人には見えないものを渡されてひとり、優しいバス停に立つ※
前輪も後輪もあなたでしたね　かげりゆくすずかけの小径で
農協と恋愛がどうちがうかを夜毎に訊きにくるえいりあん
軍手から栗をこぼしてほろほろとあなたに会いにゆく星月夜
とうがらしをえらびにゆこう　えたーなりぃ　えたーなりぃ　ねえ、えらびにゆこう※
はなれても尾びれ／背びれとしてゆれるとことわのいっぴきでありたい※
小難しい話はよしておたがいの水晶体をみせあう手筈
小一時間煮込んだあとのおとうふに私をぜんぶぶつける覚悟
はじめからあなたに決めていました、と点滴のチューブをつたう声※
未明。いちごつぶしの達人のゆびの舐（ねぶ）り方のうつくしい※
オルガンのパイプのなかでめぐりあう真冬の波と波の花束※
穏やかな失恋をくりかえします　破損した液晶の波間で
ここちよい虚構　あなたが包帯のかわりに猫をまく春の夜の
れんとげん畑でれんとげんを摘む真夏ひとりきりの老詩人
千年の眠りののちに語られる世界がやさしくあるための嘘

※と歌末にあるものは2009年1月18日付のメール中に（要改作）と付されたもの。

テーマ：「羽」もしくは自由　選者：永井祐、野口あや子

読者投稿　永井祐選

特選

あたたかい予定　ここから駅まではさむい予定、乗ると水道橋まではあたたかい予定

（神奈川県　齋藤優）

松本城は思ってたより小さくてマクドナルドのMは全角

（東京都　西生ゆかり）

午後6時　無風　快晴　11℃　歩道橋から翔ぶ夢　きれい

（島根県　川原まりも）

①駅までは寒い。電車に乗ると暖かい。肝心の水道橋での「予定」は言ってくれない。非連続な生の感覚が捉えられているように思い、特選に選んだ。「あたたかい」と「さむい」しか気にしない主体は動物のようでなんとなくかわいい。回収されない駅名として、「水道橋」も上手いのでは。
②観光旅行にいったときのちょっとした気怠さ、見終わって空いてしまった時間、たとえば当地のマクドナルドとか、むしろありふれたものの方に普段より敏感になる感覚。そういうリアリティが上手く表われていると思う。
③「快晴」までだと味気ないが「11℃」まで言っているところにぐっとくる。音の並びもこころよい。すべて夢の中ということもあり得る。「翔ぶ」のに「無風」なのは合わないし、「午後6時」に「快晴」は、夕焼けなどはどうなっているのか。現実感があるようなないような不思議な感触。

読者投稿 野口あや子選

特選

性欲のうしろに羽がはえてるね透明な夜に虹が壊れるようだね

(神奈川県　安西大樹)

汗ばんだ頬にはりつく羽をとる指が震えてそれは音楽

(東京都　杉倉葉)

世間を生きよ　五月の朝を纏うとき胸に鏡が海としてある

(京都府　沼田木犀)

①性愛の微妙な揺れ動きを描いています。「うしろ」、つまり背中に羽があることは一見普通ですが、性欲とのとりあわせによって「うしろ」が危険なことのように感じられます。下句のシーンは具体的に言っているようで抽象にとどまる力技です。②ことばが細切れに畳み掛けられ、ことばがここちよく弾んでいます。作者の感覚をこちらへ投げ出してくる開放感のある展開が巧み。「それは音楽」と下句にいくにしたがって韻律としぐさがキラキラとラメをまとったように輝いてみえます。③初句の潔い字余りとともに、「胸に鏡が海としてある」が、メタファーとして微妙な位置をあてていて、興味深かったです。胸に鏡があるというのは手鏡かなあとも思いながら、主体の胸が鏡そのもので海そのもののような感じもします。胸にあるということは主体は鏡をのぞけないのですから、この「海」はいろんな取り方ができそうですね。

読者投稿　永井祐選

準特選

デューラーの描く兎のようなひとメニューも見ずに注文をする

（埼玉県　さとうよしこ）

人をうさぎに喩えると親しみやすいキャラクターになりそうだけれど、デューラー「野うさぎ」だと違ってくる。何か威厳まである。考えていることがわからない。独自の行動原理を持つその人に、恐れつつきゅんときている歌かと思います。

山折られない付録雨ざらしの補助輪　白くて小さな足だった

（北海道　梶井ミメ）

一読何のことかわからなかったが、小さな子供の痕跡が断片として見えてくる。「付録」が幼年雑誌の紙工作のことで、それが打ち捨てられている（?）ところまで描けたときに、不穏で鮮烈な景が立ち上がってくる。

友人に羽根ペンもらう使い道ないけどなんかいいぞ羽根ペン

（東京都　鈴木智子）

意味はそのまま。昔は実際に使われていたものの、現在における羽根ペンはまさに「なんかいいぞ」という以外にないものだろう。結句の体言止めで繰り返すところ、ちゃんと「羽根ペン」をほめている感じがしていいと思う。

街路樹にペンギンさんがぶら下がるそんな気がして徒歩で出かける

（島根県　川原まりも）

ちょっと歩きたくなる、という感覚はありふれたものだけれど、「ペンギンさんがぶら下がる」に冴えを感じる。街路樹の装飾としてマスコットみたいに下がるのだろうか。実際あったら、やや不吉な景色になるような。

雪かきをしにいったきりもどらない　昼間の窓が隅々白い

（東京都　相田奈緒）

たぶんそれほど長い時間ではないのだろう。普通に雪かきに時間がかかっている。それもわかりつつ、一人になると妙に広い家の中で曖昧な怖さを感じる。窓を覆っている平板な白さの中にすべてがかき消えるような。そんな場面が浮かぶ。

読者投稿　野口あや子選

準特選

海へ行くのだろうあなたのキラキラのかばんは何のメタファーですか
（東京都　窪田悠希）

初句の韻律の跳ねっ返りにまず惹かれました。「キラキラのかばん」という具体が見えそうで見えないかばんの描き方が「メタファー」の役割をうまく担っています。メタファーの内容は期待？予感？恋？読者の深層心理が見えそうですね。

生きのびるために今夜も羽をぬき通りすがりの人に差し出す
（三重県　田中晶）

「マッチ売りの少女」「鶴の恩返し」も思い浮かべる一首。この場合「羽」はほとんど魂や心のようなものでしょう。救いは結句の「差し出す」という控えめな語彙。一方的に生き延びるためでなく、人々へのホスピタリティーを感じます。

せがまれて目を閉じるとき開けられた箱の形を思い出せない
（東京都　土屋裕実）

バースデーケーキのシーンかなあとも思いながら、特定はできずに、でも大変惹かれた歌。「せがまれて目を閉じる」という関係性の甘美さと「開けられた箱の形」というエロティックなまでに甘美で抽象的な言葉遣いが魅力的です。

たましいの熱そうな人だったけど背中に羽根は生えてなかった
（愛知県　和田晴美）

ストレートすぎるほどの一首ですが、惹かれました。ポイントは直球ななかにも「熱そうな人」と「羽根は生えてなかった」というわずかな諦念があり、それが直球の熱を支えているところ。読み下しのリズムも爽やかです。

ベランダに干さなあかんやんその合羽びしょびしょやんかと亡き母いかる
（神奈川県　安西大樹）

いかる「亡き母」が夢の中のようにとてもリアルで、かつノスタルジックです。題詠「羽」から「合羽」をチョイスしてきたのも見事ですね。母のリズミカルな怒り方（プラス方言）で、読者のそれぞれの母が目の前に浮かんでくるのでは。

読者投稿　永井祐選

佳作

せがまれて目を閉じるとき開けられた箱の形を思い出せない　（東京都　土屋裕実）

甘辛く煮付けてしゃぶる手羽先の先に雨雲どしゃ降りの寺　（北海道　佐藤直）

己の渡らぬ押しボタン押すファミマに照らされし清き市民　（北海道　梶井ミメ）

バスケットボールが道路に転がって綺麗なオレンジ色をしている　（埼玉県　住谷正浩）

報連相はサービス残業しらしらと羽毛がいつも舞っている街　（愛知県　和田晴美）

羽生藤井らの住む島があるという　浜で流木拾いしわれは　（京都府　山崎将弘）

妹に借りたダウンジャケットは傷から羽を生やし続ける　（福岡県　須藤歩実）

赤い羽根たくさんつけて火の鳥になりたい　今日もお金を稼ぐ　（鹿児島県　西淳子）

燕らの一羽が巣から顔を出し一羽はいつも表札の上　（鳥取県　中村恵）

ワイシャツの袖から伸びたその腕を眺めるために生きている夏　（福岡県　月瀬透子）

胸板の薄きアパート二棟立つ踏切の音朝を急かせる　（福岡県　藤田健二）

後鳥羽上皇と帰りに君がつぶやいた20年前みたいな薫風　（東京都　白辺いづみ）

落雷のあと　まず何からと思案して　五億年ぶりの腹筋　（東京都　平井薫子）

（耳っぽい）小さな羽が生えていて嬉しいときに飛ぶ、7センチ　（愛知県　枝豆みどり）

羽まくらにざんぶと首をうずめつつひろがり消えるあなたの呼吸　（東京都　榛瑞穂）

汗ばんだ頬にはりつく羽をとる指が震えてそれは音楽　（東京都　杉倉葉）

弟は私鉄の過疎駅のことを私鉄専用駅だねと言う　（茨城県　郡司和斗）

またひとつ約束をするためだけに私ばかりが整える爪　（長野県　森野中）

夏よりも弾けたくなるふゆもあり冬より逢いたくなるなつもある　（東京都　窪田悠希）

祖父（98）父の日が来たら一周忌　空飛ぶ夢はまだ見てる　（福岡県　谷口啓恵）

読者投稿　野口あや子選　佳作

もしきみに羽根があったらはぎ取って飛べないようにしてから捨てる　（埼玉県　えんどうけいこ）

もう少し羽をたたんでくださいと言われて会釈している天使　（千葉県　阿部圭吾）

羽なのにとろけそうです春の夜があふれかえって染みているから　（東京都　井口可奈）

午後6時　無風　快晴　11℃　歩道橋から翔ぶ夢　きれい　（島根県　川原まりも）

いもうとに羽をつけたらそれはもう天使ではなくペガサスだった　（大阪府　久保哲也）

後鳥羽上皇と帰りに君がつぶやいた20年前みたいな薫風　（東京都　白辺いづみ）

保健室登校からの卒業はカラスの羽根をお守りにして　（岩手県　八重樫拓也）

はばたきよ顔を上げたら吸い込んだすべての息を吐ききりなさい　（東京都　穂崎円）

その先は読まずといへりその先の写本の金泥に揺るる午後の陽　（大分県　古後ゆみ）

もしかして羽じゃないのかこの骨は　拾う手を止めばあちゃんに訊く　（愛知県　枝豆みどり）

夏よりも弾けたくなるふゆもあり冬より逢いたくなるなつもある　（東京都　窪田悠希）

口パクで社是を唱えてポケットのたんぽぽたちが僕を支える　（徳島県　夕焼けタオル）

伏せる睫毛にかすかな羽音たてながらその気はなくて習う飛びかた　（北海道　佐藤直）

だからどうしたってわけじゃないことを朝が来るまで語りたい人　（埼玉県　仲川暁実）

本当はやさしくしたくてされたくてただ丁寧に畳むTシャツ　（長野県　森野中）

高い空「ふしぎ」と「ひつじ」の相似形　しろい月食うひつじ雲あり　（埼玉県　さとうよしこ）

心臓が羽ばたいているこの人とならない窓のない部屋は楽園　（北海道　細川街灯）

向日葵が咲いたら君と見に行こう好きな男の話も聞くよ　（大阪府　西村取想）

いつか背中に生える羽のため今のうちから骨削っとこうね　（東京都　杉倉葉）

宇宙かも知れませんよと一斉に大きな葛城を勧める小鳥　（大阪府　久保哲也）

執筆者紹介

●蒼井杏（あおい・あん）
二〇一五年、未来短歌会に入会。加藤治郎に師事。とてもひとみしりな雨女。第六回中城ふみ子賞、第五十七回短歌研究新人賞次席。二〇一七年未来賞。第一歌集『瀬戸際レモン』（新鋭短歌シリーズ27、書肆侃侃房）。いつかやわらかいけものになりたいとおもっている。

●浅羽佐和子（あさば・さわこ）
一九七二年生まれ。二〇〇一年、未来短歌会入会。加藤治郎師事。二〇〇二年、短歌研究新人賞最終選考通過。二〇〇九年、未来年間賞受賞。二〇一四年、第一歌集『いつも空をみて』（書肆侃侃房）刊行。リアルなワーキングマザーの短歌を作り続けている。

●石井大成（いしい・だいな）
一九九八年宮崎県生まれ。現在は福岡県在住。九大短歌会代表。同人誌「ひとまる」、牧水・短歌甲子園ＯＢ・ＯＧ会「みなと」にも所属。ハキハキした人見知り。

●石井僚一（いしい・りょういち）
一九八九年北海道生まれ。埼玉県在住。北海道大学短歌会ＯＢ。歌会活動家。石井僚一短歌賞主催および選考委員。ネットプリント毎月歌壇運営。第一歌集に『死ぬほど好きだから死なねーよ』（短歌研究社、二〇一七年）。生まれ変わっても歌会で会おう。

●伊舎堂仁（いしゃどう・ひとし）
一九八八年沖縄県生まれ。歌集に『トントングラム』。

●伊波真人（いなみ・まさと）
一九八四年群馬県高崎市生まれ。埼玉県さいたま市在住。早稲田大学文学部卒。二〇一三年、「冬の星図」により第五十九回角川短歌賞受賞。歌人集団「かばん」会員。雑誌、新聞を中心に短歌・エッセイ・コラム等を寄稿。ポップスの作詞等も行う。歌集『ナイトフライト』（書肆侃侃房）。Twitter @inamimasato

●井上法子（いのうえ・のりこ）
一九九〇年生まれ。第五十六回短歌研究新人賞次席。著書に『永遠でないほうの火』（書肆侃侃房、二〇一六年）。

●宇都宮敦（うつのみや・あつし）
一九七四年千葉県生まれ。二〇〇〇年、作歌開始。第四回歌葉新人賞次席。

●梅崎実奈（うめざき・みな）
一九八三年東京都生まれ。批評家。「純粋病者のための韻律」（「ユリイカ」二〇一六年八月号）、「現代詩って謎」（「現代詩手帖」二〇一六年十月号／穂村弘との対談）、「完成しない未来図」（「俳壇」二〇一七年三月号）など。

●江戸雪（えど・ゆき）
一九六六年大阪府生まれ、現在も在住。歌集『百合オイル』『椿夜』『ＤＯＯＲ』『駒鳥（ロビン）』『声を聞きたい』『昼の夢の終わり』、入門書『今日から歌人！』、文庫『江戸雪集』など。Twitter @edoyuki1212

●大井学（おおい・まなぶ）
一九六七年福島県二本松生まれ。「かりん」編集委員。同人誌「Ｔｒｉ」同人。

●大西久美子（おおにし・くみこ）
一九六一年生まれ。「未来短歌会」所属。加藤治郎に師事。表現者集団「劇場」（時田則雄代表）同人。二〇一四年、第六回中城ふみ子賞次席。二〇一五年、第一歌集『イーハトーブの数式』（書肆侃侃房）を刊行。神奈川県歌人会第七回第一歌集賞受賞。二〇一七年度未来賞を『夏のにほひ』で受賞。「未来」のＨＰに掲載されておりますので、お立ち寄りいただけると幸いです。

●大滝和子（おおたき・かずこ）
一九五八年神奈川県生まれ。第一歌集『銀河を産んだように』で第三十九回現代歌人協会賞を、第二歌集『人類のヴァイオリン』で第十一回河野愛子賞を受賞。第三歌集に『竹とヴィーナス』。「未来」に所属。

●大森静佳（おおもり・しずか）
一九八九年岡山市生まれ。高校生の頃、短歌に出会う。「京大短歌」在籍中の二〇一〇年に「硝子の駒」五十首で第五十六回角川短歌賞を受賞。二〇一三年に第一歌集『てのひらを燃やす』（角川書店）、二〇一八年に第二歌集『カミーユ』（書肆侃侃房）を刊行。現在、京都新聞で「季節のエッセー」を連載中。「塔」短歌会編集委員。京都市在住。

●岡崎裕美子（おかざき・ゆみこ）
一九七六年生まれ。一九九九年「未来短歌会」に入会、岡井隆氏に師事。二〇〇一年「未来年間賞」受賞。二〇〇五年第一歌集『発芽』（ながらみ書房）、二〇一七年第二歌集『わたくしが樹木であれば』（青磁社）刊行。東京都在住。

●岡野大嗣（おかの・だいじ）
一九八〇年大阪府生まれ。歌人。二〇一四年に第一歌集『サイレンと犀』（書肆侃侃房）。二〇一七年、木下龍也との共著歌集『玄関の覗き穴から差してくる光のように生まれたはずだ』（ナナロク社）。短歌ムック「ねむらない樹」（書肆侃侃房）の記念すべき創刊号に、連作「大きな過去が左へ進む」を寄稿。

●荻原裕幸（おぎはら・ひろゆき）
一九六二年名古屋市生まれ。名古屋市在住。愛知県立大学フランス学科卒。前衛短歌の影響で十代から短歌を書きはじめる。第三十回短歌研究新人賞受賞。名古屋市芸術奨励賞受賞。『岩波現代短歌辞典』編集委員、オンデマンド歌集出版企画「歌葉」プロデュース、総合誌「短歌ヴァーサス」責任編集、等、フリーランスでの活動を続けている。東桜歌会主宰。同人誌「短歌ホリック」発行人。歌集『デジタル・ビスケット』（沖積舎）他。

●加藤治郎（かとう・じろう）
一九五九年名古屋市生まれ。現在も名古屋市在住。一九八三年、未来短歌会に入会、岡井隆に師事する。一九八六年、「スモール・トーク」にて第二十九回短歌研究新人賞を受賞する。現在、未来短歌会選者。毎日歌壇、朝日新聞東海歌壇の選者を務める。歌集に『サニー・サイド・アップ』（第三十二回現代歌人協会賞）、『昏睡のパラダイス』（第四回寺山修司短歌賞）、『しんきろう』（第三回中日短歌大賞）、『Confusion』など。

●金原瑞人（かねはら・みずひと）
一九五四年岡山市生まれ。法政大学教授・翻訳家。訳書は児童書、ヤングアダルト小説、一般書、ノンフィクションなど五百点以上。訳書に『不思議を売る男』『青空のむこう』『さよならを待つふたりのために』『月と六ペンス』、エッセイ集に『翻訳家じゃなくてカレー屋になるはずだった』『サリンジャーにマティーニを教わった』、日本の古典の翻案に『雨月物語』『仮名手本忠臣蔵』など。

●川口晴美（かわぐち・はるみ）
一九六二年福井県小浜市生まれ。東京在住。詩人。一九八五年に第一詩集『水姫』を出版。その後、詩集『半島の地図』（第十回山本健吉文学賞）、『現代詩文庫196 川口晴美詩集』、『Tiger is here.』（第三十四回高見順賞）など。アンソロジー詩集の編著『詩の向こうで、僕らはそっと手をつなぐ。』なども。六月にマイナビ出版からオンデマンドで詩集『ビタースイートホーム』が出たばかり。漫画やアニメが好き。最近は2.5次元舞台も。

●木下龍也（きのした・たつや）
一九八八年山口県生まれ。二〇一三年に第一歌集『つむじ風、ここにあります』を、二〇一六年に第二歌集『きみを嫌いな奴はクズだよ』を書肆侃侃房より、二〇一七年に岡野大嗣との共著歌集『玄関の覗き穴から差してくる光のように生まれたはずだ』をナナロク社より刊行。二〇一八年に生魚としいたけの克服を試みるも失敗。さらに嫌いになった。

●黒川鮪（くろかわ・まぐろ）
一九九七年熊本県八代市生まれ。福岡女学院短歌会代表。九大短歌会にも所属。

●小池純代（こいけ・すみよ）
一九五五年静岡県生まれ。歌集『雅族』『苔桃の酒』『梅園』。

●小坂井大輔（こざかい・だいすけ）
一九八〇年名古屋市生まれ。未来短歌会所属。かばん会員。短歌ホリック同人。RANGAIメンバー。名古屋の平和園という中華料理屋さんで働いていて、隙をみつけてはフィットネスジムで筋力トレーニングに励んだり、ボクシングジムでサンドバッグを叩いています。趣味は貯めたお金を、韓国やマカオなどのカジノで全部使ってしまう事です。みなさん、そんなに悲しい目でわたしを見ないでください。

●小島なお（こじま・なお）
一九八六年東京都生まれ。コスモス短歌会所属。歌集に『乱反射』『サリンジャーは死んでしまった』。

●斉藤斎藤（さいとう・さいとう）
一九七二年東京都生まれ。「短歌人」編集委員。第二回歌葉新人賞受賞。歌集に『渡辺のわたし』、『人の道、死ぬと町』。

●佐々木朔（ささき・さく）
一九九二年神奈川県生まれ。早稲田短歌会を経て、現在「羽根と根」同人。早稲田大学大学院文学研究科現代文芸コース修士課程修了。

●佐藤弓生（さとう・ゆみお）
一九六四年石川県生まれ。二〇〇一年、第四十七回角川短歌賞受賞。著書に歌集『世界が海におおわれるまで』『眼鏡屋は夕ぐれのため』『薄い街』『モーヴ色のあめふる』、詩集『新集 月的現象』『アクリリックサマー』、掌編集『うたう百物語』、共著・共編著に『怪談短歌入門』『短歌タイムカプセル』などがある。歌人集団「かばん」会員。

●しんくわ
一九七三年生まれ。岡山県津山市在住。吉井川と津山線に挟まれて暮らす。蠍座。カードゲームを老眼のために引退し、現在は四国遍路と城歩きとダム巡りと山登りを趣味としている。スマホに入れているゲームアプリは「Ingress」「ポケモンGO」「五目クエスト」。田丸まひると「ぺんぎんぱんつ」というユニットをくんでいます。よろしくね。Twitter @newshinkuwa

●陣崎草子（じんさき・そうこ）
一九七七年大阪府生まれ。歌人、絵本作家、児童文学作家。歌集に『春戦争』（書肆侃侃房）があり、雑誌「GINZA」（マガジンハウス）にてフォトグラファーと短歌のコラボレーション企画に携わる。『草の上で愛を』で講談社児童文学新人賞佳作。他、長編作に『片目の青』（講談社）、『桜の子』（文研出版）、『ウシクルナ！』（光村図書出版）、絵本に『おむかえワニさん』（文溪堂）、『おしりどろぼう』（くもん出版）など著作多数。

●杉江松恋（すぎえ・まつこい）
一九六八年東京都生まれ。書評を中心に執筆活動を行う。主著に『読み出したら止まらない！海外ミステリーマストリード100』（日経文芸文庫）、『路地裏の迷宮踏査』（東京創元社）、『ある日うっかりPTA』（角川書店）など。その他共著に『東海道でしょう！』（幻冬舎文庫・藤田香織との共著）、インタビュアー・構成を務めた本に『桃月庵白酒と落語十三夜』（角川書店）、『絶滅危惧職 講談師を生きる』（新潮社 神田松之丞との共著）。

●鈴木晴香（すずき・はるか）
一九八二年東京都生まれ。慶應義塾大学文学部卒。塔短歌会編集委員。パリ短歌クラブ所属。二〇一二年より雑誌「ダ・ヴィンチ」『短歌ください』への投稿をきっかけに作歌を始める。第一歌集『夜にあやまってくれ』（書肆侃侃房・新鋭短歌シリーズ）。二〇一七年、『早稲田文学増刊 女性号』に短歌連作を寄稿。二〇一八年、ケント・マエダヴィッチ氏と共に、短歌×イラストのギャラリー展示を行った。

●鈴木美紀子（すずき・みきこ）
一九六三年東京都生まれ。二〇〇九年の春から新聞歌壇、「NHK短歌」などに投稿を始める。同年の秋「未来短歌会」入会。加藤治郎に師事。二〇一五年に同人誌「まろにゑ」に参加。二〇一七年三月に新鋭短歌シリーズから第一歌集『風のアンダースタディ』を出版。Twitter @smiki19631

●瀬戸夏子（せと・なつこ）
一九八五年石川県生まれ。歌集『かわいい海とかわいくない海 end.』など。

●染野太朗（そめの・たろう）
一九七七年茨城県生まれ。福岡県在住。「まひる野」「太朗」に所属。第一歌集『あの日の海』（本阿弥書店、二〇一一年）にて第十八回日本歌人クラブ新人賞受賞。第二歌集『人魚』（角川書店、二〇一六年）にて第四十八回福岡市文学賞短歌部門受賞。

●高田ほのか（たかだ・ほのか）
関西学院大学文学部卒。未来短歌会・彗星集ニューアトランティスopera欄。小学生の頃、少女漫画のモノローグに惹かれ二〇〇九年より短歌の創作を開始。朝日カルチャーセンターなど四校の講師。第一歌集『ライナスの毛布』（書肆侃侃房）。

●滝口悠生（たきぐち・ゆうしょう）
一九八二年東京都生まれ。小説家。二〇一一年「楽器」で新潮新人賞を受けデビュー。二〇一五年『愛と人生』で野間文芸新人賞、二〇一六年「死んでいない者」で芥川賞。他の著書に『寝相』『ジミ・ヘンドリクス・エクスペリエンス』『茄子の輝き』『高架線』。

●竹内亮（たけうち・りょう）
一九七三年茨城県生まれ。東直子に師事。第一歌集『タルト・タタンと炭酸水』（新鋭短歌シリーズ19）。

●武田穂佳（たけだ・ほのか）
一九九七年生まれ。岩手県出身。第十回全国高校生短歌大会団体戦優勝。第五十九回短歌研究新人賞受賞。早稲田短歌会所属。

●田中ましろ（たなか・ましろ）
一九八〇年滋賀県生まれ。短歌×写真のフリーペーパー「うたらば」を制作し全国で配布するなど、短歌の裾野を広げる活動に力を入れている。短歌イベントの企画・運営多数。「かばん」所属。現代歌人協会会員。第一歌集『かたすみさがし』（書肆侃侃房）。

●谷川電話（たにかわ・でんわ）
一九八六年愛知県生まれ。歌人。二〇一四年、角川短歌賞を受賞。二〇一七年、第一歌集『恋人不死身説』（書肆侃侃房）を刊行。

●谷崎由依（たにざき・ゆい）
一九七八年福井県生まれ。小説を書いたり、訳したり。著書に『鏡のなかのアジア』（集英社）『囚われの島』（河出書房新社）『舞い落ちる村』（文藝春秋）、訳書にコルソン・ホワイトヘッド『地下鉄道』、ジェニファー・イーガン『ならずものがやってくる』（共に早川書房）など。近畿大学文芸学部で教えています。

●田丸まひる（たまる・まひる）
一九八三年徳島県生まれ。未来短歌会所属。「七曜」同人。徳島文学協会会員。しんくわとの短歌ユニット「ぺんぎんぱんつ」としてネットプリント「ぺんぎんぱんつの紙」を発行するなどの活動もしている。歌集に『硝子のボレット』、『ピース降る』（ともに書肆侃侃房）など。いちばん好きな歌手は大森靖子さん。いちばん好きなアイドルはJuice=Juice の宮本佳林さん。Twitter @MahiruTamaru

●千葉聡（ちば・さとし）
一九六八年生まれ。教員歌人。「かばん」会員。第四十一回短歌研究新人賞を受賞。著書に『飛び跳ねる教室』『今日の放課後、短歌部へ！』『短歌は最強アイテム』など。共編に『短歌タイムカプセル』『心に風が吹いてくる 青春文学アンソロジー』など。「短歌研究」にて「人生処方歌集」を連載中。小説、作曲も手がける。

●辻聡之（つじ・さとし）
一九八三年名古屋市生まれ、現在も在住。ハムスターとふたり暮らし。「歌林の会」「短歌ホリック」所属。

●筒井孝司（つつい・たかし）
一九五一年佐賀県有田町生まれ。上智大学外国語学部英語学科卒後、佐賀県窯業試験場（現・佐賀県窯業技術センター）にて陶芸を学ぶ。大有田焼振興協同組合に約30年勤務後、有田観光情報センター（現・有田観光協会）事務局長に就任。現在、有田ニューセラミックス研究会事務局長。笹井宏之氏の父。

●寺井龍哉（てらい・たつや）
一九九二年生まれ。歌人、文芸評論家。短歌史誌「Ｔｒｉ」同人。高校在学中より短歌の新聞投稿を開始し、岡井隆氏、穂村弘氏の選を受ける。二〇一二年に本郷短歌会参加。短歌研究新人賞候補などを経て、二〇一四年に評論「うたと震災と私」にて第三十二回現代短歌評論賞を史上最年少受賞。二〇一七年九月号より月刊「現代短歌」（現代短歌社）で「歌論夜話」連載開始。剣道三段。

●土岐友浩（とき・ともひろ）
一九八二年愛知県生まれ。京都大学在学中、京大短歌会に飛び入り参加し短歌をはじめる。同人誌「町」などを経て、現在所属なし。歌集『Bootleg』（書肆侃侃房）。

●永井祐（ながい・ゆう）
一九八一年東京都生まれ。歌集『日本の中でたのしく暮らす』（Ａｍａｚｏｎで売っています）。ブログ『短歌のピーナツ』。ガルマン歌会などで活動。

●ながや宏高（ながや・ひろたか）
一九八八年生まれ。かばん会員。元「かばん」編集人。杉﨑恒夫作品の調査研究を行なっている。

●中山俊一（なかやま・しゅんいち）
一九九二年十一月十日生まれ。東京都出身。法政大学社会学部卒業。歌集『水銀飛行』でデビュー。映画監督としてＵＦＰＦＦ国際平和映像祭二〇一二入選、脚本家として第十九回水戸短編映像祭グランプリなど。

●西田政史（にしだ・まさし）
一九六二年岐阜県生まれ。「The Strawberry Calendar」で第三十二回短歌研究新人賞次席。「ようこそ！猫の星へ」で第三十三回短歌研究新人賞受賞。加藤治郎、穂村弘、荻原裕幸と共にニューウェーブと呼ばれた。一九九三年第一歌集『ストロベリー・カレンダー』出版ののち長く短歌の世界を離れていたが、二〇一三年に作歌を再開、ブログ「えばーぐりーんカフェ」掲載作品を中心に二〇一七年第二歌集『スウィート・ホーム』を出版。

●野口あや子（のぐち・あやこ）
一九八七年岐阜県生まれ。名古屋市在住。高校在学中、第四十回短歌研究新人賞を受賞。第一歌集『くびすじの欠片』で第五十四回現代歌人協会賞を最年少受賞。ほか歌集に『夏にふれる』『かなしき玩具譚』『眠れる海』。三角みづ紀との共著に『気管支たちとはじめての手紙』（電子書籍）。近年は朗読活動に力を入れ、機を得てフランスでの短歌朗読を行う。またエッセイ、コラボレーションも精力的に行っている。

●初谷むい（はつたに・むい）
一九九六年生まれ。北海道在住。北海道大学短歌会所属。二〇一八年、第一歌集『花は泡、そこにいたって会いたいよ』（書肆侃侃房）を刊行。

●服部真里子（はっとり・まりこ）
一九八七年神奈川県生まれ。早稲田短歌会、同人誌「町」の結成と解散を経て、未来短歌会に所属。第二十四回歌壇賞受賞。第一歌集『行け広野へと』（二〇一四年、本阿弥書店）にて、第二十一回日本歌人クラブ新人賞、第五十九回現代歌人協会賞。

●林あまり（はやし・あまり）
一九六三年東京都生まれ。歌人・演劇評論家。成蹊大学文学部日本文学科に入学後、在学中にマガジンハウス「鳩よ！」でデビュー。坂本冬美「夜桜お七」他、作詞も手がける。歌集『ＭＡＲＳ☆ＡＮＧＥＬ』『ベッドサイド』他。「テアトロ」誌に劇評を連載中。日本キリスト教団出版局「信徒の友」短歌欄選者。

●原田彩加（はらだ・さいか）
一九八〇年生まれ。高知県出身、溢れる郷土愛。第一歌集『黄色いボート』（新鋭短歌シリーズ31／書肆侃侃房）。

●東直子（ひがし・なおこ）
一九六三年広島県生まれ。歌人、作家。一九九六年、第七回歌壇賞、二〇一六年『いとの森の家』で第三十一回坪田譲治文学賞受賞。歌集に『春原さんのリコーダー』『青卵』『十階』、小説に『とりつくしま』『薬屋のタバサ』『晴れ女の耳』、エッセイ集に『鼓動のうた』『七つ空、二つ水』『短歌の不思議』、共著に『回転ドアは、順番に』、共編著に『短歌タイプカプセル』など著書多数。「東京歌壇」「ＮＨＫ短歌」などの選者をつとめる。イラストレーションも手がける。

●廣野翔一（ひろの・しょういち）
一九九一年生まれ。大阪府高槻市出身、三重県桑名市在住。京大短歌を経て、塔短歌会所属。「穀物」同人。「短歌ホリック」同人。「ねむらない樹」の創刊を一読者として楽しみにしすぎて、自分がその中で何か書くという発想が見事に欠けていた。だから原稿依頼頂いたときは嬉しいのとびっくりが半々くらい。油断してた。

●藤島秀憲（ふじしま・ひでのり）
一九六〇年埼玉県生まれ。病弱ゆえ外で遊ぶことなく、海を知らずに育つ。会社員、古書店経営を経て、三十九歳のときに短歌を始める。新聞や雑誌の投稿を二年続けたのち、「心の花」に入会。入会と同時に評論を書き始め、現代短歌評論賞を受賞。現在は「歌壇」「うた新聞」「現代短歌新聞」にエッセイを連載。歌集は『二丁目通信』（現代歌人協会賞）、『すずめ』（芸術選奨文部科学大臣新人賞・寺山修司短歌賞）。

●古澤健（ふるさわ・たけし）
一九七二年東京都生まれ。映画監督・脚本家。小学生のときに三上寛の歌に衝撃を受けたのがすべてのきっかけのような気がします。主な作品に『今日、恋をはじめます』『making of LOVE』『ReLIFE リライフ』『一礼して、キス』など。監督作『青夏　きみに恋した30日』、脚本作『ゾンからのメッセージ』が八月に公開される。

●法橋ひらく（ほうはし・ひらく）
一九八二年大阪府生まれ。二〇〇八年より歌人集団「かばん」に所属。新鋭短歌シリーズから第一歌集『それはとても速くて永い』を上梓。都内で働き出して十二年が経ちました。我ながらびっくり。

●穂村弘（ほむら・ひろし）
一九六二年北海道生まれ。歌人。一九九〇年、歌集『シンジケート』でデビュー。著書に『手紙魔まみ、夏の引越し（ウサギ連れ）』『ラインマーカーズ』『ぼくの短歌ノート』『世界音痴』『にょっ記』『本当はちがうんだ日記』『野良猫を尊敬した日』他。『短歌の友人』で第十九回伊藤整文学賞、「楽しい一日」で第四十四回短歌研究賞、『鳥肌が』で第三十三回講談社エッセイ賞を受賞。近刊に十七年ぶりの新歌集『水中翼船炎上中』がある。

●堀合昇平（ほりあい・しょうへい）
一九七五年神奈川県生まれ。二〇〇八年未来短歌会入会。加藤治郎に師事。二〇一一年未来賞受賞。二〇一三年第一歌集『提案前夜』（書肆侃侃房　新鋭短歌シリーズ3）刊行。二〇一四年よりブラジル・サンパウロ在住。

●枡野浩一（ますの・こういち）
一九六八年東京都生まれ。音楽ライター、コピーライター等を経て一九九七年、短歌絵本『てのりくじら』『ドレミふぁんくしょんドロップ』を二冊同時発売し、歌人に。高校国語教科書に代表作掲載中。佐々木あららと企画した短歌小説『ショートソング』は小手川ゆあによって漫画化され、漫画版がアジア各国で翻訳されている。南阿佐ヶ谷「枡野書店」店主。近著は目黒雅也の絵と組んだ自伝的童話『しらとりくんはてんこうせい』。

●睦月都（むつき・みやこ）
一九九一年東京都生まれ。かばん所属。二〇一四年、トリビュート同人誌「手紙魔まみ、わたしたちの引越し」を刊行。二〇一六年、かばんの自主勉強会「Ｋａｂａｍ」にて『ラインマーカーズ』以降の穂村弘作品を収集・整理。二〇一七年、若手歌人×ベテラン歌人による同人誌「tanqua franca」刊行。同年、第六十三回角川短歌賞受賞。現在、ｎｏｔｅ「パプリカの集まり」や神保町歌会運営などで活動中。

●山田亮太（やまだ・りょうた）
一九八二年北海道生まれ。詩人。詩集に『ジャイアントフィールド』（二〇〇九年、思潮社）、『オバマ・グーグル』（二〇一六年、思潮社、小熊秀雄賞）。ＴＯＬＴＡメンバー。ＴＯＬＴＡでの主な作品に書籍『現代詩１００周年』（二〇一五年）、演劇「人間関数―トルタオーディオブック」（二〇一七年、ＢＵｏＹ北千住アートセンター）、展示「質問があります」（二〇一七年、アーツ前橋）。

●吉岡太朗（よしおか・たろう）
一九八六年石川県生まれ。歌集『ひだりききの機械』。めちゃくちゃおもしろい歌会の小説を書いて、短歌を読むたのしみを多くの人に伝えるのが野望。手始めに歌会をテーマにした中編小説「裏合」を「太朗弐號」という同人誌に掲載。

●吉川宏志（よしかわ・ひろし）
一九六九年宮崎県東郷町生まれ。宮崎市で育つ。一九八七年、京都大学文学部に入学。「京大短歌」に参加し、「塔」に入会。一九九五年、第一歌集『青蟬』を刊行。翌年、現代歌人協会賞を受賞。二〇一七年、第七歌集『鳥の見しもの』で若山牧水賞を受賞。ほかに『海雨』『曳舟』『燕麦』などの歌集がある。評論集に『風景と実感』『読みと他者』。現在、塔短歌会主宰。京都新聞歌壇選者。現代歌人協会理事。京都市在住。

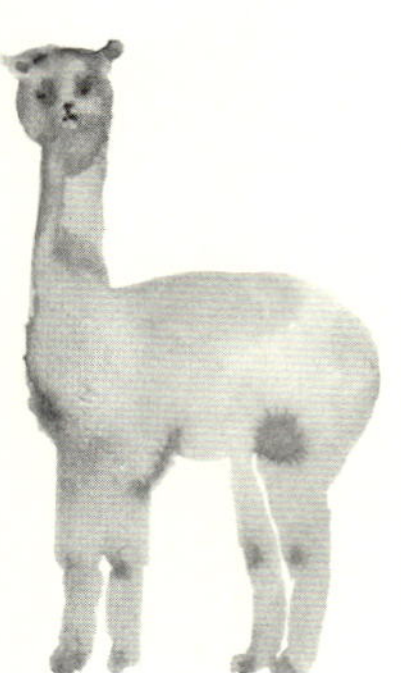

編集後記

ある日、つぶやいた。短歌の雑誌を作るほどの力はないけど、年二回のムックならどうだろう。一つには、「笹井宏之賞」の発表媒体がほしい、ということ。もう一つは、次々に短歌の世界に加わってくる若い歌人たちの受け皿がほしいということ。そんな漠然とした思いに六人の編集委員が応えてくださった。アッという間に役割分担ができ、盛りだくさんの企画が進んでいった。「ニューウェーブ30年」が熱く語られ、創刊号に相応しい布陣となった。編集長になるつもりなどまったくなかったのだが、何事も六人では決まらない。最後の決断とすべての責任をということかと、甘んじて受けることにした。来年は笹井宏之没後10年。彼のために何かできるのがうれしい。かかわってくださった皆さんには感謝の思いしかない。まだ始まったばかりだけれど。

（編集長・田島安江）

創刊号の企画に関わりながら、「ねむらない樹」というのは短歌そのもののことかもしれないという気がしてきました。一本で、まっすぐに立って。人間は夜になると眠ったりこの世からふっと消えたりしてしまうけど、短歌はその後も瞳をみひらいて存在しつづける。そういう可能性がある。短歌が「ねむらない樹」であることの希望と畏れを胸に、新鮮で魅力的なムックをつくっていけたらと思います。

（大森静佳）

短歌に掌編を添える連載をしていた十年ほど前、笹井宏之さんの歌集『ひとさらい』を読んですぐ〈二十日まえ西野原を吹いていた風の兄さん　風の母さん〉を使わせていただいたところ、笹井さんがお便りをくださったことを思い出しています。物語そのものというより、物語が過ぎた後に吹く風のようなものが、みじかい歌になるのでしょう。樹の下で、いろいろな風に吹かれてみたいです。

（佐藤弓生）

記念すべき第一号、たいへん充実した内容となりました。ご執筆のみなさま、どうもありがとうございました。この新しい本が多くの方々の手に届くよう、心から願っています。次号はいよいよ笹井宏之賞の発表です。選考委員のひとりとして全力で臨みます。たくさんのご応募をお待ちしています。選考委員のみなさん、各々の個性をぶつけ合って、妥協なく、とことん喧嘩しましょうね。

（染野太朗）

この夏は面白かった。『心に風が吹いてくる』など三冊が刊行され、「ヤングジャンプ」に短歌が掲載され、「短歌研究」で連載が始まった。なにより刺激的だったのは、この「ねむらない樹」の創刊にかかわれたことだ。未来ある多くの書き手をあたたかく迎えてくださる田島安江編集長のもと、才能あふれる方々とご一緒させていただいた。この短歌ムックを通じて、さらに多くの書き手とふれあいたい。

（千葉聡）

色とりどりのムックになりました。変わり続ける短歌の世界で、ゆくゆく、誰かと誰かをつなげることができたなら、と願っています。昨年のまだ暑い盛りから動き始めて、ここまでたどり着くことができました。今年の暑い夏まで、この一冊のために奔走できたこと、何年たっても、思い出してしまうな。最後に、書肆侃侃房の皆様、とくに田島編集長と藤枝大さんに、胸いっぱいの感謝と敬意を捧げます。

（寺井龍哉）

短歌に関する作品や批評の新しい場ができる。そのことが単純にうれしい。と、編集委員になったのですが、自分の能力と度量が及ばないことを痛感することもあり、いろいろ申し訳なかったです。表紙の絵は三度描き直し、気合いを入れました。夏山に白文鳥を飛ばして爽快感を出したつもりですが、不気味だったらすみません……。レッドピンヒールの、レピンさん、と呼んでいただければ幸いです。

（東直子）

新鋭短歌シリーズ

好評既刊 ●定価：本体1700円＋税　四六判／並製（全冊共通）

［第1期全12冊］

1. つむじ風、ここにあります　木下龍也
2. タンジブル　鯨井可菜子
3. 提案前夜　堀合昇平
4. 八月のフルート奏者　笹井宏之
5. NR　天道なお
6. クラウン伍長　斉藤真伸
7. 春戦争　陣崎草子
8. かたすみさがし　田中ましろ
9. 声、あるいは音のような　岸原さや
10. 緑の祠　五島諭
11. あそこ　望月裕二郎
12. やさしいぴあの　嶋田さくらこ

［第2期全12冊］

13. オーロラのお針子　藤本玲未
14. 硝子のボレット　田丸まひる
15. 同じ白さで雪は降りくる　中畑智江
16. サイレンと犀　岡野大嗣
17. いつも空をみて　浅羽佐和子
18. トントングラム　伊舎堂仁
19. タルト・タタンと炭酸水　竹内亮
20. イーハトーブの数式　大西久美子
21. それはとても速くて永い　法橋ひらく
22. Bootleg　土岐友浩
23. うずく、まる　中家菜津子
24. 惑亂　堀田季何

［第3期全12冊］

25. 永遠でないほうの火　井上法子
26. 羽虫群　虫武一俊
27. 瀬戸際レモン　蒼井杏
28. 夜にあやまってくれ　鈴木晴香
29. 水銀飛行　中山俊一
30. 青を泳ぐ。　杉谷麻衣
31. 黄色いボート　原田彩加
32. しんくわ　しんくわ
33. Midnight Sun　佐藤涼子
34. 風のアンダースタディ　鈴木美紀子
35. 新しい猫背の星　尼崎武
36. いちまいの羊歯　國森晴野

［第4期全12冊］

37. 花は泡、そこにいたって会いたいよ　初谷むい
38. 冒険者たち　ユキノ進
39. ちるとしふと　千原こはぎ
40. ゆめのほとり鳥　九螺ささら
41. コンビニに生まれかわってしまっても　西村曜
42. 灰色の図書館　惟任將彥

■近刊予定　［第4期第2弾］

［第4期第3弾］2018.12刊行予定　五十子尚夏　二三川練　小野田光

［第4期第4弾］2019. 4刊行予定　寺井奈緒美　戸田響子　小坂井大輔

【読者投稿について】

次号の読者投稿欄の募集は、9月1日からを予定しています。「現代短歌ロード」(http://www.shintanka.com/)およびツイッターアカウント(@nemuranaiki)にて詳細をお知らせします。

【原稿の投稿を受け付けています】

短歌に関する評論、批評など、原稿を随時募集しています。

info@kankanbou.com

【定期購読について】

定期購読のお申込みを受け付けております。毎号送料サービスにてお送りします。お支払いは各号ごとに郵便振替用紙をお入れしますので、届いてからお支払いください。お申込み、詳細は書肆侃侃房まで電話かメールでお願いします。

次号予告

第一回笹井宏之賞の受賞者発表・受賞作掲載

短歌ムック　ねむらない樹 vol.1

二〇一八年八月　一日　第一刷発行
二〇一八年八月二十六日　第二刷発行

発行人／田島安江
発行所／株式会社書肆侃侃房（しょしかんかんぼう）
〒八一〇-〇〇四一
福岡市中央区大名二-八-十八 天神パークビル五〇一号
電話　〇九二-七三五-二八〇二
FAX　〇九二-七三五-二七九二
http://www.kankanbou.com
info@kankanbou.com

編集長／田島安江
編集委員／大森静佳、佐藤弓生、染野太朗、千葉聡、寺井龍哉、東直子
編集／藤枝大（書肆侃侃房）
装画・挿絵／東直子
表紙・扉デザイン／東かほり
本文デザイン／村上行信
DTP／黒木留実（書肆侃侃房）
印刷・製本／アロー印刷株式会社

ISBN 978-4-86385-326-3 C0492